L'ENCRE DES PROMESSES

MONTGOMERY INK : BOULDER
TOME TROIS

CARRIE ANN RYAN

L'ENCRE DES PROMESSES

Montgomery Ink : Boulder
Tome 3
Carrie Ann Ryan

L'Encre des promesses
Montgomery Ink: Boulder
Par Carrie Ann Ryan
© 2016 Carrie Ann Ryan

Traduit de l'anglais par Alexia Vaz pour Valentin Translation

Tous droits réservés. Aucune partie de ce livre ne peut être reproduite, scannée ou distribuée sous quelque forme que ce soit, imprimée ou électronique, sans permission. Veillez à ne pas participer ni encourager le piratage de contenus déposés légalement en violation des droits d'auteur.

Ceci est une œuvre de fiction. Les noms, les lieux, les personnages et les incidents sont le produit de l'imagination de l'auteur et sont fictifs. Toute ressemblance avec des personnes réelles, existantes ou ayant existé, des événements ou des organismes serait une pure coïncidence.

Pour plus d'informations, abonnez-vous à la LISTE DE DIFFUSION de Carrie Ann Ryan.
Pour communiquer avec Carrie Ann Ryan, vous pouvez vous inscrire à son FAN CLUB.

L'ENCRE DES PROMESSES

La saga Montgomery Ink continue avec une romance inoubliable, quand deux meilleurs amis font un pari qui changera leur vie à jamais.

Bristol Montgomery et Marcus Stearn sont meilleurs amis depuis si longtemps qu'ils en oublient parfois qu'ils n'ont pas toujours été aussi proches qu'aujourd'hui. Leurs amis et leurs familles ont beau croire qu'il y a autre chose sous la surface de leur amitié, ils ont toujours évité les regards ambigus et les sentiments brûlants.

Le problème ? Il y a des années, ils se sont promis que si ni l'un ni l'autre n'était marié quand Bristol fêterait ses trente ans, ils s'épouseraient.

Ils ont décidé de ne jamais se forcer à se marier s'ils n'en avaient pas envie le moment venu, mais les circonstances et une bonne dose d'obstination les empêchent de renoncer.

Maintenant, ils sont déterminés à se marier… même si des ex menaçants et des sentiments troublants se mettent en travers de leur chemin.

CHAPITRE UN

0 ans plus tôt

1 Fêter ses vingt ans était un exercice futile. À cet âge, on n'était plus une adolescente, mais on ne pouvait pas non plus boire un verre pour fêter son anniversaire.

Non pas que Bristol Montgomery obéisse réellement à cette minuscule petite loi, en ce moment même.

Elle sirotait son champagne bon marché et balayait du regard le groupe d'amis qui s'était réuni pour sa fête en tentant de ne pas grimacer.

Elle n'aimait pas réellement le goût du champagne, mais c'était à la fois sa fête d'anniversaire et de départ. Elle souhaitait donc être sophistiquée, élégante, l'incarnation même de la perfection.

Elle prendrait un soda au cola plus tard pour se rincer la bouche.

— Alors, comment va ma petite sœur ? demanda Liam en arrivant à ses côtés.

Il passa un bras autour des épaules de Bristol et elle leva les yeux vers lui en souriant. Il était le portrait craché de ses deux autres frères et cousins, bien que ses yeux soient différents, ressemblant plus à ceux de leur mère qu'au reste de la famille.

Tous les Montgomery avaient des cheveux bruns et des yeux clairs. Les hommes étaient grands et costauds, les femmes majoritairement pulpeuses, et ses cousines pourraient probablement briser un homme en deux sur leur genou si quelqu'un osait s'en prendre à leur famille. Bristol n'en était peut-être pas capable, mais elle pouvait toujours essayer.

— Je vais bien, dit-elle en se penchant contre lui. Comment vas-tu, Liam ?

— Je vais très bien. Maman sait organiser une fête. Enfin, je me demande pourquoi tu as une coupe de champagne à la main alors que je crois bien que c'est ton vingtième anniversaire et non pas le vingt et unième.

Bristol leva les yeux au ciel.

— C'est maman qui me l'a servie.

— Ah, oui, le fameux tu-as-le-droit-de-boire-un-seul-verre-pour-ton-anniversaire-tant-que-tu-es-à-la-maison-et-que-tu-ne-conduis-pas. Je m'en souviens.

Il soupira et elle sut qu'il souriait au-dessus de sa tête.

— Ce n'est pas parce que tu es un vieux qui a le droit de boire, maintenant, que tu peux baisser la voix et faire comme si tu me prodiguais des conseils pleins de sagesse en évoquant le bon vieux temps.

— Je ne suis pas vieux. Je n'ai pas encore trente ans.

Liam sourit et elle en fit de même.

— Ne dis pas à maman qu'à tes yeux, trente ans c'est vieux.

— Vu que tu te lamentais sur le fait d'atteindre l'âge avancé de la vingtaine, je ne crois pas que tu sois en position de juger.

Bristol grimaça.

— Je passais une mauvaise matinée. En plus, maman n'arrêtait pas de se moquer de moi quand je le disais, donc ça signifie sans doute qu'elle ne me prenait pas au sérieux.

— Tu es le bébé de la famille. Évidemment qu'ils ne vont pas te prendre au sérieux quand tu te lamentes sur ton âge. Ils ont déjà traversé toutes ces étapes par le passé.

— Je ne suis pas le bébé de la famille, merci beaucoup. Aaron est encore adolescent, répliqua-t-elle, évoquant leur plus jeune frère. Où est-il ?

Elle le chercha autour d'elle.

Liam haussa les épaules.

— Il pelote sans doute une fille dans le placard.

Bristol regarda son frère aîné et leva les yeux au ciel.

— On pourrait croire que, vu que tu es mannequin, c'est toi qui peloterais une fille dans un placard. Ou un mec.

Liam se contenta d'un sourire en coin en secouant la tête.

— Je n'ai pas besoin de peloter une fille ou un mec dans le placard de mes parents. Je peux louer une chambre d'hôtel pour m'échapper d'ici. Et je ne te dirai pas exactement ce que nous ferions.

Il fit un clin d'œil et elle frissonna ostensiblement – comme il le souhaitait, elle le savait.

— Dégueu. Ne parle pas de ce genre de choses. Je suis pure et innocente. Je n'ai pas besoin d'entendre tout ça.

Liam rejeta la tête en arrière et rit. Elle lui adressa un doigt d'honneur.

— C'est mon anniversaire et ma fête de départ, tu devrais être gentil avec moi.

— Je suis toujours gentil, répondit-il en marquant une pause. Tu es prête pour demain ?

Bristol haussa les épaules, ne sachant pas vraiment si c'était la bonne réponse.

— Je veux que ça aille. Mais je suis un peu nerveuse.

— Tu es censée l'être. C'est énorme.

Elle regarda son grand frère avant de se pencher contre lui et de soupirer.

— Je croyais que tu étais censé m'aider à ne pas stresser pour des choses comme ça.

— Non, je suis censé t'aider avec les étapes importantes. Comme le reste de tes grands frères, ton petit frère et tes parents. Tu as ton meilleur ami, pour te réconforter.

Elle jeta un coup d'œil à son meilleur ami, Marcus, qui

passait du temps avec ses propres sœurs. Il regarda Bristol par-dessus son épaule et lui fit un clin d'œil.

Elle sourit avant de se retourner vers Liam.

— Marcus est honnête avec moi, lui aussi. Aucun de vous n'essaie de me faire rire et ne fait de son mieux pour me remonter le moral.

— Tu t'apprêtes à entrer dans un univers où tout le monde voudra un morceau de toi. Ils te diront que tu es jolie et que tu es géniale, puis ils voudront quelque chose. Peut-être pas de l'argent, peut-être pas la célébrité, mais ils te voudront, toi. Ton âme et ton cœur également. Alors, tu devras continuer à t'entourer de personnes qui te disent la vérité et te montrent les choses telles qu'elles sont.

La peur remonta dans la colonne vertébrale de Bristol, bien qu'elle continue de sourire. C'était sa fête d'anniversaire et de départ. Elle n'allait pas avoir l'air effrayée ou inquiète. Car elle était cette satanée Bristol Montgomery. Elle n'avait peur de rien.

Mensonges.

— Ça, c'est un discours motivant.

Liam pivota et l'étreignit fermement. Elle passa les bras autour de la taille de son grand frère et s'y accrocha vivement.

— Je t'aime, petite sœur. Et même si nous nous engageons dans des univers légèrement différents, je sais, comme je l'ai vécu, ce qui se passe quand les gens te voient différemment. Tu es une violoncelliste reconnue dans tout le pays et tu t'apprêtes à devenir célèbre dans le monde entier. Tu joueras pour des rois et reines, des ducs et des duchesses. Pour des célébrités et des figures puissantes de ce monde. Je suis si fier de toi. Mais si tu as besoin de moi, je serai là dans l'instant. Parce que tu n'as pas à vivre quoi que ce soit toute seule. Souviens-toi de la Montgomery que tu es, que nous partageons des liens de chairs et de sang, et que nous tous, nous serons toujours là pour toi.

Elle essuya ses larmes, furieuse contre elle-même d'avoir pleuré.

— Je n'arrive pas à croire que tu m'aies mis les larmes aux yeux.

Il l'embrassa sur le sommet du crâne et lui frotta le dos au travers de sa robe en soie.

— Je ne voulais pas te faire pleurer. À vrai dire, je comptais te faire ce discours motivant demain ou même la prochaine fois que je te voyais en France ou à Venise, parce que tu sais que je te rendrai visite autant que possible.

— Vraiment ?

Il la regarda d'un air renfrogné.

— Bien sûr que je te rendrai visite. Tu es peut-être adulte et tu auras toute une équipe qui sera présente pour toi, mais ta famille sera toujours là, elle aussi. Je t'aime.

— Je t'aime aussi. Et merci. Je sais que ça ne sera pas facile, mais c'est ce pour quoi je me suis entraînée toute ma vie.

— Et tu es la meilleure dans ce que tu fais. J'ai hâte de voir le chemin que tu vas parcourir. Mais souviens-toi, si tu as besoin de quoi que ce soit, nous sauterons dans l'avion dans la seconde, lui promit-il avant de marquer une pause. Ton meilleur ami aussi.

Son regard s'assombrit quand il prononça cette dernière phrase et Bristol se contenta de rire.

— Tu le dis comme si c'était terrible, que Marcus et moi soyons encore meilleurs amis après toutes ces années.

— Je ne sais pas. La première fois que tu as ramené ce garçon à la maison, je pensais que papa allait péter une durite.

— J'avais six ans.

— Et sa petite fille partait dans sa chambre, seule, avec un garçon.

— Pour un goûter.

— Oui, mais ce n'est pas ce que papa pensait.

— Oh, ferme-la.

— Je ne la fermerai pas. Je me souviens parfaitement que papa a fusillé Marcus du regard toute la première année.

— Maintenant, il le considère comme son fils. Papa est très heureux que Marcus et moi ne soyons qu'amis. Et qu'il sera toujours là à mon retour.

Liam haussa un sourcil.

— Quoi ? Pourquoi ce regard ?

— Marcus sera là parce que son boulot est ici, et qu'il

7

aime être chez lui. Je sais que tu veux voir le monde, mais ne l'oublie pas après ton départ.

Le choc transperça Bristol, tout comme une sensation poisseuse qui la rendit nauséeuse.

— Je ne pourrais jamais l'oublier. C'est mon meilleur ami.

— Je sais, mais tu vas changer. Tu seras une personne différente après cette tournée.

Elle n'aimait pas ce qu'elle entendait.

— J'espère que je ne serai pas trop différente. J'aime qui je suis.

— Et nous aimons qui tu es, également, répondit-il avant de froncer les sourcils en buvant. Mais ne profite pas du fait qu'il sera toujours là à ton retour.

Elle n'aimait pas ça. Ni le sentiment que ses mots lui provoquaient ni son sous-entendu.

— Qu'es-tu en train de dire ?

— Je ne sais pas ce que je dis, répliqua-t-il avant de passer les mains dans ses cheveux.

Avec sa coupe de cheveux un peu plus longue, il avait une allure de surfeur. Bristol voyait que les femmes se pâmaient quasiment à son passage. Le fait que son frère soit un mannequin mondialement célèbre devant lequel les femmes bavaient la rendait légèrement nauséeuse si elle y pensait excessivement. Néanmoins, elle adorait aussi voir les femmes arrêter ce qu'elles faisaient et se cogner contre des murs quand elles le voyaient.

— Je ne vais pas profiter de Marcus. Je ne l'ai jamais

fait. Nous sommes meilleurs amis. Nous nous soutenons mutuellement. Je serai toujours là pour lui. S'il a besoin de moi, j'abandonnerais tout.

— Je te crois. Et je crois qu'il ferait la même chose pour toi. Mais vous n'avez jamais été séparés aussi longtemps, tous les deux. Je ne veux pas que tu sois blessée s'il change au fil du temps. Tout comme tu vas changer.

Curieusement, ses yeux commencèrent à la picoter et elle chassa ses larmes en battant des paupières.

— Je ne veux pas penser à ça, Liam. Arrête, d'accord ?

Elle parla rapidement et Liam hocha la tête avant de l'étreindre à nouveau fermement.

— Je suis désolé, je pense à mes propres amis, j'imagine. Ils veulent tous quelque chose de ma part, tu vois ? Je n'ai pas ce que tu partages avec Marcus.

— Tu veux que je leur botte le cul pour toi ? demanda-t-elle d'une voix légèrement rauque.

Elle n'avait pas envie de pleurer, mais elle avait l'impression qu'elle le ferait, si elle y réfléchissait trop longuement.

Marcus était son meilleur ami depuis aussi longtemps qu'elle s'en souvenait et elle n'appréciait pas l'idée qu'ils puissent changer et prendre des chemins différents. Elle ne l'avait pas prévu et elle avait pourtant prévu beaucoup de choses.

Elle devrait donc agir. Lui dire qu'elle ne changerait jamais et ne s'éloignerait pas de lui. Elle devrait consolider quelque chose, faire en sorte qu'ils ne puissent prendre leurs distances.

Elle ignorait quoi faire pour le moment, mais son esprit tourbillonnait. Elle fit de son mieux pour trouver une solution.

— Un autre verre de champagne ? lui demanda Liam à voix basse.

Elle savait qu'il devait s'inquiéter pour elle s'il lui proposait davantage d'alcool.

Elle hocha la tête, son regard perdu dans le vide. Liam murmura quelque chose avant de revenir vers elle en un instant, une autre coupe de champagne à la main.

— Ne le dis pas à maman, insista-t-il avant de l'embrasser sur la joue. Je suis désolé d'être un abruti.

Elle secoua la tête et cligna des yeux afin d'éclaircir son champ de vision.

— Tu n'es pas un abruti.

Elle marqua une pause.

— D'accord, tu en es un. Mais j'en suis une aussi.

Liam s'esclaffa.

— Merci quand même. Tu as raison. Je dois m'assurer de ne pas profiter de Marcus, tout comme je dois m'assurer que les autres ne peuvent pas profiter de moi, là où je vais.

— Je ne voulais pas gâcher ton anniversaire. Je suis désolé, ma puce.

Elle secoua la tête avant de se mettre sur la pointe des pieds pour l'embrasser sur la joue.

— Tu es mon grand frère préféré.

Liam rit.

— Je n'en suis pas sûr. Aaron commence à bien grandir.

— Mais tu seras toujours le plus vieux.

— Et je te frapperai pour ça, un jour, mais c'est ton anniversaire. Donc pas aujourd'hui.

— Merci. Pour tout. Il faut que j'aille trouver mon meilleur ami et m'assurer qu'il sait que je l'aime, maintenant.

Liam haussa un unique sourcil et Bristol se rendit compte qu'elle rougissait.

— Pas dans ce sens-là.

— Je vérifiais, c'est tout.

— Oh, ferme-la.

Elle se retourna et commença à avancer vers Marcus, en buvant le reste de sa coupe de champagne. Elle posa la flûte sur un plateau et parla à quelques personnes au passage, celles qui voulaient lui dire au revoir – certaines du travail, d'autres de l'école et de quelques cours. Nombre de ses amis du lycée s'étaient pointés, y compris l'un des mecs avec qui elle jouait.

— Salut, chérie, dit Colin avec son accent britannique bien trop sexy. Je voulais te souhaiter un joyeux anniversaire.

Elle déglutit, les yeux écarquillés.

— J'ignorais que tu serais là, dit-elle en bafouillant.

Elle avait un énorme coup de cœur pour ce type, et

entre l'alcool dans ses veines et l'accent de ce dernier, elle passerait forcément pour une idiote.

— Je pars en tournée avec toi, donc je me suis dit que j'allais faire en sorte d'être présent pour ton anniversaire. On peut faire la fête ensemble, quand on sera à Venise, si c'est ce que tu veux.

Ses paroles éveillèrent des papillons dans l'estomac de Bristol. Elle soupira.

— D'accord. Peut-être. Je, euh... Il faut que j'aille trouver quelqu'un. On se voit plus tard ? Demain, d'accord ?

Colin lui fit un clin d'œil. Elle gloussa avant de repartir vers Marcus. Elle passa devant d'autres invités et discuta avec sa professeure, qu'elle quittait, à présent. Les deux femmes partagèrent une étreinte quelque peu larmoyante. Bien que la vieille dame lui ait fait une peur bleue pendant les cinq premières années de sa formation, elle allait tout de même lui manquer. Bristol arriva enfin à l'autre bout de la pièce.

Les trois sœurs de Marcus lui adressèrent un signe de la main, lui souhaitèrent un joyeux anniversaire et partirent ensuite rejoindre leurs petits amis respectifs, laissant Bristol seule dans le coin avec Marcus.

— Salut, toi, lui dit-il en ouvrant les bras pour elle.

Elle se glissa contre lui sans hésiter, soupirant. Le champagne lui était monté à la tête et elle n'avait jamais bu plus qu'un demi-verre, par le passé. Elle savait qu'elle bafouillerait probablement si elle n'était pas prudente.

— Salut, dit-elle dans un soupir.

Marcus gloussa et ce grondement profond fut apaisant à l'oreille de Bristol. Il portait ce nouveau parfum qu'elle lui avait acheté pour son anniversaire, la semaine passée, et elle sourit.

— Tu sens bon.

Il rit à nouveau et elle s'appuya contre ce grondement.

— Étant donné que tu as choisi mon parfum, j'espère effectivement que je sens bon.

Elle leva alors les yeux vers lui et se contenta de sourire tout en scrutant son visage. Il avait une mâchoire si puissante et des yeux qui semblaient toujours savoir exactement ce qu'elle pensait. Ils étaient d'un marron sombre et perçant. Sa peau noire brillait sous les lumières. Il s'était récemment rasé la tête, mais elle savait qu'il le regrettait. Il avait laissé pousser ses cheveux une éternité, mais pour son anniversaire le mois passé, il avait décidé de les raser et de voir à quoi cela ressemblait. Il n'en était pas ravi, mais elle, ça ne la dérangeait pas. Elle aimait son allure, quoi qu'il arrive.

Après tout, il était son meilleur ami. Elle ressentait toujours cela.

— Sors un peu avec moi, dit-il en s'éloignant pour pouvoir l'attirer par un bras.

Elle le suivit sans hésiter, ayant besoin d'une pause avec tous ces gens. Elle avait adoré sa fête et la soirée qui s'était poursuivie. Elle avait parlé à tout le monde, même à ceux qu'elle ne connaissait pas, mais qui avaient tout de même souhaité venir. Ses parents avaient mis le paquet pour elle et elle leur en serait éternellement reconnaissante, mais elle avait besoin d'une minute pour respirer. Marcus comprenait toujours ce qu'elle ressentait, et elle l'aimait pour ça.

— Alors, tu es prête ? demanda-t-il en mettant les mains dans ses poches.

Ils se tenaient sous le belvédère du jardin que sa mère avait décoré de guirlandes lumineuses. Elle ne les avait pourtant pas allumées, car elle ne souhaitait pas que les invités se dispersent sur toute la propriété. Bristol ne lui en voulait pas.

— Je crois ? Mes valises sont prêtes et mon passeport aussi. Je me suis enregistrée pour mon vol. Il sera vraiment très long.

Marcus acquiesça, contemplant son visage.

— Ce n'est pas de ça que je parle.

— Je sais.

La nausée la submergea à nouveau et elle déglutit difficilement.

— J'aimerais que tu puisses venir.

— Une violoncelliste n'a pas besoin d'un bibliothécaire. Surtout pas un bibliothécaire qui est toujours à l'école pour obtenir son diplôme.

— Je ne sais pas, je vais me rendre dans certaines des bibliothèques les plus célèbres du monde. Je suis sûre que tu voudrais les visiter.

Marcus s'esclaffa.

— Oui, j'aurai clairement envie d'y aller. Peut-être que je viendrai te rendre visite pour ça. Mais ce n'est rien, Bristol. Nous avons le droit d'avoir des vies distinctes.

Elle se renfrogna, n'appréciant pas cette idée.

— Je n'en ai pas envie. Je veux que les choses restent similaires.

— C'est faux. Pas plus que je n'en ai envie.

— Alors, tu *veux* que je m'en aille ? rétorqua-t-elle avec une pointe de colère.

Le champagne faisait des ravages sur ses émotions.

— Ce n'est pas ce que je voulais dire. Et tu le sais. Tout ce que je veux, c'est m'assurer que tu vivras ta vie à fond. Et tu seras géniale. Tu *es* géniale. J'ai hâte de voir jusqu'où tu vas t'envoler. Et je serai là quand tu auras besoin d'un endroit où atterrir. Je te le promets.

Elle baissa les yeux vers les longs doigts qui faisaient qu'elle était biologiquement parfaite pour jouer du violoncelle. Elle avait quelques callosités, mais ses mains étaient sa vie.

— Je ne veux pas trop changer. Et je ne veux pas te perdre non plus.

— Tu ne me perdras pas. Il existe un truc qu'on appelle le téléphone. Et Internet. C'est assez cool.

Elle rit.

— Mais si tu te trouves une nouvelle meilleure amie et que tu restes avec elle pour toujours ? Et que tu lui racontes ensuite tous tes secrets ?

— Tu ne connais pas tous mes secrets, rétorqua Marcus.

Elle fronça les sourcils.

— J'en connais la plupart. Tout comme tu connais la majorité de mes secrets.

— Je crois que je les connais tous, Bristol Montgomery.

— Tu es un crétin, mais je t'aime.

— Et je t'aime. Et c'est la raison pour laquelle tu as le droit de partir, de t'envoler. Je serai là à ton retour.

Les larmes lui piquaient les yeux et elle détestait ça. Elle n'avait pas envie de le quitter.

— Concluons un marché. Un pari.

Cette idée lui parvint si rapidement qu'elle sut que c'était sans doute à cause du champagne, mais elle s'en moquait.

Marcus haussa les sourcils.

— Très bien. Quel genre de pari ?

— Dans dix ans, assurons-nous d'être toujours meilleurs amis.

— Et comment comptes-tu t'y prendre ?

Elle déglutit péniblement.

— Dans dix ans, si aucun de nous n'est marié, on se marie, laissa-t-elle échapper.

Mon Dieu. Elle l'avait dit.

Il se contenta de cligner des yeux.

— Hein ?

— C'est parfait. Comme ça, on sera toujours le plan de secours de l'autre.

Il avala sa salive tant bien que mal et elle priait pour ne pas avoir commis une lourde erreur.

— Tu dis que, selon toi, on peut se marier l'un sans l'autre ?

— Ce n'est pas du tout ce que je dis.

Elle n'était pas certaine de ce qu'elle disait, d'ailleurs.

— Alors, qu'est-ce que tu dis ?

— Je ne veux pas te perdre. Je veux qu'on reste les meilleurs amis.

— Ce n'est pas le mariage qui va te le permettre ou te le garantir, Bristol.

Elle soupira avant de prendre rapidement la parole.

— Non, mais en fait... c'est un moyen infaillible de rester dans la vie de l'autre. On aura ce pacte. Et si, dans dix ans, on est toujours célibataires tous les deux, on se marie.

— Tu es folle.

— Mais je suis ta folle.

Cette réponse les fit rire tous les deux.

— Tu as bu beaucoup de champagne ?

— Non, mentit-elle.

— Donc tu dis que pour rester meilleurs amis à coup sûr, on se marie dans dix ans ?

— Ça semble stupide quand tu le dis à voix haute, comme ça.

— C'*est* stupide, Bristol.

— Tout ce que je dis, c'est que tu n'as pas envie d'épouser une inconnue, n'est-ce pas ? Alors, tu dois rester mon ami au cas où nous finirions par nous marier. Comme ça, on s'assure de toujours s'apprécier. On ne veut pas faire partie des statistiques.

Marcus passa les mains sur son visage et rit.

— Il n'y a que toi pour imaginer ça comme moyen de préservation d'une amitié.

— Parce que je suis brillante.

— Je suis certain que tu le penses, répondit-il sèchement.

— Je te ferai bien un doigt d'honneur, mais on est presque fiancés.

Il la regarda alors et ils éclatèrent tous les deux de rire.

— D'accord. Tu sais quoi ? Pourquoi pas ?

Le cœur de Bristol tambourina. Elle cligna des yeux.

— D'accord ?

— Sérieusement. Parce que j'ai la sensation que l'un de nous deux sera déjà marié, d'ici là. Voire nous deux. Donc ça n'aura probablement jamais d'importance.

Elle ignora cette idée, sans vraiment savoir pourquoi. Elle avait simplement l'impression qu'elle devait désespérément le faire.

— Très bien, mais nous devons rester amis pour ne pas épouser des inconnus. D'accord ?

Il tendit la main et lui lança ce sourire chaleureux qui, elle le savait, faisait fondre la culotte de femmes à des kilomètres à la ronde. Cependant, elle ne le laissait jamais l'atteindre. Car, après tout, il était son meilleur ami.

Peut-être son futur mari. Bien qu'elle ne pense pas réellement qu'ils iraient un jour aussi loin.

— On se serre la main, proposa-t-il.

Elle posa la main au creux de la sienne, mais ne bougea pas.

— Si nous le scellons d'une poignée de main, le pacte est définitif. On ne revient pas sur nos paroles, nos poignées de mains ou nos promesses. Dans dix ans, si aucun de nous n'est marié, on se marie.

— Et tu restes ma meilleure amie en attendant, dit-il avant de marquer une pause. Quoi qu'il arrive.

— Quoi qu'il arrive.

Elle lui serra la main, et ils scellèrent le pacte.

Elle eut la sensation qu'elle venait de changer le cours de sa vie.

Ou bien qu'elle aurait une histoire très amusante à raconter un jour à ses enfants à propos de leur oncle Marcus préféré. Parce qu'il n'y avait absolument aucune chance qu'elle épouse son meilleur ami.

Aucune.

CHAPITRE DEUX

De nos jours

Une autre année et un autre anniversaire. Seulement, cette fois-ci, Marcus Stearn n'était pas certain qu'il s'agisse simplement d'un anniversaire. Non, cette soirée pouvait se révéler désastreuse. Un tournant dans son existence. Une apocalypse.

Ce soir, il pourrait être fiancé.

Pourquoi ?

Parce qu'il était un putain d'idiot.

Ce n'était pas comme s'il pouvait réellement mettre sa situation délicate sur le compte de l'alcool. Il avait bu une seule coupe de champagne, ce soir-là, dix ans plus tôt. Dix *longues* années auparavant, le jour de l'anniversaire d'une certaine femme. Cette même femme qui fêtait son anniversaire ce soir. Une seule coupe de champagne qui avait changé le cours de l'avenir. Un pacte... une promesse.

Car, bien sûr, entre sa meilleure amie et lui, il fallait bien qu'il y ait un pacte ou une promesse impossible à briser. Peu de gens étaient au courant de ce détail, à propos de Bristol et lui. Ils le gardaient plus ou moins secret, comme l'idée même du pacte.

Dix ans plus tôt, ils avaient décidé – d'une manière étrange et loufoque, digne de ce qu'ils étaient – que si aucun d'eux n'était marié lorsque Bristol fêterait ses trente ans, ils se marieraient. Ce *soir*, donc.

Ce n'était pas l'idée la plus stupide du monde, n'est-ce pas ? Des décisions bien plus malavisées avaient forcément été prises depuis, mais il n'arrivait pas à en trouver une seule. Et chaque fois qu'il pensait à ce qui pourrait se passer ce soir, il songeait aux sentiments vers lesquels il refusait obstinément de s'aventurer, ce qui ne l'aidait pas.

Marcus se pinça l'arête du nez et pria pour qu'elle ait oublié.

C'était forcément une plaisanterie, n'est-ce pas ? Ils n'avaient pas vraiment mentionné leur promesse ni même cet événement au cours des dix dernières années. Bristol avait voyagé dans le monde entier et, parfois, il la rejoignait quelque temps. Et, toutes ces fois, ils n'avaient jamais mentionné ce sur quoi ils s'étaient mis d'accord ou ce qui se passerait après ce moment.

Oh, ces derniers mois, il avait peut-être remarqué qu'elle avait commencé à le regarder différemment. Pour être honnête, il l'avait peut-être aussi regardée d'une manière qu'il n'aurait pas due, mais il ne s'était pas autorisé à s'aventurer au-delà de ces soubresauts. Il n'avait pas beaucoup dormi, ces derniers mois. Son niveau de stress crevait le plafond quand il pensait à ce qu'il allait lui dire ce soir. Ce qu'il *devrait* dire.

Il ignorait si elle s'en souvenait encore. Elle avait sûrement oublié. Il s'était autorisé à oublier, lors de la décennie qui s'était écoulée, même si cela lui revenait en tête de temps à autre. Il avait été en couple, elle également, et pourtant... voilà où ils en étaient.

Ce n'était qu'une plaisanterie idiote, un pari sur l'inconnu, et un accord entre amis. Les gens le faisaient constamment dans les films et à la télévision. Pourtant, personne ne se mariait jamais en se proclamant le second choix de son meilleur ami. En prétendant qu'ils se soutiendraient dans cette étape du mariage. Qu'ils éviteraient la tentation et l'incertitude pour atteindre directement une forme d'éternité, côte à côte.

Il savait que Bristol voulait des enfants... ce qui était aussi son cas. Il savait qu'elle souhaitait trouver son partenaire de vie, car ils en discutaient. Et les buts de Marcus étaient les mêmes que les siens. Le bonheur, une famille... un avenir.

Il ne pouvait pas réellement ajouter les mots *amour* ou *sexe* au reste, car envisager de coucher avec Bristol ou de l'aimer autrement qu'il l'aimait déjà lui donnerait la nausée. Non, ses pensées ne prenaient pas la bonne direction. Car il n'avait pas envie de vomir. À moins que ce soit à cause du stress.

Il pensait à Bristol de cette façon... Il s'y était autorisé, une fois ou deux. Comment pouvait-il s'en empêcher ? Elle était vraiment canon, merveilleuse et douce. Il était un homme viril, à qui il arrivait de réfléchir, une fois de temps en temps.

Il avait si peur de perdre sa meilleure amie, qu'il s'était répété ce mantra à de maintes reprises. Il n'avait pas envie de coucher avec Bristol. Il n'avait pas envie de l'aimer. Certes, il l'aimait *déjà*, mais il n'avait pas envie de tomber amoureux d'elle.

Pas plus que je ne l'ai déjà fait.

Non, il n'allait pas y songer.

Mon Dieu, voilà que ses propres pensées tournaient en rond. Il parlait comme Bristol. Il soupira et tenta de se concentrer sur les autres personnes présentes dans la pièce, mais il en fut incapable et son esprit divagua.

Un jour, alors que Bristol fréquentait Zia, son ex-petite amie, il avait cru que peut-être il pouvait s'extirper de ce pacte qu'ils avaient conclu. Elles étaient passionnelles et avaient une bonne alchimie. Il appréciait Zia. Bristol et elle avaient eu une relation suffisamment sérieuse pour qu'il croie qu'elles étaient en route pour le mariage. Il avait peut-être même été quelque peu jaloux. Mais seulement parce que Bristol passait trop de temps avec Zia et pas assez avec lui.

C'était la raison de sa jalousie.

Et il n'y en avait pas d'autres.

Puis elles avaient rompu, bien qu'elles soient restées

amies. Zia avait désormais un homme dans sa vie. Elle était heureuse et allait sans doute se marier.

Et voilà qu'*il* allait peut-être se marier.

Non. Il n'allait *pas* se marier.

Bristol avait oublié.

— Pourquoi grommelles-tu dans un coin à l'anniversaire de ta meilleure amie ? demanda sa mère en avançant vers lui, au bras de son père.

— Je ne fais rien, répondit-il rapidement en sachant que c'était un mensonge.

— J'ignore ce que fait ton fils, Alex. Mais tu dois t'assurer qu'il est prêt pour cette prochaine étape.

Prochaine étape ? Sa mère était-elle au courant ? Oh, mon Dieu, Marcus avait-il écrit quelque part ce que Bristol et lui avaient prévu de faire et sa mère l'avait deviné ?

— La vieillesse ? demanda son père en souriant.

Il grimaça ensuite quand son épouse lui asséna un coup de poing sur l'épaule.

— Tu sais, tu as encore la même force qu'à l'époque où tu jouais au softball à l'université, amour de ma vie. Viens, Joan.

Le père de Marcus passa un bras derrière sa mère et quand cette dernière écarquilla les yeux avant de s'exclamer, leur fils essaya de ne pas grimacer.

Cependant, il leva les yeux au ciel.

— Si vous pouviez arrêter de vous faire de la lèche et de vous peloter une minute, ce serait génial.

— Pourquoi es-tu si grognon, fils ? demanda sa mère en se rapprochant. Pouvons-nous faire quelque chose ?

Pas le moins du monde. Comment aurait-il pu expliquer à sa mère qu'il risquait de se fiancer ce soir à cause d'une promesse faite entre deux personnes qui s'étaient juré de ne jamais rompre leur parole ? Ou qu'il désirait effectivement Bristol ? Même s'il se répétait le contraire. Qu'il n'en avait pas le droit.

— Je vais bien. Je te le promets. Et comment ça, *prêt* ? demanda-t-il.

— Je demandais seulement si tu étais prêt, maintenant que tu as la trentaine.

— Maman, ça fait un mois que j'ai trente ans, répondit-il sèchement.

Quand sa mère arqua un sourcil, il sut qu'il était à deux doigts de déclencher *le* ton sec de celle-ci. Il avait vécu sur ce fil toute sa vie, même s'il était soi-disant le *discret*. Il avait l'habitude.

Elle balaya sa réponse d'un geste de la main.

— C'est vrai, mais maintenant que Bristol a trente ans, j'ai l'impression que tu les as vraiment aussi. Ne me lance pas ce regard. Tu es encore mon bébé, mais comme vous avez toujours été inséparables, maintenant que vous avez tous les deux trente ans, ça compte.

Elle applaudit en terminant sa phrase et il ricana.

— C'est bon de savoir que Bristol doit faire quelque chose, pour que ça compte aussi pour moi.

— Tu sais que ce n'est pas ce que je voulais dire.

J'adore cette petite comme si c'était ma propre fille. C'est dommage que vous ne vous soyez jamais mis ensemble. J'adorerais qu'elle devienne une Stearn.

Marcus sourit en secouant la tête alors même que son estomac se contractait. Le souhait de sa mère se réaliserait peut-être.

Cette pensée propulsa des frissons dans la colonne vertébrale de Marcus, mais le réchauffa également. Bon sang, il ne savait quoi penser. Et c'était justement le problème, n'est-ce pas ?

— Salut, vous. Qu'est-ce que vous faites dans le coin ? demanda Vanessa, sa sœur aînée, en s'approchant.

James, le mari de cette dernière, se trouvait juste derrière elle et souriait.

— Oui, on mijote quelque chose ? demanda son autre grande sœur, Jennifer.

Son mari, Anthony, l'accompagnait.

— Oh, des manigances. Laissez-moi vous aider.

Andie sautillait d'un pied sur l'autre tandis que son époux, Chris, levait les yeux au ciel derrière elle.

Chaque fois que Marcus regardait Chris, il riait, car cet homme ressemblait vraiment à l'un des Chris des *Avengers*. Quand on savait que sa sœur avait eu un faible pour l'un d'eux pendant une décennie et qu'elle avait fini par épouser un type qui lui ressemblait ? Oui, ça ressemblait au destin. Un destin qui faisait mourir Marcus de rire... pas comme ce mot *destin* qui revenait sans cesse le hanter dès qu'il pensait à Bristol.

— Pourquoi est-on tous regroupés là ? demanda-t-il en tentant de rester calme.

Plus l'heure avançait, moins il y avait de chances que toute cette histoire de mariage soit évoquée. Sans compter le fait que sa mère venait de le mentionner. Mais elle n'était pas au courant pour la promesse. Ainsi, tant qu'ils n'en parlaient pas à portée de voix de Bristol, elle n'existait pas réellement. Et il n'aurait pas besoin de la rejeter.

Car il allait devoir la rejeter, n'est-ce pas ?

Il devrait lui briser le cœur. Ou peut-être, briser son propre cœur. Pourquoi aurait-elle un chagrin d'amour ? Ils étaient amis, après tout, n'est-ce pas ?

Si elle l'avait réellement souhaité, elle l'aurait mentionné. Elle n'en avait rien fait, ce qui signifiait qu'ils allaient sans doute ignorer le pacte et oublier qu'il avait été scellé. Ce pari n'aurait aucune importance.

Pourtant, il en avait. Car elle était sa meilleure amie et même si elle passait tout son temps en dehors de l'État et du pays pour faire ce qu'elle aimait, elle lui revenait toujours.

Quoi qu'il se dresse entre eux, ils finissaient toujours par se retrouver.

Il n'avait pas envie de gâcher ce qu'ils avaient. Il ne le pouvait pas. Mais s'il le faisait ?

— Bon, c'est quoi le problème avec ta tête ? demanda Andie.

Marcus se renfrogna.

— C'est quoi le problème avec *ta* tête ?

— Hé, c'est ma femme, intervint Chris.

Marcus sourit, même s'il savait que ce sourire ne se reflétait pas dans ses yeux.

— Je vais bien, d'accord ? Je suis juste fatigué.

Cela pouvait être le cas, surtout parce qu'il ne dormait pas, à cause de Bristol, mais ce n'était pas grave. Tout irait *bien*.

— On t'aime, donc si quelque chose ne va pas, tu dois nous le dire, insista sa mère.

— Je le sais. Vous êtes géniaux.

C'était l'euphémisme d'une vie entière

— Et tu ne peux pas laisser les Montgomery t'adopter, répliqua son père alors que le rire pétillait dans ses yeux.

— Enfin, s'ils veulent tous nous adopter, ça ne nous dérange pas, répondit Vanessa en souriant.

— Je peux être adoptée aussi ? demanda la mère de Marcus.

— Vous savez que vous êtes tous déjà des membres honoraires de la famille Montgomery, non ? demanda-t-il.

Les autres ricanèrent.

— Sérieusement ? Vous l'êtes. C'est presque une secte.

— Tu viens de traiter ma famille de secte ? demanda Bristol en avançant.

Marcus déglutit tant bien que mal et tenta de ne pas penser à toutes les choses négatives qui lui avaient traversé l'esprit, récemment. Ou au rêve qu'il avait fait la nuit précédente. Ou à Bristol, le poing enroulé autour de ces longues mèches brunes aux reflets de miel pendant qu'il... Non, il n'allait pas penser à ça.

Il ne faisait pas de rêves érotiques à propos de sa meilleure amie. Il y avait des limites et il ne les franchissait pas.

Pas encore.

— Nous n'avons jamais qualifié les Montgomery de secte, lui assura Andie avant de marquer une pause théâtrale. Mais on l'a quand même carrément fait.

Bristol rejeta la tête en arrière et éclata de rire, dans un petit bruit cristallin. Elle secoua ensuite la tête. Elle portait de longues boucles d'oreille sophistiquées. Marcus était convaincu qu'elles étaient ornées de diamants qui brillaient sous la lumière, entre les mèches de ses cheveux. Ceux-ci étaient détachés, ce soir, en de longues vagues. Elle portait aussi une robe étincelante avec des escarpins argentés. Elle était magnifique, comme une princesse. Et compte tenu du fait qu'elle avait déjà joué du violoncelle devant des princesses, la comparaison était raisonnable.

— Oui, parfois, les Montgomery ressemblent un peu à une secte. Mais vous faites partie des nôtres.

Elle marqua une pause avant de sourire.

— Des nôtres.

Les autres s'esclaffèrent et Marcus sourit en tentant d'agir comme si tout était naturel. Pourquoi était-ce si difficile ? Ça ne devrait pas être le cas. Cette femme était sa meilleure amie. Elle l'avait toujours été. La plupart des gens les regardaient et pensaient qu'ils étaient plus que meilleurs amis, mais ceux-ci pouvaient aller se faire voir. Les inconnus pensaient toujours qu'ils s'envoyaient en l'air ou se servaient l'un de l'autre. Mais ils ne les connaissaient pas, Bristol et lui. Ils étaient toujours là l'un pour l'autre et ce serait éternellement le cas. Même s'ils se fiançaient accidentellement. Mais ils ne le feraient pas. Ça n'arriverait pas. Ce n'était qu'un mauvais pari, tout comme *il* était le mauvais gars sur qui parier. Certes, il ne le pensait pas sincèrement, mais il savait que c'était le cas pour Bristol. Parce qu'elle méritait le monde et qu'il était un gars du coin. Ce qui lui convenait très bien.

— Joyeux anniversaire, dit sa mère en étreignant Bristol.

Celle-ci enroula les bras autour de Joan et s'accrocha vivement à elle avant d'étreindre les autres membres de la famille, un à un.

— Alors, qu'est-ce que ça fait d'avoir trente ans ? demanda Andie. Tu n'es plus un bébé. Tu es vieille, maintenant. D'âge moyen.

Andie rejeta ses cheveux en arrière tandis que leur mère la fusillait du regard.

— Le prochain qui mentionne que les trentenaires sont vieux se prendra une claque derrière le crâne. Je ne suis pas violente, figurez-vous, mais sérieusement, ça, je le ferai.

Tout le monde recula en riant.

— Nous ne sommes pas vieux, mais nous ne sommes plus des bébés, dit Marcus en tendant le bras.

Ce geste fut instinctif. Bristol se glissa contre lui et l'enlaça en retour. Il passa le bras autour des épaules de son amie et la serra contre lui. C'était agréable, comme si elle avait été là toute leur vie. Il avait un jour eu une rapide poussée de croissance et elle l'avait quelque peu rattrapé, mais elle était encore si minuscule, comparée à lui.

Il ignorait pourquoi il pensait à de telles choses. Comme la sensation qu'elle lui ferait ressentir contre lui. Car c'était une relation purement platonique. Ce n'était que de l'amitié.

Il se faisait des idées.

— Salut, toi, dit-elle dans sa barbe.

Il baissa les yeux vers elle et souffla, alors même qu'il ne s'était pas rendu compte qu'il retenait sa respiration.

— Salut, toi, la star de cet anniversaire.

— Je commençais à penser que ta famille et toi, vous alliez vous cacher dans le coin toute la soirée.

— Tu as tant d'amis ici. On pensait te laisser te mêler aux autres et t'amuser. La véritable fête pouvait commencer quand tu étais prête à venir nous rejoindre ici, lui expliqua la mère de Marcus en souriant.

— Vous savez quoi ? Vous avez raison. Il y a beaucoup de gens, ici. Mais je suis ravie que vous soyez venus. Sérieusement. Vous êtes ma deuxième famille. Et je vous aime.

La mère de Marcus essuya des larmes sur son visage. Bristol s'éloigna de son meilleur ami pour aller l'étreindre une nouvelle fois.

Marcus tenta de ne pas penser au fait qu'il avait froid, maintenant que la chaleur de Bristol avait disparu.

Mais qu'est-ce qui n'allait pas chez lui ? Il ne réfléchissait pas ainsi, auparavant. Oh, il y avait toujours eu des pensées occasionnelles. Toutefois, depuis que le compte à rebours de son anniversaire lui hurlait dans les oreilles, le rythme régulier des questions sur ce qu'il faisait devenant évident, il n'arrivait plus à arrêter le flot de pensées qui s'accumulaient jusqu'à occuper l'entièreté de son esprit.

— Bon, ça suffit. Va discuter avec les autres et emmène Marcus. Il boude dans le coin depuis trop longtemps.

Bristol plissa les yeux en le regardant.

— J'ai remarqué. Enfin, c'est ma journée. Je suis le centre de l'attention, la princesse. Et mon meilleur ami ne prend même pas la peine de me dérouler le tapis rouge ou de s'assurer que les autres s'inclinent en ma présence ?

Elle sourit et il leva les yeux au ciel.

— Tu penses toujours que tu es le centre de l'univers, Bristol Montgomery.

— Ma mère m'a dit de le faire et je la crois totalement.

— Ta mère a eu raison, insista Joan. Maintenant, va t'amuser, mais n'oublie pas de dire au revoir avant la fin de la soirée. Ou si tu ne le peux pas parce que tu es le centre de l'univers et que tu es occupée, sache simplement que nous t'aimons. Et nos cadeaux sont sur la table. Nous avons hâte que tu viennes dîner.

— Je vous ai dit de ne pas m'acheter de cadeaux.

— Évidemment qu'on t'en a acheté. C'est pour ton anniversaire, renchérit Andie. Mais on a aussi fait un don à une œuvre caritative comme tu nous l'as demandé sur l'invitation.

Marcus sourit et glissa les mains dans les poches de son pantalon. Bristol réussissait brillamment sa carrière. Elle avait enregistré des albums et même été nominée pour un Grammy, une fois. Elle faisait des tournées dans le monde entier et était une véritable soliste. Certains la suppliaient de venir jouer chez eux.

Elle s'en sortait donc très bien et gérait convenablement son argent. Il s'en assurait, tout comme la famille de Bristol. Elle n'avait pas envie de dépenser ce qu'elle gagnait pour des frivolités, même si elle adorait tout ce qui brillait. Ainsi, sur les invitations de son anniversaire, elle demandait qu'on ne lui offre rien, mais que, s'ils le souhaitaient, ils fassent un don à leur association préférée en son nom.

La plupart avaient adhéré à l'idée, mais pas la famille. La famille avait voulu faire les deux.

Marcus ne lui avait rien apporté. Enfin, si, mais en y repensant, c'était sans doute une idée particulièrement stupide. Et c'était quelque chose qu'il avait créé, mais qu'il ne lui montrerait sans doute jamais. Pas tant qu'il continuerait à s'enfoncer dans un trou.

— Bon, je vais faire en sorte qu'il fasse un peu la fête, leur dit Bristol en le tirant par le bras. Viens.
— J'irai où tu me guideras. Comme toujours, déclara-t-il sèchement.

Ses sœurs gloussèrent derrière lui.

Il leur adressa un doigt d'honneur avant de se décaler loin de la main de sa mère. Néanmoins, elle fut très rapide et l'attrapa tout de même par l'oreille.

— Marcus Stearn.
— Désolé, maman.

Elle rit.

Il garda un bras autour de la taille de Bristol tandis qu'ils passaient de couple en couple, de groupe en groupe.

— Tu t'amuses ? demanda-t-elle alors qu'ils s'approchaient du prochain couple, un verre de champagne dans chaque main.

Ce qui, pour Marcus, ressemblait un peu trop à ce qu'il s'était passé dix ans plus tôt. Il but lentement, ayant besoin d'avoir les idées claires pour ça.

— Oui. Mais la question c'est... et toi ?

Elle tourna les talons et le regarda, écarquillant ses yeux bleus.

— Bien sûr. Je passe un très bon moment. Tu es là. Tout le monde est là, ajouta-t-elle rapidement.

Il fronça les sourcils. Il n'eut pas le temps de s'attarder sur cette pensée, car elle poursuivit.

— J'adore les anniversaires, mais je suis plutôt fan de l'anniversaire des autres.

— Pour quelqu'un qui est toujours au centre de l'attention, tu n'aimes pas ça, parfois, c'est ça ?

— Plus ou moins. Mais maman voulait organiser ça pour moi comme elle l'a fait pour mes vingt ans. En revanche, elle m'a promis que pour mon quarantième anniversaire – *mon Dieu* – on irait se faire un road trip à Vegas.

Marcus sourit.

— Ça m'a l'air génial.

— Oui, on fera un road trip entre Montgomery pour mes quarante ans et, bien sûr, tu devras venir.

— Parce que je suis un Montgomery honoraire ?

Elle marqua une pause, puis lui lança un sourire éclatant.

— Tu le sais bien. Merci d'être venu, ce soir, Marcus. Je sais que tu étais très occupé, ces derniers temps.

Une question se dissimulait dans son ton, mais il ne répondit nullement. Ces dernières semaines, ils ne s'étaient pas retrouvés pour leurs déjeuners hebdomadaires, et ils n'avaient pas passé autant de temps ensemble que d'ordinaire. Oui, il l'avait évitée, mais il n'avait pas su quoi lui dire.

Il n'était vraiment pas doué pour ça et il savait qu'il gâchait tout. Mais il craignait sincèrement de foirer. Et il ne le pouvait pas. Pas quand elle était déjà si importante pour lui. Ce n'était pas comme si elle allait réellement souhaiter vivre avec lui. Ce n'était qu'un pari. Et clairement, elle l'avait oublié. Elle ne l'avait pas encore évoqué, depuis tout ce temps.

Bristol aimait le taquiner à propos de bêtises comme celles-ci. Si le pacte avait réellement eu de l'importance, elle l'aurait déjà asticoté ou aurait même déjà mis un genou à terre en tendant une bague. Bristol était comme ça. Et il adorait ça.

Simplement, il détestait le stress du moment.

— Joyeux anniversaire, lui dit-il d'une petite voix.

Bristol leva les yeux vers lui en souriant.

— Merci. Bon, je dois commencer à dire au revoir à quelques personnes et en remercier d'autres, mais tu n'es pas obligé de rester avec moi.

Marcus secoua la tête.

— Je vais rester. Et je suis désolé de ne pas avoir passé beaucoup de temps avec toi, récemment. J'étais occupé.

— Avec ce nouveau projet ? demanda-t-elle.

Il savait qu'elle était sincèrement intéressée. Bristol était peut-être son opposé, d'une certaine manière, mais elle adorait ce qu'il faisait, tout comme il aimait ce qu'elle faisait.

— Oui, ça.

Il avait bien conscience que cela sonnait faux, mais il ne pouvait s'en empêcher. Bien qu'il travaille effectivement sur un nouveau projet à la bibliothèque, ce n'était pas la raison de son absence, ces derniers temps. Non, elle en était l'unique raison, mais elle n'avait pas besoin de le savoir.

Ni maintenant, ni jamais.

Quand ils eurent dit au revoir à tout le monde et que les Montgomery commencèrent à nettoyer, il ne restait plus que leurs deux familles, à l'exception de quelques traînards.

Il ne souhaitait pas vraiment se retrouver sous le microscope des Montgomery, surtout quand on savait que les frères de Bristol étaient costauds et qu'ils ne cessaient de lui lancer des regards noirs ces temps-ci. Il en ignorait la raison. Ce n'était pas comme s'ils étaient au courant de ce que son pacte avec Bristol impliquait. S'ils le savaient, ils lui casseraient probablement la figure. Ou essaieraient. Mais c'était comme s'ils sentaient que quelque chose avait changé. Du moins, de son côté à lui. Parce que Bristol, elle, semblait identique.

N'est-ce pas ?

— Bon, je crois que c'est bon, dit Bristol en posant les mains sur ses hanches.

— Rentre chez toi, lui dit sa mère à l'autre bout de la pièce.

— Non, je vais vous aider à tout nettoyer.

— Celle qui fête son anniversaire ne s'occupe pas du ménage.

— Oui, elle fout simplement le bordel, répliqua Aaron, son jeune frère.

Ils échangèrent un doigt d'honneur tandis que leur mère les fusillait tous les deux du regard.

— Comportez-vous comme une gentille famille. Sinon, les autres vont découvrir la vérité sur nous.

— Tu sais, j'ai un coussin avec un slogan similaire, dit la mère de Marcus alors que toute la famille approchait.

— Je crois que j'ai aussi quelque chose de brodé avec cette même phrase, ajouta madame Montgomery.

Les deux mères commencèrent à rire et à discuter ensemble.

La famille de Marcus commença à aider au ménage et à se mêler aux Montgomery. Bristol se contenta de s'appuyer contre son meilleur ami en souriant.

— Je suis ravie que nos familles soient amies. Ça rend tout le monde si... heureux, tu vois ?

Marcus acquiesça, résistant de peu à l'envie de l'embrasser sur le sommet du crâne comme il le faisait habituellement. Curieusement, ce geste lui paraissait différent, à présent.

— Oui, c'est une bonne chose.

La mère de Bristol reprit la parole.

— Bon, vas-y, maintenant. Tes pieds doivent te faire souffrir dans ces talons.

Marcus parcourut du regard le corps de Bristol et fit de son mieux pour ne pas se focaliser sur certaines courbes. Il grimaça.

— Pourquoi portes-tu des talons de douze centimètres ?

— Ils étaient jolis. Et mes pieds sont engourdis.

— Va-t'en, lui lancèrent tous les Montgomery à l'unisson

La famille de Marcus montra son approbation.

Il la tira par le bras.

— Viens, je vais te raccompagner à ta voiture.

— Les cadeaux sont déjà dans le coffre, mais tu n'as pas le droit de les ouvrir avant qu'on vienne chez toi, demain, lui cria sa mère.

— Promis. Je connais les règles.

Il n'y avait pas vraiment eu de moment propice pour que Bristol s'asseye et ouvre ses cadeaux. Elle le ferait donc avec sa famille chez elle, le lendemain. C'était leur habitude après de grandes réceptions comme celle-ci. Marcus aimait ce genre de petites traditions. Sa propre famille avait plutôt tendance à déchirer le papier immédiatement, mais n'organisait pas non plus de cocktails comme celui de ce soir. Enfin, les Montgomery ne le faisaient pas souvent, mais pour certaines occasions importantes, il leur arrivait parfois de le faire.

Il raccompagna Bristol à sa voiture, glissant son propre manteau sur les épaules de sa meilleure amie alors qu'ils avançaient.

— Merci. Il ne fait pas trop froid, mais j'apprécie.

— Tu aurais dû mettre un manteau.

— Mais j'aime les robes sans bretelles. Et porter un manteau, ça gâche un peu les lignes.

Il ne comptait pas penser aux lignes. Sauf à celles qu'on franchit. Car, apparemment, c'était ce qu'il faisait.

— Au fait, je n'ai bu qu'une demi-coupe de champagne. J'ai bu de l'eau toute la soirée. Je savais que je voulais rentrer en voiture et ne pas dormir ici.

— Pour échapper au ménage ? demanda-t-il en riant.

— Non, crétin. Surtout parce que j'aime être dans mon propre lit, tu vois ?

— Bien sûr.

Il n'allait pas penser à Bristol dans son lit. Dans n'importe quel lit.

Oh que non !

Elle soupira et se tourna vers lui alors qu'ils se tenaient devant sa voiture.

— Bon, dit-elle.

— Bon, répéta-t-il avant de déglutir péniblement. Un autre anniversaire.

— Oui, mon trentième.

Il vit la gorge de Bristol cliqueter alors qu'elle avalait difficilement sa salive. Il ne savait quoi dire. Qu'était-il censé dire ?

— J'imagine que ça signifie qu'on est fiancés, hein ? demanda-t-elle.

La respiration de Marcus se coupa et son corps se figea.

— Oh mon Dieu. Vous êtes fiancés ? hurla Andie derrière eux tout en sautillant sur ses talons.

Elle se retourna ensuite pour hurler dans la maison.

— Ils sont fiancés ! Bristol et Marcus sont fiancés !

— Je le savais ! Nos bébés vont se marier ! Enfin ! cria

la mère de Marcus avant d'enlacer celle de Bristol alors qu'elles commençaient toutes les deux à pleurer.

Marcus arracha son regard à sa famille et baissa les yeux vers sa meilleure amie. Il ne put que battre des paupières.

Le visage de Bristol était blême et elle entrouvrit les lèvres comme pour dire quelque chose, mais il n'y avait pas grand-chose à dire.

Car les autres criaient et applaudissaient. Marcus savait que la situation avait sérieusement dégénéré.

CHAPITRE TROIS

Bristol se lécha les lèvres avant de laisser sa tête rouler en arrière. La bouche de l'homme était sur son cou. Il suçotait, léchait et lui mordillait délicatement la peau. Elle frissonna, glissant les mains le long des muscles épais de son partenaire avant de les laisser parcourir son dos. Elle inspira brusquement et trembla alors que les mains de l'homme caressaient ses flancs pour aller s'agripper à ses hanches. Heureusement, ils étaient nus, tous les deux, il était donc plus facile pour eux de se toucher, de s'embrasser. De se regarder et de se caresser. De sentir et d'*être*.

L'homme parcourut la poitrine de Bristol avec sa bouche avant de l'embrasser et de suçoter ses tétons. Il prit un bourgeon entre ses lèvres et tordit sa langue dans un angle parfait pour la faire basculer vers l'extase. Elle jouit si rapidement qu'elle eut l'impression d'être dans un rêve. Ses jambes tremblèrent et son corps se couvrit de transpiration alors qu'elle essayait de ne pas laisser ses cuisses s'écarter davantage. Elle voulait s'accrocher à lui, le maintenir là. Seulement, il ne lui facilitait pas la tâche, pas quand elle avait tant besoin de lui. Quand elle était si prête.

Il se décala vers l'autre sein et suça vivement, presque au point de lui faire mal, mais elle s'en moquait. Elle en voulait plus, elle en *exigeait* plus.

Et elle l'obtiendrait.

Car il était désormais entre les jambes de Bristol, son épaisse verge palpitant. Elle voulait cette longueur rigide en elle, elle avait besoin de le chevaucher jusqu'à l'oubli et jusqu'à ce qu'ils se brisent tous les deux.

Elle leva les yeux vers lui et chuchota.

— Marcus. J'ai besoin de toi.

Il se lécha les lèvres et croisa son regard avant de plonger en elle, si profondément, et de l'étirer jusqu'à la limite. Elle s'écria et ressentit une douleur exquise.

Puis elle se réveilla.

Bristol ouvrit les yeux, ses paupières alourdies par le sommeil et les rêves. Son débardeur était de travers, laissant échapper un sein, tandis que l'autre était étranglé par le reste du tissu. Elle lécha ses lèvres subitement sèches et baissa les yeux vers l'endroit où sa main était actuellement posée, sa paume saisissant sa chair particulièrement sensible.

— Putain de traîtresse, grommela-t-elle.

Elle sortit sa main désormais mouillée d'entre ses jambes et de sa culotte.

Elle s'était une nouvelle fois provoqué un orgasme en rêvant. Ses rêves étaient si réels qu'elle s'était autorisée à jouir complètement alors qu'elle était endormie, sans même savoir que son inconscient ne pouvait s'empêcher de continuer.

Ce n'était pas un incident isolé. Elle s'était fait jouir pendant son sommeil plus d'une fois et elle l'avait même fait en dormant à côté de son petit ami.

Il avait trouvé cela torride et comme ils s'étaient tous les deux réveillés à cette occasion, cela les avait menés à d'autres ébats sexy.

Bien sûr, l'homme de ses rêves, dans ce songe-ci, avait été une célébrité pour laquelle elle avait un faible –, une célébrité qu'elle avait déjà rencontrée et qu'elle *connaissait*. Ce qui avait été quelque peu embarrassant.

Les rêves érotiques sur des inconnus ne la dérangeaient pas, d'ordinaire.

Après tout, on ne pouvait pas contrôler la direction de nos pensées, lorsqu'on dormait.

Cependant, le fait qu'elle ait rencontré cette vedette signifiait que chaque fois qu'elle pensait à lui et surtout à leur prochaine rencontre, elle rougissait copieusement.

Et elle n'était pas restée avec son petit ami très longtemps, ensuite. Non pas à cause du rêve érotique, mais surtout parce que c'était un crétin.

Enfin, bon sang, voilà qu'elle faisait des rêves érotiques à propos de *Marcus*.

Son corps entier trembla. Elle se redressa dans son lit, arrangea son débardeur et essuya ses mains sur les draps. Elle allait devoir laver ce fichu linge de lit après ça, dans tous les cas.

Seulement, son esprit ne cessait de dériver en direction de ce rêve. Et de la personne qui apparaissait dans celui-ci.

Marcus. Son meilleur ami.

Son putain de fiancé.

Comment était-ce arrivé ?

Passant l'autre main dans ses cheveux, elle déglutit péniblement, se demandant si elle avait trop bu la veille. Non, ce n'était pas le cas. Ça ne pouvait pas l'être.

Elle n'avait pas bu plus d'une coupe de champagne avant de finir accidentellement fiancée à son meilleur ami.

Honnêtement, elle n'avait pas imaginé que leur pari irait aussi loin. Elle ne s'était pas autorisée à y réfléchir. Pas quand il s'était agi d'un simple pacte entre amis... qui était tout sauf simple. Et bien qu'ils ne soient *jamais* revenus dessus, il n'était pas censé être réel. Mais tout le monde avait l'air si enthousiaste, bien que quelque peu confus. Mais ils étaient tous particulièrement heureux. Et elle n'avait pas envie de les décevoir. Quand Marcus n'avait rien dit non plus, elle s'était rendu compte qu'ils ne pouvaient revenir en arrière. Et boum, des fiançailles.

Voilà où elle en était. Marcus avait ensuite réussi à la ramener chez elle et ils n'avaient pas parlé pendant tout le trajet.

Bristol parlait constamment. Elle radotait. Sans cesse.

Elle avait un jour radoté devant un prince et un duc, au point où ils avaient lentement reculé, comme s'ils étaient effrayés.

Mais avec son meilleur ami ? Celui avec lequel elle n'avait jamais partagé de silence sérieusement gênant ?

Elle n'avait pas prononcé un seul mot pendant les quinze minutes de trajet jusque chez elle.

Il l'avait déposée et n'avait rien dit non plus. Il l'avait simplement raccompagnée jusqu'à sa porte, car il était ainsi. Ni l'un ni l'autre n'avait parlé alors qu'elle refermait la porte derrière elle.

Mais elle savait qu'il viendrait, aujourd'hui.

Ils devraient en parler. Arranger ça.

D'une manière ou d'une autre.

La sonnette résonna deux fois de suite, comme si la personne qui appuyait dessus était presque en colère.

Elle comprit alors ce qui l'avait sortie de son rêve érotique.

Non, ce n'était pas l'orgasme. C'était la sonnette.

Elle bondit du lit et chercha un short ou un pantalon, mais n'en trouva aucun.

La sonnette résonna à nouveau et son portable commença ensuite à vibrer. Elle courut jusqu'à la porte, craignant que ce soit une urgence.

Elle se moquait de ne porter qu'une culotte et un débardeur ou que son téton soit dévoilé. Elle devait s'assurer que tout le monde allait bien.

Elle ouvrit brusquement la porte sans prendre la peine de regarder par le judas, et se figea.

— Marcus, constata-t-elle.

Elle ne put s'empêcher de se souvenir comme sa voix était essoufflée lorsqu'elle avait chuchoté son nom pendant qu'il décrivait des va-et-vient en elle avec cette épaisse verge charnue.

Elle ignorait à quoi ressemblait le pénis de Marcus et seule la Bristol de ses rêves y avait déjà songé – *mensonge*. Elle ne saurait jamais à quoi sa verge ressemblait.

N'est-ce pas ?

Le Marcus de ses rêves était une personne totalement différente. Il n'existait pas. Elle allait bien. Elle ne perdait pas la tête.

Bristol leva les yeux vers son meilleur ami – ou peut-être était-il son fiancé ? Elle n'en était plus sûre, désormais. Elle tenta ensuite de reprendre son souffle.

Il portait une veste en cuir, un tee-shirt blanc et un jean. Ses mains étaient dans les poches de sa veste et il l'observait, la mâchoire crispée.

— Bristol, grogna-t-il.

Grogna-t-il ? Marcus ne lui grognait pas après.

Elle se souvint ensuite de ce qu'elle portait. Ou plutôt de ce qu'elle ne *portait pas*.

Elle tituba en arrière, trébucha sur une chaussure,

comme elle ne les avait pas rangées la veille et manqua de tomber sur les fesses avant que Marcus l'attrape par les coudes. Il était suffisamment fort pour lui permettre de rester debout et elle lui en fut reconnaissante.

Car elle serait tombée avec joie sur les fesses et se serait même volontiers brisé une hanche, car elle ferait n'importe quoi pour protéger ses mains et ses bras.

Ils étaient assurés, après tout, et indispensables pour son gagne-pain.

Voilà qu'elle pensait à ses blessures potentielles plutôt qu'au fait qu'elle était désormais fermement appuyée contre son meilleur ami/fiancé en étant quasiment nue.

— Il faut vraiment que j'enfile des vêtements.

— Oui, je le crois sincèrement.

Il ne la relâcha pas pour autant. Et elle ne s'écarta pas.

Elle déglutit péniblement et leva les yeux vers Marcus avant de se lécher les lèvres.

Elle remarqua qu'*il* avait vu ce mouvement. Elle sut alors qu'ils avaient tous les deux perdu la tête, car c'était la seule explication rationnelle à ce qui se passait.

Elle n'avait pas envie de coucher avec son meilleur ami, mais compte tenu de ce rêve érotique et de la manière dont son sexe se crispait encore quand elle pensait à lui ? D'accord, elle avait *peut-être* envie de coucher avec son meilleur ami.

Oh, mon Dieu, comment est-ce arrivé ?

— Tu devrais me relâcher, dit-elle doucement.

Il acquiesça.

— Je ne veux pas que tu trébuches et que tu tombes sur les fesses. Tu ne me laisserais jamais tranquille, si tu t'étais blessée.

Elle se renfrogna.

— Je ne t'en voudrais pas.

Marcus la relâcha et elle eut immédiatement froid.

Une fois encore, elle n'avait pas envie d'y penser.

— Tu m'en voudrais carrément. Nous sommes comme ça.

Elle hocha la tête, son corps menaçant de trembler. Pour quelle raison ? Elle n'en savait rien.

— D'accord, tu m'as bien eue. Bon, sérieusement, je devrais aller me changer.

Le regard de Marcus glissa le long de son corps. Elle mordilla sa lèvre et fit son maximum pour ne pas tirer sur son débardeur, sinon en tentant de couvrir sa culotte ou ses cuisses, elle lui montrerait l'intégralité de ses seins et pas seulement les tétons pointus qu'elle dévoilait déjà assurément.

Sans parler du fait que son débardeur était blanc et qu'il voyait sans doute toute l'aréole. Pourquoi dormait-elle ainsi vêtue ? Elle ne tentait pas d'être sexy, mais elle avait simplement chaud et aimait dormir sous une cinquantaine de couvertures.

Marcus le savait, à présent.

Car toutes les fois où il avait dormi chez elle, surtout

parce qu'ils avaient trop bu ou organisé une soirée pyjama entre meilleurs amis, elle portait toujours un pantacourt ou un pantalon en flanelle, avec un haut qui la couvrait complètement. Elle ne paradait pas devant son meilleur ami.

Jusqu'à maintenant.

Elle hocha la tête, tourna les talons et courut en direction de sa chambre. Elle claqua la porte derrière elle et jura qu'elle entendit un grognement depuis l'autre pièce.

Ce n'était que son imagination. Clairement. Il était impossible qu'il pense à quoi que ce soit dans la même veine qu'elle.

Elle enfila rapidement un jean, un soutien-gorge et un tee-shirt. Elle passa ensuite une écharpe en mailles autour de son cou pour se cacher davantage.

Seuls ses pieds restaient nus et Marcus devrait faire avec, comme elle détestait les chaussettes.

Elle fit de son mieux pour avoir l'air calme, mais elle était pourtant tout sauf sereine.

Plus maintenant.

Elle se lava rapidement les dents, passa aux toilettes, et tenta de rendre sa coupe de cheveux présentable, mais elle ne pouvait rien y faire.

Plus tard, elle devrait s'occuper de la lessive, prendre une douche, et essayer de ne pas penser au fait que la dernière fois qu'elle était dans ce lit, elle s'était provoqué un orgasme. En imaginant Marcus.

Non, elle ne comptait pas y songer.

Le tout n'avait duré que cinq minutes à peine, mais elles lui avaient paru interminables et à la fois bien trop brèves.

Bristol prit une profonde inspiration et s'intima de se calmer. Elle n'avait pas besoin de se mettre la rate au court-bouillon. Ils trouveraient une solution et expliqueraient à tout le monde qu'ils avaient mal entendu.

Puis tout reviendrait à la normale.

Quelle que soit sa normalité.

Elle entra dans la cuisine où se trouvait Marcus. Sa tasse de café était déjà prête sur le plan de travail, préparée comme elle l'aimait. La tasse de Marcus était près de lui tandis qu'il était placé devant le fourneau, cuisant des blancs d'œuf dans une poêle avec des épinards, du fromage, les tomates jaunes qu'elle adorait et du bacon de dinde.

— Ça sent divinement bon, le complimenta-t-elle honnêtement alors que l'eau lui montait à la bouche.

Marcus regarda par-dessus son épaule et sembla quelque peu soulagé.

À l'idée qu'elle lui parle ? Ou qu'elle porte des vêtements ?

Honnêtement, elle ignorait quelle réponse elle souhaitait.

— Le petit déjeuner est presque prêt. Je me suis dit que tu aurais besoin de manger quelque chose, après la soirée d'hier.

Bristol fronça les sourcils.

— Je n'étais pas ivre.

— Bien sûr.

— Je ne l'étais pas. Je le jure.

Elle marqua une pause.

— Mais merci d'avoir préparé le petit déjeuner. Tu sais que c'est mon repas préféré, à l'exception de tout ce qui contient du strudel, du fromage frais et une tonne de calories.

Marcus ricana.

— Merci, sincèrement.

— De rien. Ne deviens pas grincheuse. Bois ton café.

— Ce n'est pas moi qui suis grincheuse, marmonna-t-elle dans sa barbe avant de boire une gorgée de son café.

Il était à la température idéale et la saveur était parfaite, avec le bon ratio de sucre et de lait.

Évidemment, il le lui avait préparé comme il le fallait. Marcus savait tout d'elle. Il était son meilleur ami.

Elle retint une grimace. Bon, il ne savait pas tout, car si c'était le cas, il saurait qu'elle avait fait un rêve érotique le concernant. Désormais, il était là et la regardait. Il l'avait vue quasiment nue. À poil. Juste après qu'elle eut fait un merveilleux rêve érotique dans lequel il tenait le second rôle.

Comment allait-elle survivre à cette journée sans perdre la tête ?

— J'ai entendu.

Il fallut un moment à Bristol pour comprendre à quoi son meilleur ami faisait référence. Au sexe ? Non, pas aux rêves érotiques. Il parlait de ce commentaire, sur le fait d'être grincheux.

— Je ne l'ai pas dit dans ma tête, donc j'avais deviné que tu l'entendrais.

— Mange ton petit déjeuner, bois ton café et on parlera ensuite.

Bristol sirota sa boisson et baissa les yeux vers l'assiette qu'il lui tendait. Elle était parfaitement présentée pour elle, avec un petit brin de romarin au-dessus.

Elle ne savait même pas qu'elle avait du romarin frais dans son réfrigérateur. Marcus l'avait trouvé et l'avait admirablement utilisé pour elle.

S'il n'était pas allé à l'université pour devenir bibliothécaire, un domaine qui le passionnait et pour lequel il était très doué, elle avait toujours cru qu'il partirait en école culinaire.

Ce qui ferait plus de gourmandises pour elle, en tout cas... comme il serait toujours dans sa vie. C'était la raison des fiançailles, après tout. Elle ne s'en plaindrait pas.

N'est-ce pas ?

— Merci, répondit-elle en lui prenant l'assiette des mains.

— De rien. Tu aurais pu mettre la table.

— Je viens de me réveiller. Excuse-moi. Laisse-moi boire mon café et j'arrêterai d'être une vraie garce.

— Arrête de te qualifier de garce. Tu sais que je déteste quand tu le fais.

Elle leva les yeux au ciel, mais sourit. Il détestait que

n'importe quelle femme soit qualifiée de garce, même si celle-ci le faisait elle-même.

Elle n'était pas toujours douée pour ça.

— Mais sérieusement, merci pour le petit déjeuner. J'imagine qu'il faut qu'on parle de ce qui s'est passé hier soir.

Il grogna et commença à bourrer sa bouche sans retenue.

Il ne mangeait pas toujours ainsi, mais elle devinait qu'il n'avait pas envie de parler. Non pas qu'elle ait vraiment envie de parler non plus. C'était déjà gênant. La situation ne ferait qu'empirer au fil de la journée.

Ils terminèrent leur repas en silence. Un autre de ces silences gênants auxquels elle n'était pas habituée avec lui. Elle mangea aussi rapidement que lui, buvant ensuite un verre d'eau qu'il avait posé sur la table pour elle.

Il prenait toujours soin d'elle. Elle faisait de son mieux pour lui rendre la pareille. Mais elle n'excellait pas toujours dans ce domaine.

Elle n'était pourtant pas égocentrique. Non, elle faisait de son mieux pour prendre soin de tout le monde, mais Marcus semblait toujours avoir deux coups d'avance sur elle.

Elle avait l'impression qu'il avait toujours fait partie de sa vie. Depuis qu'ils avaient six ans, fréquentaient la même école primaire et avaient été obligés de s'asseoir l'un à côté de l'autre, quand la personne qui partageait la table de Bristol lui avait pincé les côtes et lui avait tiré ses couettes.

Elle avait frappé le garçon dans ses bijoux de famille et Marcus l'avait retenue pour qu'elle n'aille pas plus loin, surtout parce qu'il avait envie de le faire lui-même, mais le professeur n'avait rien dit quant au rôle qu'il avait joué.

En revanche, Bristol avait été punie et avait ensuite été obligée de s'asseoir à côté de Marcus.

Ils étaient devenus meilleurs amis après ça et avaient rarement été séparés depuis.

Enfin, cela avait changé ces dix dernières années. Quand elle avait quitté la fête de son vingtième anniversaire, avec un pacte étrange dans un coin de sa tête, sa vie avait explosé. Sa carrière prenait une trajectoire que même Liam et elle ne comprenaient pas.

Son grand frère avait un succès fou dans le monde du mannequinat et encore plus dans le monde de la littérature, et c'était désormais le cas de Bristol dans le domaine de la musique.

Elle n'arrivait toujours pas à croire la chance qu'elle avait, même si elle savait que ce n'était pas une simple chance. Elle travaillait dur et allait devoir d'ailleurs s'entraîner plusieurs heures, plus tard dans la journée, pour sa tournée à venir. Elle devrait également commencer à composer de nouvelles mélodies, car elle souhaitait travailler sur un autre album.

Ce n'était donc pas uniquement grâce à son talent et à sa chance.

Elle travaillait si dur.

Et Marcus avait toujours été présent pour elle, à chaque étape.

Elle laissa ces pensées s'insinuer dans son esprit alors qu'ils terminaient leur petit déjeuner. Elle prit ensuite l'assiette et la tasse de Marcus pour aller laver la vaisselle sans un mot.

— Alors, qu'est-ce qu'on va faire ? demanda-t-il.

Elle laissa échapper un soupir tremblant avant de se retourner pour le regarder dans sa cuisine.

Il donnait l'impression d'avoir sa place, ici, comme s'il avait toujours fait partie de cet endroit. Dans un sens, c'était le cas. Il l'avait aidée à emménager dans cette maison et l'avait même aidée à décider où ses épices devaient être rangées dans sa cuisine. Il savait probablement qu'il cuisinerait bien plus qu'elle.

Il avait tant fait pour elle, mais elle avait l'impression qu'une toute nouvelle personne se tenait devant elle, à présent. Elle ne savait quoi dire.

— J'ignore ce que nous allons faire.

— Mais nous avons menti... Nous sommes vraiment fiancés ?

Même si elle savait qu'il avait raison, il était tout de même douloureux de l'entendre prononcer ces mots. N'avait-il pas *envie* d'être fiancé avec elle ?

Cette pensée n'était pourtant pas si *démente*.

Elle ferait aussi bien d'être honnête. Car une part d'elle le souhaitait. La part qu'elle avait fait taire si longtemps. Et si elle avait cette excuse... Non, elle ne pouvait réfléchir ainsi. Ou bien le pouvait-elle ?

— Je ne sais pas. C'est la règle que nous nous étions imposée. Qu'on se marierait. C'est en train d'arriver, non ?

Elle n'arrivait toujours pas à croire qu'elle venait de prononcer ces mots.

— Tu veux qu'on soit fiancé ?

Il ne semblait pas incrédule. À vrai dire, il paraissait neutre, comme s'il dissimulait ses émotions. Elle ignorait pourquoi cela l'atteignait plus que nécessaire.

— Je n'en sais rien.

Elle passa les mains dans ses cheveux en faisant les cent pas dans la cuisine. Il se décala de son chemin et elle lui en fut reconnaissante, car elle n'avait pas envie de lui foncer dedans. Elle n'avait pas envie de le toucher quand ce geste pouvait subitement gêner ses pensées. Comment cela était-il arrivé si rapidement ?

— Je veux dire, tout le monde semblait heureux. Comme s'ils s'y attendaient.

Marcus acquiesça.

— Tout le monde suppose que nous sortons ensemble en secret depuis tout ce temps. Ou depuis toujours, je ne sais combien de mois.

— Ce n'est pas parce qu'ils supposaient que nous sortions ensemble – et selon moi, personne ne le pensait vraiment – qu'on doit réellement jouer le jeu.

— Je le sais, explosa-t-elle en levant les mains. Je suis convaincue que mes frères le savaient. Ils savent tout. Le fait que nos mères aient eu l'air si heureuses, comme si elles l'avaient voulu depuis tout ce temps… Elles n'arrêtaient pas de s'étreindre et de pleurer. Ça m'inquiète.

— Qu'est-ce que tu veux dire ? demanda-t-il en s'appuyant contre le plan de travail.

Il croisa les bras sur son torse et elle déglutit péniblement. Elle ne put s'en empêcher. Il avait retiré sa veste et ses avant-bras particulièrement sexy étaient désormais exposés. Elle ignorait quand elle avait commencé à considérer ses avant-bras comme sexy.

Était-ce arrivé avant les fiançailles ? Ou était-ce une nouveauté ?

Peut-être qu'elle avait simplement caché pendant si longtemps tout ce qu'elle désirait à cause des étiquettes dont ils s'affublaient mutuellement.

Ou peut-être réfléchissait-elle trop.

— Ils pensent vraiment que nous sommes fiancés, constata Marcus d'une petite voix.

— Oui. Et j'imagine que nous devons leur dire la vérité. Mais ta mère, elle avait l'air si heureuse.

Marcus ferma les yeux et jura.

— Et si nous lui disons la vérité, elle sera dévastée. Tu as vu la tête qu'elle faisait.

— Je ne veux pas faire de mal à ta mère.

— Elle a subi suffisamment d'épreuves.

Quel euphémisme ! La mère de Marcus était une femme merveilleuse, mais elle avait survécu à une transplantation cardiaque. Et même si elle allait bien, elle prenait encore de nombreux médicaments et ses médecins craignaient qu'elle ne supporte pas ce nouveau cœur très longtemps.

Elle était forte, mais la maladie qui avait détruit son corps la première fois pouvait toujours revenir.

Un tel stress serait insupportable pour elle et Bristol avait l'impression d'être une horrible personne.

— Je ne veux pas que ta mère souffre à cause de nous.

— On ne peut pas se marier pour ma mère, dit Marcus d'une voix basse.

— Je sais. Nous avons aussi créé ce pacte.

Elle ignorait pourquoi elle disait ça. Enfin, peut-être qu'au fond, elle le savait. Mais elle n'avait pas envie d'y penser, pour l'instant.

— On s'est dit qu'on se marierait une fois que j'aurais trente ans si nous n'étions pas mariés, ni l'un ni l'autre. Et à moins que l'un de nous cache un époux, nous sommes tous les deux célibataires.

— Je n'ai jamais été marié, Bristol. Loin de là.

Elle déglutit difficilement. Zia avait été la seule personne qu'elle avait envisagé d'épouser et, finalement, elles s'entendaient mieux en tant qu'amies.

— Moi aussi, je suis célibataire.

— Alors, tu veux concrétiser le pari. Juste parce qu'on l'a lancé ? Et à cause de ma mère ?

— Peut-être ? Je crois. Je ne veux pas revenir sur ma parole.

Elle prononça ces mots rapidement, se surprenant elle-même.

— Ce n'est pas le cas.

Elle soupira lentement.

— Je ne crois pas pouvoir le faire. Je ne sais pas... À l'époque, nous avons scellé ce pacte pour une raison. C'était peut-être une bonne raison.

Elle avait lancé ce pari parce qu'elle voulait rester proche de Marcus. Ou peut-être y avait-il quelque chose de plus ? Honnêtement, à quoi pensait-elle dix ans plus tôt ?

Marcus avança vers elle. Bristol se figea, voyant un aspect de sa personnalité qu'elle n'avait jamais vu précédemment. Il se plaça devant elle, avant de coincer une mèche de cheveux derrière ses oreilles et de poser les mains autour de son visage.

— Pense à ce que tu dis. Pense à ce que *nous* disons. Tu veux être ma *femme*.

Elle lui répondit, bien qu'il ne lui pose aucune question.

— Je veux entrer dans cette nouvelle étape de ma vie. Je veux le faire avec toi. Tu es mon meilleur ami, Marcus. Pourquoi ne pas affronter le reste de nos vies ensemble ?

— Ce n'est pas si facile.

— Je ne veux pas que ta mère souffre. Je ne veux pas qu'un membre de nos familles souffre. Nous avons fait une promesse. Respectons-la.

Il baissa les yeux vers elle et plaça une nouvelle fois ses cheveux derrière ses oreilles.

— Bristol. On va se marier ? Sérieusement ?

Il s'agissait peut-être encore d'un rêve. Elle commettait potentiellement une terrible erreur. Mais elle acquiesça et vit quelque chose dans le regard de Marcus qui, peut-être, était logique.

Elle n'en savait rien.

Elle s'éloigna donc de lui et lui tendit la main.

— Scellons le pacte d'une poignée de main.

Il regarda la main de Bristol et ricana.

— Tu viens plus ou moins de me demander de t'épouser, pour le bien de ma mère, et parce que nous nous sommes fait une promesse quand nous avions vingt ans. Et maintenant, tu veux sceller ça d'une *poignée de main* ?

— Pourquoi pas ?

— Voilà pourquoi.

Il fit un nouveau pas vers elle et posa sa bouche sur celle de Bristol.

Il l'avait déjà embrassée par le passé, bien sûr – de brefs baisers, des bisous sur la joue et sur le sommet du crâne. *Rien* de tel.

Elle frissonna, ignorant quels sentiments bouillonnaient en elle, et s'appuya contre lui. La langue de Marcus effleura la sienne, une fois, puis deux. Il recula à nouveau. Ils haletaient tous les deux, le simple contact de leurs lèvres se révélant insuffisant.

— Maintenant, *maintenant* c'est un peu plus logique.

— Le fait de le sceller avec un baiser ?

Il secoua la tête en riant.

— Nous commettons sans doute une très grosse erreur. Mais tu sais quoi, Bristol ? Pourquoi pas, bordel ?

Il l'embrassa ensuite sur le sommet du crâne et l'abandonna dans sa cuisine. Elle était une femme fiancée et sacrément perdue.

CHAPITRE QUATRE

Consacrer son esprit, son corps et son âme à son travail devait l'aider. Du moins, c'était ce que Marcus se disait. Après tout, s'il se plongeait dans le travail, comme dans l'immense projet qui le rendait quelque peu anxieux, il n'aurait pas à penser au fait qu'il était fiancé.

Et que, d'une manière ou d'une autre, il entamerait une nouvelle vie avec la personne qui connaissait déjà son âme mieux que lui, la plupart du temps.

La situation se réglerait peut-être d'elle-même et finirait par faire sens. Ce n'était peut-être pas une erreur.

— Pourquoi on dirait que tu vas être malade ? Parce que si c'est le cas, ne vomis pas sur les livres. Nous protégeons toujours les livres. Tu connais la première règle des libraires, lui lança Ronin – son ami et collègue – en entrant dans le petit bureau de Marcus avec un modeste tas de papiers et un livre à la reliure de cuir coincé prudemment sous un bras.

Marcus leva les yeux au ciel.

— Je croyais que la première règle du libraire, c'était de lire.

— Non, c'est ce que les gens pensent. La règle est de toujours protéger les livres. Puis de se protéger soi-même. Pendant que tu lis. Tu dois tout faire en même temps.

— Tu es bizarre.

— *Tu* es bizarre. C'est pour ça qu'on est amis.

— Peut-être. Ou c'est peut-être aussi parce qu'on travaille ici depuis une éternité et que je suis tout ce que tu as.

Une étrange émotion passa sur le visage de Ronin, mais il sourit ensuite comme si de rien n'était. Marcus ne savait pas grand-chose sur son ami, surtout car ce dernier était doué pour garder les secrets. Et ça ne le dérangeait nullement. Ronin méritait d'avoir sa vie privée. Et Marcus savait garder les secrets, également.

Comme le fait que ses sentiments envers Bristol ces dernières... semaines... mois... *années*... avaient peut-être commencé à bouillonner d'une nouvelle façon quand il n'y avait pas prêté attention. Certes, il ne s'autoriserait pas à prononcer ces mots à voix haute. Ou peut-être était-ce le bon moment pour le faire ? Après tout, elle était sa fiancée.

Mon Dieu.

— Tu vois ? On dirait encore que tu es malade. Qu'est-ce qui ne va pas ?

Marcus sortit de sa rêverie. Ce n'était pas le moment de se concentrer sur son futur – quel qu'il soit – avec Bristol. Non, il devait travailler.

— Rien. Sérieusement. Ce n'est qu'une mauvaise journée.

Les familles de Marcus et Bristol savaient qu'ils étaient fiancés, mais personne d'autre n'était au courant. Cela représentait déjà beaucoup de monde pour des fiançailles qui n'étaient pas fausses, mais arrangées d'une manière étrange, au point qu'il ignorait comment elles avaient commencé. Il n'était pas prêt à ce qu'elles deviennent trop concrètes. Il n'en informerait donc personne tant qu'il n'était pas prêt.

Seulement, il n'était pas sûr de *ne pas* être prêt.

Cette pensée le fit grimacer, mais il était impossible de faire machine arrière, à présent.

Bon sang, Bristol serait sa femme, s'ils allaient vraiment au bout des choses. Il ignorait s'ils allaient le faire, mais si c'était le cas, ils se *marieraient*. Dans le sens où ils se diraient ce qu'ils ressentaient et échangeraient des vœux.

Et ils coucheraient ensemble.

Il se figea à nouveau, alors même que Ronin s'approchait d'un air inquiet. Merde. Bristol et lui coucheraient ensemble.

Dans... un lit, ou ailleurs. Peu importait. Ils seraient

ensemble. Chair contre chair. Il serait en elle. Il la prendrait. Lui ferait l'amour. Lui ferait les choses que les gens mariés faisaient.

Oh, bon sang.

Il l'avait embrassée, non pas sur le front, la tempe ou la joue, comme d'ordinaire, mais sur les lèvres, comme pour sceller leur pacte d'un baiser. Et désormais, il perdait la tête.

— Bon, tu vas me dire ce qui se passe exactement, n'est-ce pas ? Parce que tu commences à me faire peur.

Marcus secoua la tête.

— Non, ne t'inquiète pas pour ça. Je suis simplement concentré sur d'autres choses, en ce moment, plutôt que sur le véritable projet sur lequel nous sommes censés travailler.

Ronin le dévisagea.

— Si tu en es sûr.

Marcus acquiesça.

— Très bien. Le projet. Je pense que ça va être amusant. Mais c'est toi le responsable.

— Ils sont venus me voir, donc je me débrouille.

Marcus était bibliothécaire de référence et de recherche, spécialisé dans l'accompagnement visant certains sujets pointus. L'université du coin venait d'obtenir une subvention conséquente et avait besoin d'un authentique bibliothécaire pour assurer le versant académique du projet.

Cela représentait toute une masse de recherches, de

consignations et d'autres aspects de son métier qu'il n'avait plus l'occasion de pratiquer très souvent ces derniers temps, essentiellement parce que les bourses n'étaient pas la priorité du moment pour la plupart des gens. Il passait donc ses journées à éplucher des recherches peu subventionnées, ou généralement à patienter derrière le bureau d'accueil et au service des prêts. Il aimait ces deux facettes de son travail, mais il était vraiment heureux de renouer avec la recherche à proprement dite.

Sur ce projet précis, Ronin cumulait les deux rôles et travaillait en étroite collaboration avec lui, même si son ami passait désormais une grande partie de son temps au prêt des ouvrages.

La bibliothèque avait perdu de multiples fonds, récemment, ce qui était synonyme de coupes budgétaires, au détriment de l'institution. Ce n'était pas simplement un endroit qui accumulait d'anciens ouvrages, comme certains politiques le pensaient. D'innombrables personnes se servaient des ordinateurs de la bibliothèque, surtout ceux qui vivaient dans les zones dépourvues d'Internet. Tout le monde n'avait pas la chance d'être équipé du haut débit. De plus, les écoles se tournant peu à peu vers l'enseignement technologique se reposant lourdement sur les tablettes et Internet pour les devoirs, les élèves venaient constamment se servir de la connexion et des ordinateurs. Les gens se rendaient à la bibliothèque pour faire des recherches, pour lire de la fiction, de la nonfiction, n'importe quoi. Pour choisir des audiolivres, des films, des CD, ils avaient un peu de tout et pourtant, il n'y en avait pas assez.

Marcus adorait son travail, même quand il l'épuisait. Et, avec ce projet précis, il pouvait travailler avec d'autres personnes, se plonger dans divers sujets au-delà de la superficialité, et aider à écrire quelques articles. Il avait toujours été un intello, un geek aux yeux de certains. C'était le cas depuis son enfance quand il avait eu sa première carte de bibliothèque dès qu'il avait été assez grand pour atteindre le bureau. Certes, il n'avait pas été assez grand, et son père l'avait donc porté. Marcus avait souri en signant son nom.

Il n'avait pas eu de grands rêves comme Bristol et bien qu'ils en plaisantent, il préférerait voir le monde au travers d'un livre, parfois, plutôt que de supporter l'idée de voyager au milieu de larges foules. C'était Bristol qui avait toujours voulu voir le monde. Et elle l'avait vu. Elle avait joué pour des rois et reines. Pour des ducs et duchesses.

Marcus retint un grognement en songeant à un certain duc qui avait eu les mains quelque peu baladeuses. À un tel point qu'une fois qu'il avait entendu parler de l'incident, Marcus avait failli acheter un billet d'avion sur un coup de tête, avec ses économies, pour prendre un vol en direction de Londres et lui coller un coup de poing en pleine tête. Cependant, il ignorait s'il aurait pu finir décapité pour ça. Il avait beau être bibliothécaire, il ne connaissait pas toutes les anecdotes et lois qui se rapportaient aux personnes royales.

Honnêtement, il s'était dit que l'un des Montgomery s'en chargerait en premier – voire Bristol elle-même. Et il savait qu'elle serait en colère contre lui, s'il en faisait trop.

— Tu n'as plus l'air malade, mais tu sembles un peu perdu. Tu veux en parler ? demanda Ronin en s'appuyant à nouveau contre la porte.

— Non, j'ai juste du travail. Tu veux qu'on passe en revue cette partie du projet, comme tu travailleras dessus avec moi ?

— Je croyais que tu n'allais jamais me le demander.

Ronin effectua un pas en avant en fronçant les sourcils.

— Si tu as besoin de parler de quoi que ce soit, je suis là. Je sais que tu as Bristol, d'autres très bons amis et une famille merveilleuse, mais tu n'as pas besoin de subir tout ça seul. Alors, préviens-moi si tu as besoin de parler de quelque chose. Je sais être à l'écoute.

Marcus lui lança un léger sourire.

— Merci, mec. Et je te crois.

Ronin sourit.

— Bien. Bon, parlons de données.

Marcus s'esclaffa et ouvrit le livre – la meilleure musique du monde à ses oreilles.

Marcus finit par travailler encore quelques heures, dépassant ses horaires d'environ une demi-heure. Il se déplia ensuite tant bien que mal de sa chaise trop petite et prit le chemin de la maison. La circulation n'était pas trop mauvaise, heureusement, car il prenait les routes secondaires et ne vivait pas dans le quartier universitaire de Boulder. Autrement, il se serait sans doute arraché les cheveux. Boulder grandissait à vue d'œil. Bon sang, le reste du Colorado aussi. Les prix de l'immobilier étaient délirants, et la location était encore plus compliquée ces derniers temps. Dès que le cannabis avait été légalisé dans l'État, tout le monde avait emménagé ici, et le marché immobilier avait dégénéré.

Heureusement, Marcus était propriétaire de sa maison et ne prévoyait nullement de vendre prochainement. S'il emménageait tout juste en ville et tentait de commencer une nouvelle vie ? Il ignorait s'il était capable financièrement de vivre dans l'État dans lequel il était né.

Secouant la tête alors qu'il s'engageait dans le garage, il rit quand sa mère ouvrit la porte de la maison.

Il coupa son moteur et sortit, emportant son sac.

— Bon, apparemment tu fais comme chez toi à la maison, hein ? demanda Marcus alors qu'il montait l'escalier avant d'embrasser sa mère sur la joue.

— Bien sûr. Tu as de la chance que je ne sois pas venue avec les Montgomery pour que nous puissions tous organiser une belle petite fête.

Elle lui fit un clin d'œil. Marcus fut envahi par la culpabilité. Ce n'était pas un mensonge. Car Bristol et lui étaient fiancés. Certes, il ne savait pas exactement comment cela s'était produit, comment cela avait fonctionné et ce qu'il ressentait à ce sujet, mais ça n'en était pas faux pour autant.

— Une chose à la fois, d'accord ?

Il fit de son mieux pour s'exprimer sereinement. Mais il était tout sauf calme.

— Bien sûr, chéri, lui répondit sa mère en lui tapotant la joue. Mais je prépare le dîner, alors tu vas devoir me supporter.

Il sourit.

— Tu me prépares le dîner dans ma propre maison ? J'aime bien. Enfin, j'avais laissé du poulet sorti.

— Tu as laissé sorti un seul blanc de poulet et tu as des légumes dans le frigo. Bien que je comprenne que c'est un dîner très sain, c'est triste que tu manges ça tout seul. Pourquoi Bristol n'est-elle pas là ?

Marcus regarda son père, au-dessus de la tête de sa mère. Celui-ci arqua les sourcils. Manifestement, il n'aurait aucun répit dans cet interrogatoire. Bon, il ne leur en voulait pas. Ces fiançailles étaient manifestement sorties de nulle part.

— Bristol a des choses à faire et nous sommes en semaine.

— C'est vrai. Ce sera si excitant quand nous serons tous officiellement une famille.

Elle frappa dans ses mains et partit dans la cuisine. Marcus observa son père, qui secoua la tête.

— Elle avait décidé de préparer ses lasagnes, mais comme je ne peux pas manger autant de pâtes qu'avant, elle prépare plutôt une version à la courgette.

L'estomac de Marcus gronda.

— J'adore les lasagnes végétariennes.

— Ce n'est pas *vraiment* végétarien, il y a quand même du poulet haché dedans.

— La viande rouge me manque, dit son père en se frottant le ventre. Mais bon, elle manque aussi à ta mère.

Il ne mentionna pas *pourquoi* celle-ci ne mangeait plus de viande rouge.

Sa mère réapparut à ce moment-là.

— Le steak me manque. Un vrai steak bien saignant. Mais des lasagnes de courgette avec du poulet haché devront faire l'affaire. Nous savons tous que c'est ma sauce qui arrange tout, dit-elle en tapant dans ses mains. Bon, Marcus, viens m'aider à mettre la table. Tu peux me raconter ta journée en mangeant. Et peut-être qu'ensuite tu pourras me raconter comment tu as fini fiancé à ta meilleure amie.

Marcus glissa les mains dans ses poches et détourna les yeux de son père.

— Je crois que Bristol doit être présente, quand je raconterai l'histoire.

Sa mère jeta un coup d'œil vers la cuisine et fronça les sourcils.

— Bon. Sache simplement que je suis heureuse pour vous deux. J'ai toujours su que vous finiriez par faire de grandes choses ensemble, que vous restiez amis ou deveniez plus. Je suis très heureuse que tu suives enfin ton cœur, il semblerait.

Elle retourna dans la cuisine. Marcus déglutit tant bien que mal avant d'aller l'aider à mettre la table.

Suivait-il son cœur ? Il n'en savait rien.

Tout ce qu'il savait, c'était qu'elle avait toujours fait partie de sa vie. À un tel point qu'il ne se souvenait *pas* quand elle n'était pas là. Elle le faisait sourire, le faisait réfléchir. Elle le poussait. Et bien que cela puisse agacer les autres, il aimait cet élan. Il n'était pas excessivement décontracté, mais appréciait l'idée qu'elle sache exactement où elle voulait aller. Il pouvait la suivre s'il le souhaitait ou partir dans d'autres directions. Elle ne le poussait jamais à faire quoi que ce soit s'il ne le voulait pas, y compris être avec elle.

Il devait faire une profonde introspection et mettre de l'ordre dans ses sentiments. S'il le faisait, il prendrait alors les bonnes décisions. Ils le feraient tous les deux. Et c'était effrayant. Il craignait de finir par la perdre, s'ils réfléchissaient trop. Il avait déjà failli la perdre une fois. Elle avait débuté cette nouvelle vie et il avait craint qu'elle ne regarde jamais en arrière, qu'elle s'éloigne et deviendrait la vedette la plus brillante possible. Elle méritait tout cela et même plus. Elle s'était démenée. Son dur labeur, sa détermination et son talent inné l'avaient poussée vers la scène sur laquelle elle jouait, à présent.

Quand elle était venue vers lui avec ce pacte, cette promesse entre eux deux, il avait été incapable de refuser... Il ne l'avait pas voulu.

Il n'avait pas eu envie de la perdre.

Heureusement, lors du dîner, sa mère le laissa passer à des sujets tels que le travail et le fait qu'il avait probablement besoin d'une plus grande maison. Il savait que, selon elle, c'était parce que Bristol emménagerait, mais bon sang, il n'en savait rien. Il ignorait dans quoi il s'était fourré et il devait trouver une solution. Il n'en avait pas eu le temps, pour l'instant, voilà tout. Il avait à peine dormi la veille au soir, puis il avait dû travailler. Il devait cheminer dans ses pensées et comprendre exactement ce qu'il allait faire. Le mariage était quelque chose de capital. Il devait donc déterminer ce qu'il ressentait pour Bristol.

Et ça ne serait pas facile.

Ses parents s'en allèrent, avant que sa mère ne lave la vaisselle, heureusement. Il détestait quand elle la faisait chez lui. Il ne manquait pas de reconnaissance, mais sa mère ne devrait pas avoir à laver la vaisselle, même si elle était littéralement entrée chez lui sans sa permission pour lui préparer le dîner.

Il profita d'un temps calme, après leur départ, pour réfléchir et laisser son esprit dériver avant de retourner dans son bureau et de récupérer sa guitare. Bristol et lui étaient meilleurs amis pour de nombreuses raisons. L'une des plus subtiles était la musique. Oh, il était à des années-lumière de Bristol, musicalement parlant. Il avait du talent, il aimait jouer. C'était dans son sang, après tout. Son père savait jouer du piano et de la guitare comme personne, et il avait même eu un groupe à l'université.

Les vieux amis de son père continuaient de venir, jouaient une playlist ou deux de temps à autre, et ils se déchaînaient. Bristol et lui se joignaient à eux. Elle jouait parfois du violoncelle, optant pour un petit rock ou du blues, ce qui ne ressemblait pas du tout à ce qu'elle faisait d'habitude.

Elle riait et Marcus chantait en chœur, adorant qu'elle fasse partie de l'ensemble. Parce qu'elle faisait partie de lui.

Cela avait toujours été le cas.

Il s'assit sur son tabouret et commença à gratter sa guitare, rien qu'une petite mélodie dont il se servait pour se vider la tête. S'il continuait sur ce chemin, Bristol et lui seraient mariés.

L'aimait-il?

Oui. Sans l'ombre d'un doute, oui. Elle était sa meilleure amie et il l'aimait. Il ferait n'importe quoi pour elle. Ils étaient bien, ensemble. Il n'avait jamais connu qui que ce soit comme elle. Il n'avait jamais eu qui que ce soit comme elle dans sa vie.

Il n'avait pas eu le genre de relation sérieuse que quelqu'un de son âge aurait déjà dû vivre. Pas à cause de Bristol. Non, ce n'était jamais le cas. Oui, certaines de ses petites amies n'avaient pas apprécié qu'il soit le meilleur ami d'une femme, mais il n'avait jamais eu de pensées impures à son sujet, quel que soit le nom qu'on leur donnait, quand il était avec quelqu'un d'autre. Car ce n'était pas bien.

Il avait toujours été impliqué dans ses relations. Elles n'avaient simplement pas fonctionné.

Bien qu'il aime être seul, il n'aimait pas se sentir seul. Tout le monde ne saisissait pas cette nuance. Bristol le comprenait toujours. Même quand elle le menait à la baguette, elle lui laissait son espace personnel.

Même ses sœurs ne le faisaient pas.

Certaines de ses petites amies avaient apprécié Bristol, avaient aimé la fréquenter et avaient fini par devenir son amie, également. La seule fois où Bristol avait jugé l'une de ses copines, celle-ci s'était mise en couple avec Marcus uniquement pour pouvoir emménager avec lui. Elle n'avait pas voulu payer le loyer de son appartement et s'était donc dit qu'elle pouvait simplement emménager et vivre à ses crochets. Oh, il avait fini par voir au-delà des apparences de la relation qu'ils avaient, mais c'était Bristol qui lui avait ouvertement fait la leçon à ce sujet.

Il n'avait pas voulu être seul, et il avait *aimé* cette femme. Au final, ça n'avait pas marché. Et pas parce qu'ils ne s'aimaient pas ni parce que Bristol ne l'aimait pas.

Il changea d'accord et se mit à fredonner doucement, se demandant ce qu'il ferait.

Il n'allait pas glisser paresseusement dans une relation avec Bristol. Et il n'allait pas non plus faire du mal à sa mère en mentant continuellement. Parce que ce ne serait plus un mensonge s'ils allaient jusqu'au bout du pacte. Et s'il s'engageait, il le ferait *complètement*. Il n'y aurait pas de retour en arrière. Pas de langue de bois, pas de blessures infligées l'un à l'autre par peur.

Après tout, il s'était totalement impliqué avec leur pacte, dix ans plus tôt. Il ne s'obligerait pas à entamer quelque chose qui leur ferait du mal à tous les deux.

Cela pouvait fonctionner. Ils pouvaient partager quelque chose. Ils pouvaient être la personne de l'autre.

Il aimait Bristol. Il aimait tout, chez elle, même ce qui l'agaçait. Parce que c'était elle. Elle était la lumière de sa vie, chose qu'il avait déjà dite à sa famille par le passé, bien que ses sœurs lui aient alors lancé d'étranges regards et que sa mère lui ait adressé un sourire radieux.

Quand sa mère était tombée malade, à un tel point qu'il avait cru ne jamais la revoir, et qu'il s'était effondré, c'était vers Bristol qu'il était allé. C'était elle qui l'avait soutenu.

Et quand Liam avait géré ses soucis familiaux, Bristol était venue demander de l'aide à Marcus. Et quand Ethan avait été blessé, elle était également venue vers lui. Ils étaient toujours là l'un pour l'autre, alors peut-être pourraient-ils s'aimer comme les autres pensaient qu'ils le faisaient déjà.

Il ignorait s'ils le pouvaient. Il s'était toujours dit que ce serait stupide. Ils ne pourraient jamais revenir en arrière s'ils franchissaient cette frontière. Et qu'arriverait-il s'il s'autorisait à remettre cette frontière en question et à ressentir la tentation qu'il avait toujours enfouie au plus profond ?

Finalement, il n'en savait rien.

Et si elle méritait mieux ?

Et s'*il* méritait mieux ?

Ou s'ils étaient exactement ce que l'autre méritait ?

Il ne connaissait pas les réponses, mais alors qu'il continuait à jouer, il ne cessa de penser à elle et sut qu'il n'avait pas envie de repartir en arrière. Cela avait assurément signifié quelque chose, et même s'il ne s'inquiétait pas pour sa mère, quelque chose le rongeait. L'idée de faire comme si tout cela pouvait n'être qu'un prétexte.

Alors, il allait s'engager pleinement.

Même s'il n'avait aucune idée de ce que cela supposait, exactement.

CHAPITRE CINQ

— Oh mon Dieu. Comment se fait-il que je doive apprendre par ton frère que tu es fiancée ?

Bristol ferma les yeux et sut précisément quel frère elle devrait castrer plus tard.

Aaron, évidemment. Oh, ses frères aînés pouvaient faire mine de mettre le nez dans ses affaires et aimaient l'agacer. Cependant, c'était la signature d'Aaron. Celui dont elle était la plus proche en termes d'âge. Son petit frère. Il intervenait toujours dans sa vie. Il s'avérait qu'il était aussi l'ami de Zia.

Le salopard.

— Salut, Zia.

— Ne me lance pas un *salut*. Tu t'es fiancée à Marcus. *Ton* Marcus. Et tu n'as même pas pris la peine d'appeler ?

D'envoyer un SMS ? De me transmettre un pigeon de l'autre côté de l'Atlantique ?

— J'ai été un peu occupée, répondit Bristol en grimaçant.

Elle était vraiment heureuse que Zia n'ait pas utilisé l'appel vidéo, car elle ne voulait pas être face à elle pour cette conversation. Bien que son ex-petite amie – et désormais amie – soit magnifique et que Bristol apprécie de la voir, Zia verrait toutes les émotions sur son visage. Bristol ignorait complètement ce qu'elle ressentait, mais son amie le saurait avant elle. Et Bristol n'avait pas du tout envie de gérer les ramifications de cet effet cascade.

— Je suis tellement contente pour toi ! Il est temps que tu épouses l'amour de ta vie. Oh ! Je me chargerai carrément de ton maquillage.

— Quoi ?

L'amour de ma vie ?

Bristol ne pensait pas que c'était possible. L'était-ce ? Elle aimait Marcus, bien sûr. Elle voulait qu'il fasse partie de sa vie et vice-versa, pour toujours. Mais de l'amour ?

C'était bien la question, n'est-ce pas ?

C'était la raison pour laquelle elle avait besoin de réfléchir, de planifier. Parce qu'elle allait l'épouser. Et si cet éclat d'espoir en elle signifiait qu'elle l'aimait plus que comme un ami, elle devait y réfléchir.

Elle ne bouleverserait pas leurs vies, simplement parce qu'elle n'avait jamais pris le temps de penser à l'amour.

— Je vais m'occuper de ton maquillage. Et de tes cheveux. Enfin, c'est acquis, non ? Ça fera partie de mon cadeau. Je ne te ferai pas payer.

Comme Zia était une ancienne Youtubeuse possédant désormais sa propre gamme de maquillage et qu'elle avait un tas de projets merveilleux pour faire avancer sa carrière, c'était en réalité un très beau cadeau qu'elle souhaite s'occuper du maquillage de Bristol. Cependant, cette histoire d'*amour de sa vie* restait coincée dans un coin de sa tête.

Enfin, elle ne pouvait pas réellement demander à Zia ce que cela signifiait. Oh, mon Dieu, elle faisait tout à l'envers. Mais elle ne pouvait plus reculer, à présent.

Une part d'elle n'en avait pas envie, ce qui signifiait qu'elle devait vraiment mettre ses pensées par écrit et tout démêler.

Tourner en rond ne l'aidait *certainement pas*.

— Tu es toujours là ? Je dois prendre l'avion pour rentrer ? Parce que je le ferai. Oh, j'ai hâte. Tu le mérites, ma belle. Marcus et toi, vous êtes merveilleux.

Bristol ferma les yeux et tenta de prendre de profondes inspirations.

— Tu n'as pas besoin de prendre l'avion. Fais ce que tu as à faire.

— J'*adore* Londres.

La voix de Zia avait une étrange intonation, mais Bristol ne s'en mêla pas. Même si cette dernière venait de s'immiscer dans sa vie, Bristol savait qu'elle devait y aller doucement avec son amie afin de comprendre ce qui n'allait pas. Elle garda donc la conversation sur le sujet souhaité par son ex : elle-même.

Pour l'instant.

— C'est une belle ville. Je n'arrive pas à croire que tu y vives vraiment, maintenant.

— C'est vrai. J'adore. Elle respire la créativité, tu vois ? Mais parlons de toi, future madame Marcus Stearn.

Bristol se lécha les lèvres, les trouvant soudain particulièrement sèches.

— Waouh, je n'avais encore jamais entendu ça.

Zia s'esclaffa, dans un doux bruit familier. À l'époque où elles sortaient ensemble, elles riaient constamment. Elles s'en étaient finalement mieux sorties comme amies qu'amantes, et cela convenait parfaitement à Bristol. Elle avait besoin de plus d'amis, dans sa vie. Elle en avait perdu beaucoup, au fil du temps, quand elle avait atteint un certain succès, car les autres ne savaient pas côtoyer une célébrité. Demander de l'argent était une chose, s'attendre à en recevoir en était une autre. Elle versait tout de même de l'argent à ses amis. Elle était catégorique sur ce point. La seule personne qui ne lui demandait jamais quoi que ce soit était Marcus. *Son futur mari*. Bon sang.

Ce baiser lui revint en tête et elle ne put s'empêcher de laisser échapper un petit soupir.

— J'ai entendu. Tu penses à lui ? Oh, j'adore. J'ai toujours su que, tous les deux, vous seriez parfaits, l'un pour l'autre.

— Quoi ?

— Je te l'avais dit. Tous les deux, vous êtes bien l'un pour l'autre.

— Oh. Oui, j'imagine.

— J'ose espérer que c'est plus que ton imagination. Étant donné que tu l'épouses, dit Zia avant de marquer une pause. Qu'est-ce qui ne va pas ? Qu'est-ce que je loupe ?

— Rien, répondit rapidement Bristol. Tu ne loupes rien. C'est promis.

— D'accord. Là, je sais que tu mens.

— C'est faux.

Elle ne fut nullement surprise qu'il ait fallu attendre ce moment pour que Zia comprenne qu'elle mentait. Après tout, Bristol ignorait ce qu'elle ressentait ou ce qu'elle pensait. Ce n'était donc techniquement pas un mensonge. Plutôt une esquive.

Elle épousait son meilleur ami, peut-être pas pour les bonnes raisons, mais si elle s'autorisait à y croire, ce serait peut-être le cas, un jour.

— Je suis désolée de ne pas t'avoir appelée. C'est arrivé très vite. Je ne m'y attendais pas.

C'était un euphémisme. *Vraiment* ? Ce n'était pourtant pas comme si ce pacte était sorti de nulle part. Dix ans s'étaient écoulés depuis qu'ils avaient promis de s'épouser mutuellement. Ça ne s'était donc pas réellement produit sans crier gare.

Marcus en avait potentiellement envie. Ou il ne

souhaitait peut-être pas céder. Il était possible qu'il l'aime comme elle pensait pouvoir l'aimer.

— Il faut que je retourne répéter, mais je te promets que nous en discuterons plus tard. D'accord ?

— Bien sûr, répondit Zia avant de marquer une pause. Et tu me diras ce que tu ressens ? Parce qu'à ta voix, j'ai l'impression que quelque chose ne va pas.

— Je suis juste concentrée sur mes répétitions. Et j'imagine que les choses sont différentes. Donc je ne sais pas trop ce que je pense.

— D'accord. Je suis là si tu as besoin de moi. C'est promis.

Bristol sourit, bien que Zia ne puisse la voir, puis elles se saluèrent avant de raccrocher.

Bristol mit son téléphone sur silencieux, notamment parce qu'elle devait se concentrer sur ses répétitions. Elle se rendit donc dans son bureau.

Son violoncelle était posé là, prêt pour elle. Elle fit rouler ses épaules en arrière avant de s'étirer légèrement. Son travail éprouvait durement son corps. Elle n'était pas trop petite pour le violoncelle, mais dans sa jeunesse, elle aurait probablement vécu son métier plus facilement avec quelques centimètres de plus.

Elle avait cependant appris à jouer et s'était épanouie.

Elle s'assit au fond de sa chaise et cala le violoncelle entre ses cuisses, appuyant la volute contre son épaule. Elle saisit l'archet et mit ses doigts en position. Elle soupira alors profondément quand elle glissa lentement l'archet sur les cordes.

La musique s'éleva dans la pièce, une note à la fois, alors qu'elle se plongeait dans la musique, trouvant son rythme. Il n'y avait rien de visuel sur un violoncelle quand elle jouait, pour qu'elle trouve les bonnes notes. Il n'y avait pas de frettes sur le manche. Elle faisait tout à l'oreille et au toucher. Mais elle avait appris ses gammes et ses notes depuis bien longtemps. Elles étaient incrustées en elle, comme *Le Cygne* l'était.

Elle s'échauffa avant de se laisser lentement emporter par la musique, flottant avec les notes.

La première fois qu'elle avait entendu Yo-Yo Ma jouer du violoncelle, dans son enfance, elle avait pleuré. Elle ne savait pas pourquoi, mais cela l'avait atteinte et touchée.

Il avait joué le prélude de *La Suite pour violoncelle n° 1 en sol majeur* et elle était alors tombée amoureuse de la musique.

Sa mère l'avait inscrite au cours de solfège parce qu'elle le lui avait demandé, même s'ils étaient chers. Sa famille avait été merveilleuse et avait tenté de trouver des solutions. Tout comme pour Liam avec l'art dramatique et Ethan avec ses stages en sciences de l'informatique. Comme pour les cours qu'Aaron avait suivis quand il était plus jeune, apprenant à souffler du verre à la main comme la plupart des gens ne le comprendraient sans doute jamais.

Chaque Montgomery se servait de ses mains de différentes manières pour créer. Que ce soit au travers des sciences, des maths, de l'art ou des mots. Toute sa famille mettait son âme dans la création, d'une façon ou d'une autre.

Elle avait souhaité devenir la prochaine Yo-Yo Ma, bien qu'elle sache qu'il ne pouvait y en avoir qu'un.

Elle s'était épanouie au cœur de la musique de ce dernier, puis était tombée sous le charme de Jacqueline du Pré parce qu'elle voulait voir une femme tenir un violoncelle. Elle avait découvert Beatrice Harrison et Caroline Dale. Elle avait appris à connaître Sharon Robinson et tant d'autres.

Cependant, Jacqueline du Pré était la musicienne célèbre à laquelle on pensait le plus, dans ses cercles de connaissances, lorsqu'on évoquait Yo-Yo Ma. Ainsi, Bristol avait voulu être la prochaine Jacqueline et le prochain Yo-Yo.

Finalement, elle était Bristol Montgomery, la nouvelle joueuse de violoncelle. La violoncelliste.

Elle laissa toutes ces pensées la traverser alors même qu'elle laissait sa musique envahir la pièce. Ce n'était qu'une *répétition*. Elle entamerait bientôt une tournée et aurait un album à enregistrer, mais pour l'instant, il n'y avait qu'elle et son instrument.

Et, bien sûr, ça ne s'arrêtait jamais là. Ses pensées s'attardèrent sur Marcus, car... pourquoi pas ? Il était en elle, toujours.

Elle adorait son travail, elle adorait jouer. Mais elle

n'était pas une immense fan du stress. Et son travail engendrait tant de stress.

Marcus semblait toujours le comprendre. Il l'aidait généralement avec sa nervosité afin qu'elle puisse se détendre. Chaque fois qu'il venait la voir pendant une tournée, elle savait qu'elle pouvait respirer et se concentrer sur ce qu'ils partageaient, plutôt que sur ce que tout le monde souhaitait de sa part.

Alors même qu'elle y pensait, elle se rendit compte que, peut-être, leur relation avait toujours eu une dimension supplémentaire.

Oui, il était son meilleur ami, mais y avait-il quelque chose de plus ?

Elle ne s'était jamais autorisée à percevoir leur relation comme plus profonde.

Elle avait toujours pensé à le mettre dans une certaine case et à prouver au monde que ça ne la dérangeait pas, d'être amie avec un homme.

Du moins, c'était ainsi que cela avait commencé pour elle.

Bien sûr, elle se dit qu'elle n'avait pas eu envie d'aimer Marcus de cette façon. Elle avait refusé de le voir sous un œil sexuel. Car cela serait malsain. Cela prouverait au monde que les hommes et les femmes ne pouvaient pas seulement être amis.

Mais combien de temps avait-elle tenu ? Et ils n'avaient pas franchi cette frontière.

Bon, ils la franchissaient assurément, à présent. Ils étaient *fiancés*. Ils franchissaient tout un tas de frontières. Rien que les lèvres de Marcus sur celles de Bristol avaient tout changé.

Et tandis qu'elle loupait des notes, qu'elle s'intimait de se reprendre, elle se souvint du baiser. Et du fait qu'elle en voulait un autre.

Le baiser avait eu pour but premier de sceller le pacte, pour montrer qu'ils étaient fiancés. Puis elle en avait voulu *davantage*. Désormais, ils étaient au-delà de la promesse, du *pari*. Ils étaient tous les deux bien trop têtus pour revenir sur leur parole, à présent. Ils étaient doués, pour être eux-mêmes. Et voilà que maintenant, les choses changeaient. Auparavant, son ex avait détesté l'idée que Marcus et elle se fréquentent, même en tant qu'amis.

Colin avait été un salopard. Un idiot égoïste qu'elle détestait, bien qu'elle travaille toujours avec lui, car leurs carrières l'exigeaient. Mutuellement, de toute évidence.

Colin avait adoré sous-entendre qu'elle se tapait Marcus en secret. Mais ce n'était pas grave. Il lui avait affirmé qu'elle pouvait coucher avec n'importe qui, à condition qu'elle revienne ensuite vers lui.

Elle aurait dû savoir que ce n'était que des paroles en l'air et qu'il la trompait évidemment.

Elle détestait ce salopard. Elle n'aimait pas l'idée d'avoir gâché son énergie pour lui, au début de sa carrière. Cependant, leurs professions s'entremêlaient, à certains égards. Et son label voulait même qu'elle enregistre un morceau avec lui, non pas qu'elle en ait envie. Cependant, elle n'avait pas vraiment le choix, contractuellement, et ils pourraient bientôt être amenés à travailler à nouveau ensemble.

Elle laissa échapper un grondement et posa son archet avant de rouler ses épaules en arrière pour pouvoir s'étirer.

Oh, elle allait devoir revoir Colin. Bon sang.

L'homme qui n'avait jamais compris sa relation avec Marcus – non pas qu'elle la comprenne réellement, en ce moment, mais c'était son privilège, pas celui de son ex.

Zia avait toujours compris que Marcus et elle n'étaient rien de plus que des amis, du moins à l'époque. Néanmoins, cette femme avait cru qu'il pouvait y avoir plus. Si Bristol avait toujours laissé cela de côté, c'était son problème. Même maintenant, Zia n'était pas particulièrement surprise qu'ils soient fiancés, bien que personne n'ait réellement pensé qu'ils sortaient ensemble. N'est-ce pas ? Oh, oui. Il y avait toujours des rires et des plaisanteries à ce sujet, mais les autres pensaient-ils *réellement* qu'ils sortaient ensemble ?

Tout cela n'était-il qu'une farce ?

Peut-être qu'*elle* était une farce.

La sonnette retentit, l'extirpant de ses pensées, et elle ressentit un pincement. Et si c'était Marcus ? Et s'il était revenu ? Et s'ils s'embrassaient ? Et discutaient ? Avant de s'embrasser davantage.

Elle se leva rapidement et s'assura que son violoncelle était en sécurité avant de courir vers la porte. Elle portait un pantalon de yoga ample et un débardeur au-dessus d'une brassière de sport. Ce n'était pas la meilleure tenue, mais elle avait voulu quelque chose de lâche et de confortable pour ses répétitions. Voilà qu'elle allait porter cela en voyant son fiancé.

Oh, mon Dieu, elle était fiancée à Marcus.

Plus elle le disait, plus cela semblait réel. Ce n'était pas comme jouer au papa et à la maman. Elle se retrouvait donc plantée là, à tenter d'avoir meilleure allure, alors que Marcus ne s'était jamais préoccupé de ce qu'elle portait.

Il l'avait vu dans toutes les tenues ou presque.

Et avec presque rien, compte tenu de ce qu'elle portait en ouvrant la porte la veille.

Ce serait ensuite au tour de Marcus d'être complètement nu, supposa-t-elle. Ce serait amusant.

Elle se figea avant d'ouvrir la porte.

Amusant ?

Oh, bien, voilà qu'elle imaginait maintenant coucher avec Marcus.

Il se plongerait en elle pendant qu'elle crierait son nom et le supplierait de lui en donner plus.

Elle serra ses cuisses l'une contre l'autre et tenta d'arrêter de penser à cela.

Parce que si c'était *lui*, derrière la porte, ce serait très embarrassant.

Elle regarda par le judas et jura.

Non, ce n'était pas Marcus. Elle ne pouvait pourtant pas ignorer cet homme-là non plus.

Elle ouvrit la porte à Colin.

Elle savait qu'elle n'aurait pas dû penser excessivement à lui. C'était comme si elle l'avait invoqué de nulle part.

Prononce son nom trois fois et pouf, *il est subitement dans ta maison et te tape sur les nerfs comme Beetlejuice.*

— Bonjour, Colin, dit-elle en tirant sur son débardeur de yoga.

Elle n'avait pas envie de tout lui dévoiler. Oh, il avait déjà tout vu par le passé, mais il n'en avait plus le droit.

— Chérie, dit-il avec cet accent britannique prononcé qui lui tapait sur les nerfs.

Il se pencha en avant et l'embrassa sur les deux joues. Elle recula.

Ce fut évidemment une erreur, puisqu'il prit cela pour une invitation à entrer chez elle.

— Waouh, tu n'as pas fait grand-chose de cet endroit, mais j'adore te voir. Ça fait un moment qu'on n'a pas passé du temps ensemble, tu ne crois pas ? demanda-t-il.

— Bien sûr, répondit-elle.

Ça ne fait pas assez longtemps, songea-t-elle. Néanmoins, elle savait qu'il valait mieux ne pas le dire à voix haute.

— Alors, qu'est-ce que tu fais là, Colin ? demanda-t-elle, comme elle voulait reprendre les répétitions.

Et recommencer à penser à Marcus.

— Je sais que nos studios ont parlé de la nouvelle tournée.

— Je me lance dans une tournée en solo.

— Et ensuite, ils évoquent l'idée qu'on en fasse une ensemble. Tu sais, nous sommes liés pour toujours.

Elle retint un haut-le-cœur. Elle avait pensé la même chose précédemment, mais l'entendre le dire ? Non, elle serait ferme avec son agent pour s'assurer de ne jamais faire de tournée avec cette seconde tête d'affiche. Les spectateurs le souhaitaient peut-être, mais *elle* n'en avait pas envie. Elle n'aurait pas dû s'autoriser à tomber sous son charme, au début de sa carrière, mais elle ne tomberait plus dans ce type de pièges.

— Non, j'ai ma tournée en solo et je ne sais pas ce qui arrivera ensuite.

De plus, elle allait se marier. *Aaaah.* Elle souhaitait peut-être consacrer davantage de temps à la personne avec qui elle finirait par partager sa vie, plutôt que de se retrouver à l'autre bout du monde à travailler sans relâche.

— Mais après ça, tu auras besoin de moi, chérie.

— Non, pas du tout.

— Bref. Nos agents discuteront.

Il leva les yeux au ciel. Elle détestait ça. Il l'ignorait chaque fois qu'il n'aimait pas ce qu'elle disait.

— Ça n'a pas d'importance. Nous ferons en sorte que

ça fonctionne. Parce que toi et moi, chérie ? Nous n'avons peut-être plus de place l'un pour l'autre dans nos cœurs, mais nous en aurons toujours une dans l'âme de l'autre.

— Je n'arrive pas à croire que tu aies dit ça.

— Quoi ? Notre musique insuffle de la vie dans le monde. Sans nous, il serait bien plus sombre. Gris, sans les soleils que nous sommes.

Waouh. Il exagérait quelque peu, aujourd'hui. Mais c'était Colin, après tout.

— Bon, chérie, pourquoi ne me salues-tu pas comme tu le faisais avant ?

Elle aurait dû prévoir qu'il dirait cela. Sincèrement, elle l'aurait dû.

Une minute, elle essayait de trouver un moyen de chasser ce poète envahissant de son esprit et de sa maison, et la suivante, les lèvres de Colin étaient sur les siennes. Elle écarquilla les yeux. La langue de Colin glissait contre la sienne, envahissant sa bouche, tandis que ses mains passaient autour d'elle. Une paume atterrit sur ses fesses, l'autre tira sur ses cheveux. Elle le repoussa et tenta de le mordre, mais il l'embrassa encore plus fort.

Colin obtenait généralement ce qu'il souhaitait.

Et bien qu'elle ne laisse pas la peur remonter le long de sa colonne vertébrale, elle laissa son genou se relever très légèrement.

Une voix leur parvint ensuite depuis l'entrée. Elle sut alors que la situation dégénérerait sérieusement ou se conclurait très rapidement.

— Mais qu'est-ce qu'il se passe ? demanda Marcus.

Colin se figea.

Bristol également.

Elle espérait sincèrement qu'elle ne venait pas de tout gâcher. Encore.

CHAPITRE SIX

Marcus déglutit difficilement et tenta de mettre des mots sur les images qui défilaient dans sa tête, le spectacle qui se déroulait juste devant lui.

Ce salopard de Colin avait les bras autour de Bristol, une main dans ses cheveux et l'autre sur ses fesses.

Il avait posé les lèvres sur celles de Bristol comme s'il avait le droit de le faire. Comme s'il la possédait.

Et tout ce que Marcus souhaitait faire, c'était devenir violent parce que c'était arrivé.

Et malgré cette sensation, malgré la rage qui bouillonnait en lui et menaçait d'exploser, il se contint.

Ce n'était pas parce qu'il n'appréciait pas Colin qu'il devait automatiquement le frapper. Il ne s'était jamais réellement battu, dans sa vie. N'étant pas pacifiste, il était parfois à deux doigts de le faire.

En ce moment ? Tout foutait le camp.

Colin et Bristol avaient un vécu, il devrait le comprendre. Ça ne devrait pas le faire enrager ainsi.

De plus, il tentait encore de démêler les émotions qu'il ressentait à propos de sa meilleure amie, et désormais, sa fiancée. Il ne devrait pas laisser toute cette jalousie et cette rage l'envahir.

Seulement, s'il se montrait honnête, il avait toujours ressenti une certaine jalousie envers Colin. Car celui-ci comprenait Bristol comme Marcus ne la comprendrait jamais. Colin avait fréquenté Bristol comme Marcus ne l'avait jamais fait.

Comme Marcus ne s'était jamais autorisé à l'envisager.

Ça n'avait plus d'importance. Bristol était sa fiancée et il serait maudit s'il laissait Colin profiter d'elle ou agir comme s'il avait le droit d'être présent.

Marcus était poussé dans cette voie, car il savait que Bristol le détestait également. Cette pensée l'anima, plus que n'importe quelle forme de jalousie.

— Marcus, s'exclama-t-elle en s'éloignant de Colin.

Il remarqua qu'elle dut tirer un peu plus fort qu'elle ne l'aurait dû pour s'extirper de la poigne de son ex.

— Bristol. Je me disais que ce serait un bon moment pour discuter. Ça te va ?

Il marqua une pause.

— Colin.

Vous voyez ? Sa voix était agréable. Il n'était pas sur le point d'attaquer quelqu'un. Colin releva le menton.

— Marcus, je ne savais pas que tu allais passer.

Pourquoi Colin avait-il besoin de savoir quoi que ce soit sur ce que Marcus et Bristol faisaient ? Abruti. À la manière dont Bristol plissa les yeux, ses pensées devaient être similaires à celles de son meilleur ami. Bien. Ce salopard devait partir. Maintenant.

Et s'il pouvait ne plus jamais embrasser Bristol, ce serait fantastique.

— Bristol et moi, nous devons discuter de certaines choses. Je ne savais même pas que tu étais dans le pays.

Bristol posait les yeux tour à tour sur Colin et Marcus. Ce dernier fit de son mieux pour ne pas ressembler à l'autre salopard, qui passait toujours pour quelqu'un de possessif.

Car même si Marcus avait le droit de la revendiquer, il ne défendait pas son territoire comme un homme de Neandertal. Du moins, il le pensait. Cependant, étant donné que la main de Colin était toujours sur la hanche de Bristol... ? Certains de ces sentiments commençaient peut-être à remonter à la surface.

Bristol ricana.

— Apparemment, il est ici parce qu'il veut répéter ou parler d'une tournée, je ne sais quoi.

Elle leva les yeux au ciel en s'approchant, le bras de Colin se tendant comme s'il se sentait perdu sans son contact.

Marcus avait une vague idée de ce que pouvait être cette émotion.

— Tu sais qu'une tournée serait magnifique pour nous, chérie.

Marcus haussa les sourcils. D'après ce qu'il avait compris, Bristol en avait fini avec les tournées en compagnie de Colin, autant que possible. La rupture avait tourné au fiasco et Marcus savait qu'elle détestait ce salopard. Sauf que celui-ci venait tout juste de poser les lèvres sur celles de Bristol.

Marcus avait *peut-être* effectivement besoin de frapper pour évacuer sa colère.

— J'ai ma propre tournée qui arrive. Et mon propre album. Je suis un peu trop occupée pour quelque chose de ce genre, expliqua-t-elle avant de soupirer et de se retourner. Salut.

Elle se pencha contre Marcus. Il tendit les bras et la serra contre lui pour une étreinte passionnée. Ils s'enlaçaient toujours de cette manière, même avant les fiançailles. Maintenant qu'ils avaient fait un pas de plus vers ce pacte qu'ils avaient scellé si longtemps auparavant, les choses semblaient différentes.

Non pas qu'il sache comment gérer ça.

— Garde simplement à l'esprit que nos agents sont prêts. Et tu sais ce qu'il y a de mieux pour ta carrière.

Marcus détestait ce salaud.

— Oui, je sais exactement ce qui est bénéfique pour

ma carrière. Bref, il faut que je retourne répéter. Alors, quoi de neuf, Marcus ?

Ce dernier n'aimait pas avoir l'impression d'être aussi repoussé, mais la main de Bristol était toujours autour de sa taille, ses doigts dans les passants de ceinture. Il n'était peut-être pas aussi rejeté qu'il le pensait.

Bon sang, il détestait ce genre de jeux. Et Colin était un joueur. Marcus et Bristol ? Pas vraiment. Ils étaient honnêtes l'un envers l'autre. Enfin, autant que possible, compte tenu du fait que Marcus ne s'était pas autorisé à penser aux sentiments qu'il pourrait éprouver pour elle. Désormais, ils se manifestaient constamment dans son esprit.

Il avait le droit de la toucher. Tout comme elle avait le droit de le toucher.

Parce qu'ils étaient fiancés. Il ne le comprenait toujours pas, mais c'était en train d'arriver. Ils ne pouvaient revenir en arrière, à présent. Et, honnêtement, il n'en avait pas envie.

— Nous devons discuter de certaines choses, donc je me suis dit que j'allais passer, expliqua Marcus d'une voix décontractée.

— Oh ? Raconte-moi.

Marcus détestait sérieusement cet accent britannique.

— Colin, arrête de te comporter comme un salopard, lui intima Bristol.

Marcus refoula un sourire. Parce qu'il appréciait qu'elle sache se défendre. Il n'avait pas besoin d'intervenir à sa place. Sans compter qu'elle lui botterait probablement le cul s'il essayait. Mais il serait là si elle avait besoin de lui. Comme toujours.

— Salopard ? Je veux seulement savoir. Je suis curieux, après tout.

Bristol leva les yeux vers Marcus et lui lança un sourire mielleux.

Celui-ci n'était pas certain d'aimer cette expression.

— Colin, mon fiancé et moi devons étudier quelques plans. Après tout, être fraîchement fiancés signifie qu'il nous faut prévoir quelques programmes et noter des détails. Mais tu le comprends, non ? Il semblerait que tu adores les détails.

Les épaules de Marcus retombèrent en arrière alors qu'il réprimait un tressaillement après avoir entendu le mot *fiancé*. Il n'en avait pas peur, il en avait plutôt été surpris.

Le regard de Colin se riva subitement sur la main de Bristol. Marcus ne prit nullement la peine de réprimer sa grimace, cette fois-ci. Mais il avait déjà réglé ce problème-là. Enfin, il le ferait si tout se passait comme il l'avait prévu. Bien qu'il n'ait pas vraiment de plan en ce qui les concernait, lui et Bristol. Mais il y travaillait. Ou du moins, il l'espérait.

— Fiancé ? Je croyais qu'il n'était qu'un ami.

Marcus fit un pas en avant, sans même s'en rendre compte, ses poings serrés le long de son corps.

Bristol posa les mains sur son torse en un instant,

s'interposant entre eux. Il n'aimait pas ça. Oh, il appréciait son contact, mais pas le fait qu'elle se tienne en pleine ligne de mire.

— Bon, ça suffit. Je sais que tu aimes te comporter comme un petit trouduc sournois parce que tu crois que ça t'apporte des récompenses, mais ferme-la. Marcus est mon fiancé et mon ami. Ce n'est pas parce que tu agis comme un crétin que ça va changer.

Oui, il aimait sa meilleure amie pour de nombreuses raisons et ce n'était que l'une d'elles.

— D'accord, d'accord. Pas besoin d'être arrogante. J'imagine que des félicitations sont de mise. Je crois que ce sera à moi de payer le champagne la prochaine fois qu'on se verra.

— Ça n'est pas près d'arriver, lança Marcus en serrant les dents.

— Touché, monsieur le fiancé. Bref, félicitations. Je me tire. Je suis sûr que nos agents entameront bientôt les discussions. J'ai hâte d'en entendre plus sur notre tournée.

— Ça n'arrivera pas, Colin.

— Oh, on ne sait jamais. Bon, à plus.

Il s'approcha comme pour étreindre Bristol, mais elle se colla contre Marcus.

Ce dernier fusilla l'autre homme du regard et arqua un unique sourcil. Colin haussa les épaules avant de quitter la maison.

Marcus ferma rapidement la porte derrière lui et posa

les deux paumes sur le battant en bois, tentant de reprendre sa respiration. Il ferma les yeux, respira par le nez et souffla par la bouche.

Il détestait ce type. Il l'avait toujours détesté. Depuis cette fête d'anniversaire, quand il avait rencontré cet imbécile pour la première fois. Cet anniversaire qui avait tout changé pour Marcus. Quand il avait eu si peur de perdre sa meilleure amie qu'il avait conclu un pacte avec elle qu'il n'aurait jamais cru voir se concrétiser. Pourquoi voudrait-elle l'épouser ? Il était bibliothécaire dans une grande ville, mais n'avait pas tendance à quitter le quartier. Bristol avait pu voir le monde. Et elle en avait visité une grande partie avec Colin.

Et, une fois de plus, la jalousie dressait son affreux visage. Il mettait toujours des bâtons dans ses propres roues.

— Marcus ? l'appela Bristol d'une petite voix alors qu'elle posait la main sur son dos. Je suis désolée. Je ne l'ai pas invité. Je te le promets. Tout ce que je voulais, c'était répéter, puis Colin s'est pointé et a gâché ma journée. Il a commencé à gronder, à être jaloux, même si nous ne sommes plus ensemble depuis des années. Je ne veux rien avoir à faire avec lui. Je suis navrée qu'il se soit comporté comme un salopard avec toi.

Marcus ne se retourna pas, il en était incapable.

— Pas seulement avec moi. Il s'est comporté comme un salopard avec toi. Depuis toujours. Je ne sais pas pourquoi tu dois le fréquenter.

Bristol lui caressa le dos. Il sentit la chaleur au travers de la fraîcheur de sa chemise et de sa peau.

Il ignorait comment il s'était refroidi, alors même qu'il avait l'impression d'être en feu. Était-ce son contact ? La colère ? Il n'en savait rien. Il devrait peut-être s'en inquiéter.

Peut-être qu'il s'inquiétait.

— Je le déteste, déclara honnêtement Marcus.

Bristol lui tapota le dos et il s'efforça de se retourner.

— Je le déteste aussi. Mais je dois quand même travailler avec lui de temps à autre.

— Je trouve que tu es suffisamment brillante, talentueuse et prospère pour ne pas y être obligée.

— Parfois, je n'ai pas le choix. Mais pour l'instant, il est parti. Et il n'y a que toi et moi.

Sa peau rosit. Il avait envie de tendre la main et de la toucher. Il s'exécuta donc.

Il laissa ses doigts glisser sur la peau de Bristol. Elle se lécha les lèvres. Comme il ne pouvait s'en empêcher, il se pencha et effleura les lèvres de la jeune femme avec les siennes. Elle s'exclama et il approfondit le baiser, inclinant la tête de Bristol pour en avoir plus.

Il détestait l'idée que les lèvres de Colin aient touché celles de cette dernière. Qu'un autre homme l'ait embrassée. Et il ne savait quoi faire de cette colère. Il ignora donc ces pensées, les éloigna de son esprit, et l'embrassa à nouveau, avec plus d'ardeur et de besoin. Elle gémit contre lui, remontant les mains dans le dos de la chemise de Marcus pour aller se poser sur sa peau. Il avait l'impression d'être en feu, désormais, comme si son contact attisait des flammes. Et il l'embrassa, la lécha et lui mordit la lèvre.

Il s'éloigna ensuite, son souffle haletant. Elle leva des yeux écarquillés vers lui.

— Salut.

— Salut. J'avais vraiment envie de faire ça.

— Oh ?

Elle marqua une pause.

— Parce qu'il faut qu'on s'y habitue ?

Il ne laissa pas cette question le blesser. Elle était tout aussi confuse que lui. Que faisaient-ils ? Il n'en savait rien. Car la façade de fausses fiançailles qui n'étaient pas réellement fausses n'était que la première strate. Il y avait quelque chose entre eux, quelque chose qu'ils ignoraient ou soulignaient de leur mieux. Le fait qu'ils ne cessent d'alterner d'un côté puis de l'autre prouvait qu'aucun d'eux ne savait ce qu'ils souhaitaient ou ce qu'ils faisaient. Ils étaient encore en train de trouver leur voie.

— Je crois qu'il faut que l'on continue. Au fil du temps. Pour comprendre exactement à côté de quoi nous passions.

Il était aussi sincère que possible. Tandis qu'elle observait son visage et acquiesçait, il se dit que sa déclaration était la bonne. À moins qu'il soit simplement en train de s'accrocher désespérément.

— Je suis désolée pour Colin.

Il secoua la tête, submergé par la colère.

— Tu n'as pas à t'excuser pour lui. Ce n'est pas ta faute. Je déteste cet enfoiré, c'est tout.

— Comme tu l'as dit.

— Bref, maintenant que mes amis, ma famille et Colin sont au courant, j'imagine que ces fiançailles sont officielles. Nous nous dirigeons vers la prochaine phase de nos vies ensemble. Comme nous l'avions dit.

Il se mordit la langue afin de ne rien répondre. Surtout parce qu'il ne savait pas quoi dire, et qu'il n'avait pas envie de la blesser. Parce qu'il essayait encore de comprendre exactement ce qu'il ressentait et, dans ce sens, il avait besoin de comprendre ce qu'elle ressentait, également. Et bien qu'il sache grâce à sa famille qu'une communication ouverte et honnête permettait à une relation de s'épanouir, ce n'était pas le cas pour eux. Pas quand il ignorait quoi dire.

— J'ai quelque chose pour toi, dit-il plutôt.

Elle haussa les sourcils.

— Quoi ?

— Ça concerne plus ou moins le fait que Colin a baissé les yeux vers ta main et a remarqué ce qui manquait, quand tu as dit que nous étions fiancés.

Bristol posa sa main gauche dans la droite et baissa les yeux, son pouce traçant le contour de son annulaire.

— C'est arrivé assez subitement.

Marcus secoua la tête.

— Nous avons eu dix ans pour résoudre le problème.

Et puis nous l'avons ignoré tous les deux suffisamment longtemps pour que les fiançailles semblent sortir de nulle part. Mais était-ce vraiment le cas ?

Il tendit la main, tenant un écrin en velours dans sa paume.

Bristol baissa les yeux, battant rapidement des paupières.

— Oh. Je ne... Enfin, je sais. Mais d'accord.

Il soupira.

— Je vais faire mieux que ça.

Il posa un genou à terre et Bristol s'exclama, choquée.

— Nous n'avons pas besoin de faire ça. Nous sommes déjà fiancés, Marcus. Tu n'auras jamais besoin de t'agenouiller pour moi.

Il haussa les sourcils et elle rougit à nouveau.

— Bon, on va remettre cette scène et cette discussion.

— Oui. Et je vais te demander en mariage comme il se doit. On ne va pas se contenter d'un « oh, faisons-le ».

— D'accord, souffla-t-elle.

— Bristol ? Veux-tu continuer à être ma meilleure amie ? Et m'accompagner dans cette prochaine phase ?

— Je... Ne dis rien d'autre, d'accord ?

Il fronça les sourcils.

— Quoi ?

— Essayons de découvrir qui nous sommes ensemble en chemin, mais ne fais pas de promesses et ne mets pas de mots sur des sentiments que tu ne connais pas ou que tu ne ressens pas encore. Tout comme je ne les connais pas. Parce que tout va trop vite, même si c'est moi qui ai pris la décision.

— Oui, je le peux. Parce que tu es toujours ma meilleure amie, Bristol. Quoi qu'il arrive.

Il sortit ensuite la bague de l'écrin et la glissa autour du doigt de Bristol. Elle baissa les yeux vers cet anneau et sourit.

— Je l'adore.

— Je le savais.

Marcus se releva ensuite et l'embrassa à nouveau, plaçant les cheveux de Bristol derrière ses oreilles.

— Nous démêlerons tout ça, dit-il d'une petite voix.

— Tant que tu es à mes côtés, nous y arriverons. Je ne fais pas ça parce que je n'ai pas envie de me lancer seul dans mon avenir. Ce n'est pas ça.

— Je sais.

— Je t'aime, Marcus. Je veux m'assurer de ne jamais te blesser.

Il ne répondit rien d'autre, car il sut qu'il aurait été incapable de parler. Il abaissa plutôt sa bouche vers celle de Bristol et l'embrassa à nouveau.

Ils prenaient cette relation complètement à l'envers. Mais plus il y pensait, plus il savait que c'était ce qu'il souhaitait.

Même s'il refusait d'avoir excessivement besoin d'elle.

CHAPITRE SEPT

— Je vais me marier, dit Bristol en regardant son reflet. Je ne suis pas folle.

Elle gloussa, réalisant qu'elle était peut-être un peu folle. Après tout, des fiançailles basées sur un pacte étaient peu conventionnelles. Mais ce n'était pas complètement inédit.

Cela pouvait fonctionner.

Après tout, elle aimait Marcus. Elle *l'aimait*. Elle appréciait d'être en sa compagnie. Il était déjà son meilleur ami.

Et si elle commençait enfin à être honnête, il lui plaisait. Bon, elle se l'était déjà répétée plusieurs fois mentalement.

Elle désirait son fiancé.

Tant mieux.

Elle voulait connaître la sensation des mains de Marcus sur elle et celle de l'avoir en elle.

Elle ferma les yeux, sachant que ses joues étaient d'un rouge éclatant, et tenta de ralentir ses respirations qui s'accéléraient rapidement.

Avant qu'elle poursuive son introspection, la sonnette retentit, et Bristol fit rouler ses épaules en arrière. Ce serait une bonne journée, aujourd'hui. Car elle passait à la prochaine étape de toute cette histoire de fiançailles.

Les filles venaient chez elle pour cancaner à ce sujet.

Merci mon Dieu. Parce qu'elle avait vraiment besoin d'en parler.

Elle glissa les mains le long de sa robe d'été et vérifia que sa coiffure était au moins convenable. Elle courut ensuite vers la porte d'entrée.

Elle l'ouvrit sans regarder dans le judas et se figea.

— Zia ? demanda Bristol, sa mâchoire se décrochant. Tu étais à Londres. Je t'ai dit de ne pas venir. Pourquoi es-tu là ?

Son ex-conjointe et amie actuelle entra lentement dans la pièce, plus magnifique et soignée que jamais alors qu'elle levait les yeux au ciel.

— L'une de mes meilleures amies ne se marie pas subitement à *son* meilleur ami, sans crier gare, sans penser que je vais me pointer.

— J'ai à peine compris ce que tu viens de dire, répondit Bristol en riant.

Zia passa brusquement les bras autour des épaules de

Bristol, l'étreignant fermement. Elle l'embrassa ensuite sur les lèvres.

— Tu m'as manquée, ma petite fille.

— On a le même âge. Je ne suis pas ta petite fille, répondit Bristol en étreignant solidement son amie. Et tu étais à Londres.

— Je n'y suis plus, répondit Zia alors qu'une triste expression passait sur son visage.

— Qu'est-ce qui ne va pas ?

— Rien. Je vais bien. Mais je vais rester aux États-Unis un peu plus longtemps.

— Oh, non. Est-ce que je dois lui mettre une raclée ?

— Rien de la sorte. Tout ce que tu dois faire, c'est me conter exactement ce qui est arrivé, puis me raconter tous les délicieux détails que tu as sur Marcus. J'attends de les entendre depuis longtemps.

— Je ne vous raconterai pas tout.

— Attends ? Pourquoi on est là, alors ? demanda Arden depuis l'embrasure de la porte.

Bristol rit.

— Salut, toi, dit-elle en se tournant vers la femme de Liam.

— Je suis sérieuse, répondit Arden avec un large sourire.

Elle s'appuyait sur sa canne, qu'elle n'avait pas toujours besoin d'utiliser. Bristol la fit rapidement entrer.

— Moi aussi, je suis sérieuse. Tu as besoin de t'asseoir ? Tu vas bien ?

— Je vais bien. C'est une journée douloureuse, c'est tout. Liam m'a déposée, mais je ne le laisserai pas entrer pour te cuisiner. Surtout parce que tu te caches de ta famille et je me suis dit qu'il devait y avoir une bonne raison.

Zia prit rapidement le sac de nourriture des mains d'Arden et se présenta.

— Au fait, je suis Zia.

— J'ai vu des photos de toi, et Bristol parle souvent de toi. Félicitations pour la nouvelle gamme.

— Merci. Et félicitations pour être tombé sur un Montgomery.

Arden rit et Bristol leva les yeux au ciel.

— Oh, tais-toi. Et Arden, va t'asseoir. Liam me tuera si je te laisse t'épuiser trop rapidement.

— Vous êtes si vieux jeu. Je vais bien. Je n'ai même pas vraiment besoin de la canne, aujourd'hui. C'est rarement le cas. Je voulais seulement prendre mes précautions et, comme je ne suis pas venue avec Jasper, je n'avais pas mon soutien.

Jasper était son husky sibérien blanc et le chien le plus adorable que Bristol avait jamais rencontré.

— Tu aurais pu l'emmener. Tu sais que je l'adore.

— Je sais, mais Liam et lui passent une journée entre garçons, répondit Arden en levant les yeux au ciel. Je jure que ce chien va me quitter pour Liam. Bon, je ne lui en veux pas. Mais il va me manquer, aujourd'hui.

— Il t'aime.

— C'est vrai. Bon, j'ai apporté du vin et de quoi préparer un plateau de charcuterie comme tu l'as demandé. On va les confectionner, n'est-ce pas ? Ensemble ?

— Oh, c'est ma partie préférée. Je me suis dit que nous pouvions toutes travailler dessus, parce que j'ai apporté quelques trucs, et j'ai pensé qu'Holland ferait la même chose.

— En parlant du loup... dit Zia en souriant.

Holland, la compagne de Lincoln et Ethan, franchit la porte à cet instant, les mains pleines.

— J'ai de quoi préparer un plateau de charcuterie et ma cocotte est remplie de boulettes.

Bristol fut obligée de rire.

— Évidemment, tu as pensé à apporter les boulettes.

Zia lui fit un clin d'œil.

— Après tout, tu es une femme très chanceuse qui en a deux paires.

— Bon, assez parlé des boulettes de mon frère, répliqua Bristol en frissonnant.

— Oui et, étant donné que l'*autre* paire de boulettes appartient à mon cousin, n'en parlons pas non plus.

Bristol regarda la femme auprès de Holland et sourit.

— Madison, tu es venue.

Celle-ci sourit, visiblement un peu timide.

— Merci de m'accueillir. Lincoln a dit qu'il fallait que je sorte davantage et maintenant qu'il fait officiellement partie des Montgomery, il a affirmé qu'une famille toute prête m'attendait. Je n'ai pas vraiment envie de me jeter dans vos bras tendus, mais c'est sympa de ne pas avoir que ma famille.

— Tu sais, tu es toujours la bienvenue si tu veux passer du temps avec nous.

C'était déjà le cas avant, quand Lincoln et Ethan n'étaient qu'amis.

— C'est vrai, mais je me sens toujours bizarre à l'idée de me joindre à tous les rassemblements Montgomery.

— Il y en a beaucoup, ironisa Holland. Et je suis la dernière arrivée, donc j'essaie encore de tout clarifier.

— Je ne suis arrivée dans le clan Montgomery que quelques minutes avant toi, ajouta sèchement Arden. On peut démêler nos routes ensemble.

— Ça me convient, dit Madison.

Elles éclatèrent toutes de rire.

— Tout le monde connaît Zia ? demanda Bristol en menant ses amies dans la cuisine et en s'assurant qu'Arden soit assise.

Ses invités finirent les présentations et s'avancèrent dans la maison.

— Bon, préparons ce plateau de charcuterie en groupe et servons-nous du vin. Nous aborderons ensuite les circonstances précises qui ont conduit Bristol Montgomery à épouser Marcus.

Toutes les femmes présentes regardèrent Zia alors qu'elle souriait et haussait les épaules.

— Quoi ? Je pensais que nous pouvions parler du sujet

tabou. Enfin, c'est bien ça, non ? Je passe à côté d'autre chose ?

— Pas à ma connaissance, répondit Holland en se tapotant le menton. Je suis sûre que nous pouvons trouver d'autres sujets. Mais discutons d'abord des fiançailles. Parce que, mon Dieu. Marcus et toi ? Comment est-ce arrivé ?

Arden tapa dans ses mains.

— S'il te plaît, raconte-nous. Tout. Depuis combien de temps sortez-vous ensemble ? C'est arrivé quand ? Nous sentions tous une certaine alchimie, mais nous ne voulions pas trop y penser.

— Tu sais, même si je n'étais pas vraiment dans les parages, *j*'ai senti cette alchimie. Je suis si contente pour vous.

Madison passa une main dans ses cheveux.

Bristol sourit en entendant ses mots, alors même qu'elle commençait à avoir des sueurs froides.

— Hmm, travaillons d'abord sur le fromage. Parce que, oui, je crois que j'aurais peut-être aussi besoin de vin.

Les autres la dévisagèrent avant de se remettre expressément au travail, changeant de sujet pour évoquer le prochain voyage d'Arden et Liam pour sa tournée de dédicaces, plutôt que d'aborder le mariage tant attendu de Bristol.

Tant attendu ? Oh. Ce n'était pas l'expression qu'elle avait voulu utiliser, même dans sa tête. Ou peut-être que si ?

L'idée que Marcus et elle soient ensemble la traversa de frissons nerveux.

Et alléchants.

Des frissons qu'elle ne s'était pas autorisée à ressentir par le passé.

Elle rejeta ces pensées, cependant, car les autres le verraient et elle devait se concentrer. Tout le monde se mit au travail, Madison ouvrant le vin comme une professionnelle. Bristol savait qu'elle appréciait déjà cette femme, mais elle avait désormais l'impression que celle-ci serait l'une de ses meilleures amies.

Holland et Arden commencèrent à organiser et disposer le fromage sur le plateau dans une présentation parfaitement artistique, tandis que Bristol s'assurait que tout était sorti du frigo et prêt à être servi.

Les boulettes de viande qu'Holland avait rapportées étaient parfaites et appétissantes. Elles induisirent aussi des plaisanteries.

— Sérieusement, combien de blagues sur les boulettes allez-vous faire en une journée ? demanda Holland.

— Je ne sais pas, autant que je puisse en faire entrer dans ma bouche, dit Zia en faisant un clin d'œil avant d'en manger une.

Bristol ricana, le vin manquant de ressortir par son nez. Elle tendit alors la main vers son verre d'eau.

— Bon, ça suffit.

— Ça suffit, dans le sens où il est temps de nous dire

tout ce qui s'est passé entre Marcus et toi ? demanda Arden en se penchant en avant.

— Hmm. Tu étais là. À mon anniversaire. Marcus et moi, on va se marier. On se lance dans les prochaines étapes de nos vies ensemble.

Les filles se regardèrent avant de se tourner vers elle.

— Ça ne nous dit pas grand-chose, répondit Arden en inclinant la tête et en dévisageant Bristol. On ne s'immiscera pas dans vos vies...

Elle marqua une pause.

— Pas trop. Néanmoins, vous avez tous les deux l'air heureux, si ce n'est un peu choqués par l'issue. C'est manifestement sorti de nulle part, mais ça n'est peut-être pas le cas. Et nous n'allons pas t'obliger à nous raconter quoi que ce soit.

— Crois-moi, j'ai été impliquée dans une relation où tout le monde devait tout savoir, et j'adore le fait que vous n'avez jamais essayé de me poser un tas de questions redoutables et indiscrètes, intervint Holland.

Zia leva la main.

— Mais ça ne me dérange pas d'entendre les détails, dit-elle.

Tout le monde rit et la tension s'apaisa.

— Bon, nous ne parlerons pas du *comment*, notamment parce que j'ai l'impression que c'est personnel, continua Zia.

— Mais nous serons là pour toi, répéta Madison en souriant. Sérieusement. Marcus est un homme si gentil et je ne le connais pas aussi bien que je *vous* connais, mais j'ai l'impression qu'il est toujours là pour ses proches et même pour les autres. Il a un excellent travail, il t'aime et te fait sourire. Je suis vraiment heureuse que vous fassiez tout pour que ça marche.

Bristol sourit alors même que ses joues la brûlaient, et une froide sensation la submergea. Néanmoins, elle ignorait de quoi il s'agissait. De honte ? De culpabilité ? Non, impossible. Ces fiançailles n'étaient pas bidon. Ce n'était pas un mensonge. Cette relation démarrait simplement au mauvais stade.

Peut-être. Ou peut-être aussi qu'elle perdait la tête.

— On le savait, c'est tout, dit-elle en espérant que ce soit honnête. C'était mon anniversaire, on s'est regardés et... on a su. Et maintenant, on se marie.

Toutes ses invitées soupirèrent, leurs yeux s'emplissant de larmes. Bristol savait pourtant que ses amies auraient d'autres questions. Après tout, elle en avait aussi de son côté. Si les rôles avaient été inversés, ce serait elle qui mènerait la charge, se mêlant toujours des affaires des autres alors qu'elle essayait d'aider les gens à trouver leur fin heureuse éternelle. Mais maintenant qu'elle était concernée ? Elle avait besoin de temps.

Elle pourrait se reprocher d'avoir été si autoritaire par le passé, même si les autres assuraient qu'ils appréciaient cela.

Avec du recul...

— Bon, laisse-nous voir cette bague, lui demanda Zia.

Quand Bristol tendit la main, elle ne put que sourire tandis que les autres s'épanchaient et criaient, rendant ce rêve encore plus réel.

Elle but du vin et discuta avec les filles avant que tout le monde rentre chez soi. Elle se retrouva alors seule avec ses pensées.

Elle sortit son portable et composa le numéro de Marcus sans même y penser.

— Salut, dit-elle quand il décrocha.

— Salut.

— Les filles viennent de partir.

Pause.

— Je suis encore avec les gars, mais je suis passé dans une autre pièce de la maison pour qu'ils ne puissent pas m'entendre. Tu vas bien ?

Il la connaissait si bien. Les larmes menaçaient de couler et elle les ravala. Elle voulait entendre sa voix. Elle le voulait auprès d'elle. Elle était égoïste, mais elle ne pouvait s'en empêcher. Pas quand il s'agissait de Marcus. Jamais quand il s'agissait de lui.

— J'ai l'impression que je mens, alors qu'on ne ment pas. Tu vois ?

Son rire rauque donna à Bristol l'impression instantanée qu'ils étaient sur la même longueur d'onde. Comment arrivait-il à la rassurer avec un simple bruit ?

— Je te comprends. Je pense seulement que nous devons apprendre qui nous sommes, d'abord. Tu vois ?

Elle se détendit subitement, alors même qu'entendre sa voix lui provoquait un effet qui ne la relaxait nullement.

— Exactement. Je n'ai pas changé. Toi non plus. Nous sommes toujours Bristol et Marcus. Nous sommes toujours ceux qui se disputent, rient et se comportent comme des idiots l'un avec l'autre. Tu as toujours été dans ma vie et ça ne changera rien. Ça consolidera le fait que nous serons toujours ensemble.

— Je comprends.

Il marqua une nouvelle pause. Elle fronça les sourcils bien qu'il ne puisse la voir.

— Qu'est-ce qui ne va pas ?

— Tu crois que ce serait plus facile si nous avouions à tout le monde ce qui nous a menés là ?

Elle se mordit la lèvre.

— Ce serait plus facile d'un côté, peut-être douloureux d'un autre. Je ne sais pas. Je ne suis pas douée pour ça.

— Tu es douée dans tout ce que tu fais, Bristol.

— Ah ah. Nous savons tous les deux que ça n'est pas vrai et il est clair que je n'en ai pas le sentiment, pour l'instant.

— Dans ce cas-là, partons de ça et faisons avec. Toi et moi. Nous réglerons notre problème.

— Qu'est-ce que tu veux dire ?

— Toi et moi, nous avons eu d'innombrables dîners et soirées films ensemble, nous sommes partis en voyage, nous nous sommes vus tout autour du monde, mais je ne t'ai jamais invitée en rendez-vous. Et si nous comptons faire de notre relation une réalité et trouver cette prochaine voie, comme tu aimes le dire, faisons en sorte que ça fonctionne. Toi et moi. Un rendez-vous.

Elle se figea, une excitation nerveuse l'envahissant.

— Notre premier rendez-vous ?

Il s'éclaircit la gorge.

— Nous sommes fiancés, après tout. Autant comprendre ce que nous sommes en train de faire.

Le rire monta dans la gorge de Bristol. Qui aurait pu deviner qu'elle était capable de rire alors que tant d'autres émotions la traversaient ? Marcus, voilà qui.

— C'est bien de le penser. Parce que je ne sais pas ce que je fais.

Il baissa la voix.

— Nous nous marions, c'est l'information capitale, mais ce n'est peut-être pas la réponse.

Elle se figea.

— Se marier n'est pas la réponse ?

— Ce n'est pas ce que je voulais dire. Se marier est la réponse. Parce que nous le voulons.

Il marqua une pause et elle ne dit rien d'autre. Elle en avait peur.

— Alors, où allons-nous pour ce rendez-vous ?

— Découvrons-le, tu veux bien ? Je sais déjà ce que tu

aimes manger, où tu aimes aller, alors... Voulons-nous aller dans un restaurant que nous aimons déjà tous les deux ? Ou trouver quelque chose de nouveau ?

Elle y réfléchit, se demandant quelle était la bonne réponse. Parce qu'ils aimaient déjà beaucoup de restaurants... quand ils étaient amis. Allaient-ils bâtir sur ce qu'ils avaient déjà ? Ou essayer quelque chose de nouveau ?

Comme elle craignait de ne pas trouver la bonne solution, elle opta pour ce qu'elle connaissait.

— Allons dans ce restaurant thaï que nous aimons.

Elle perçut le sourire dans la voix de Marcus en l'entendant parler.

— Le restaurant thaï, ça me va. Tu sais que j'adore leur soupe.

— Et tu la commandes toujours si épicée qu'elle nous fait pleurer tous les deux, mais c'est la meilleure.

— Tu vois ? Nous sommes déjà sur le bon chemin.

— C'était mon idée, tu sais, Marcus ? Cette histoire de mariage. Et pourtant, c'est toi qui m'apaises. C'est toujours comme ça.

— Ce n'est pas vrai. Moi aussi, j'angoisse à cause de certaines choses.

— Mais c'est moi qui explose. Tu es toujours stoïque et stone.

— C'est quasiment mon nom de famille, je suis fait pour ça.

— Crétin.

— Je suis un geek, merci bien. Tu ferais bien de ne pas te tromper.

Elle rit, la chaleur se répandant en elle. C'était le Marcus qu'elle connaissait et aimait. Celui auquel elle était habituée. Elle n'était pas habituée à l'autre Marcus. Celui qui lui provoquait des papillons dans le ventre et lui procurait des pensées obscènes ainsi que de chaudes sensations qui l'embrouillaient. Celui qui l'embrassait et la touchait. Et lui donnait envie d'en vouloir plus.

Elle ne se retenait plus, à présent, elle ne revenait plus en arrière. Elle n'en avait plus envie. Pas quand ses sentiments refusaient de s'en aller. Elle les avait dissimulés si longtemps, persuadée que ce serait mal de vouloir cela. Et pourtant, voilà où elle était.

Près de lui.

Avec lui.

Dans une tentation tapissée de passion et de confiance.

— Amuse-toi bien avec les gars, lui dit-elle d'une petite voix après un moment.

— On commence tout juste, tes frères ne m'ont pas encore interrogé, mais je suis sûr qu'ils le feront.

— Dis-leur que je leur botterais le cul s'ils essaient.

— Ça ne se passe pas comme ça. Tu sais que mes sœurs voudront t'interroger aussi.

Elle grimaça, une véritable peur roulant sur sa peau.

— Je le sais. Ça m'inquiète.

Marcus rit. Le crétin.

— Elles ne mordent pas. Beaucoup. En revanche, tes frères ?

— Je les tabasserai.

— Non, je mène mes propres combats. Peu importe ce que les autres pensent ou disent. Tu sais que ça n'est qu'entre toi et moi, n'est-ce pas ? On va le faire, on va se trouver. Toi et moi.

— Toi et moi, répéta-t-elle.

Une fois qu'ils s'étaient dit au revoir et avaient raccroché, elle resta assise à se demander si elle commettait une autre erreur. Elle commençait à exceller dans ce domaine. Parce que ce n'était pas une fiction, ce n'était pas un rôle qu'elle jouait. C'était la vraie vie, de vrais sentiments, de vrais... tout.

Et le fait qu'elle se pose encore toutes ces questions signifiait que ce n'était pas qu'un faux-semblant. Elle voulait savoir exactement ce qu'elle ressentirait en étant avec Marcus.

Et étant donné qu'elle se servait de ce marché et de ce pacte comme d'un prétexte, cela lui indiquait qu'elle était bien plus fourrée dans sa propre version d'*Alice aux pays des merveilles* qu'elle ne voulait bien l'admettre.

Il n'y aurait pas de retour en arrière – ni pour l'un ni pour l'autre.

Cela ne troublait pas les fractions de son esprit qu'elle cherchait à ignorer.

Et le reste de son être ?

C'était bien la question, non ?

CHAPITRE HUIT

Marcus raccrocha et leva les yeux alors qu'Aaron entrait dans la pièce.

— C'était Bristol ? demanda-t-il en s'appuyant contre le chambranle.

Ils étaient chez Ethan et Lincoln, ayant décidé de passer une soirée entre mecs, même si Marcus savait que c'était principalement pour l'interroger. Ça ne le dérangeait pas. Après tout, si qui que ce soit d'autre avait fréquenté Bristol, ce serait lui qui aurait mené l'interrogatoire.

Que la colère et la jalousie le supplicient à l'idée qu'un autre puisse se retrouver avec Bristol impliquait qu'il lui fallait apprendre à dompter ses émotions. Il avait déjà conscience d'avoir des soucis au sujet de sa meilleure amie avant d'accepter les fiançailles et de la demander à nouveau en mariage.

Parce qu'il l'avait toujours désirée, au plus profond, même s'il se disait qu'il n'en avait pas eu l'envie.

Et il devrait l'encaisser.

Bien qu'il ne sache comment.

— Oui, c'était Bristol, dit Marcus en s'extirpant de ses pensées.

— Alors ?

Aaron tapota du pied, mais, heureusement, il donnait l'impression d'exagérer.

Marcus haussa un sourcil.

— Comment ça, *alors* ? Elle va bien, les filles viennent de partir de chez elle. Je n'avais pas compris qu'elles ne resteraient pas plus longtemps.

— Leur fête a commencé plus tôt, la nôtre a lieu plus tard. Mais je ne pense pas qu'Holland rentre directement, donc elle ne se retrouvera pas à traîner avec nous à la maison. Elle avait quelques petits trucs à faire dans sa boutique.

Holland avait emménagé avec Ethan et Lincoln. Ainsi, techniquement, elle était aussi chez elle. Elle était également propriétaire d'une boutique merveilleusement éclectique dans la rue principale réunissant les lieux touristiques de Boulder. Elle s'en sortait relativement bien en vendant des œuvres et des babioles, des objets créés par les artistes locaux, y compris certaines pièces artisanales uniques.

Ces derniers mois, il en avait acheté quelques-unes pour sa maison, ainsi que quelques cadeaux. À vrai dire, il avait dégoté une très belle œuvre pour l'anniversaire de mariage de ses parents qu'il devait encore emballer. Il finirait probablement par la remporter à la boutique, pour qu'Holland le fasse en s'y prenant mieux, mais il essaierait, au moins.

Il fronça les sourcils.

— Ah, j'imagine que je ne m'en étais pas rendu compte.

— Tu n'en as pas discuté avec Bristol, alors ?

Quelque chose, dans le ton de cet homme, agaçait Marcus. Aaron était quelqu'un de bien, un meilleur frère encore, mais il était si protecteur qu'il rappelait parfois à Marcus sa propre personnalité.

Ce qui n'était pas toujours une bonne chose.

— Y a-t-il une question que tu veux me poser ? Parce que tu agis comme si tu avais une idée derrière la tête.

Marcus était peut-être discret la plupart du temps, cependant il n'était pas non plus obligé de tolérer les conneries d'Aaron. Il l'appréciait. Beaucoup. Ce dernier était attentionné, amusant, et il avait généralement une vivacité d'esprit qui pouvait faire sourire n'importe qui, même quelqu'un qui passait la pire des journées. Mais il était aussi protecteur que le reste de ces maudits Montgomery. Comme Marcus l'était quand il s'agissait de sa propre famille *et* des Montgomery.

— Pourquoi ? Tu as besoin de dire quelque chose ? Tu commences à m'inquiéter, dit Aaron.

Marcus fronça les sourcils, rangeant son portable dans sa poche.

—Ah bon ?

— Généralement, tu n'es pas le plus bavard de la bande, mais je n'arrive toujours pas à croire que tu sortes avec ma sœur... Non, *sortir avec*, ce n'est pas le bon mot. Tu es son *fiancé*. Tu nous as tous menti, pendant tout ce temps ? Vous avez gardé votre relation secrète ? Je ne sais pas quel effet ça me fait.

C'était la raison pour laquelle Marcus hésitait encore à révéler la vérité sur l'évolution de sa relation avec Bristol. Cependant, c'était à lui de régler ce problème. Ils devaient trouver une solution entre eux. Sans personne d'autre. Personne n'avait besoin de savoir exactement comment leur relation avait progressé. Car ils en étaient encore à leurs balbutiements. Ils devaient tout démêler seuls. Et le fait que tout le monde se mêle de leurs affaires ou tente d'obtenir des réponses de leur part n'allait pas les aider.

— Je sais bien que tu es son frère, mais je ne pense pas devoir te dire tout ce qui concerne ma relation avec elle.

Aaron haussa les sourcils.

— Tu sais, je ne pensais pas que tu prendrais vraiment les devants comme ça. Je me disais que ce serait toi qui nous l'annoncerais, puisque Bristol reste toujours très discrète sur sa vie privée. Cela dit, c'est effectivement ma sœur et je crois que tu me dois des explications.

Liam arriva subitement derrière Aaron et lui posa la main sur l'épaule. Il la pinça ensuite et Aaron grimaça.

Marcus tenta de ne pas se réjouir de ce geste. Cela fonctionna... presque.

— Arrête d'interroger Marcus. C'est une soirée entre mecs. Autrement dit : ne te comporte pas comme un putain d'idiot.

Aaron ne s'interrompit pas pour autant.

— Je dis ça comme ça. Je veux savoir comment tu as fini fiancé avec ma petite sœur.

— Elle est *notre* petite sœur, ajouta Ethan en arrivant de l'autre côté d'Aaron.

Tous les hommes Montgomery avaient plus ou moins la même carrure – grand, large, tout en muscles. Et étant donné que la plupart travaillaient sur des fauteuils de bureau, Marcus était toujours surpris qu'ils soient si musclés. Il était probablement logique que leur soirée entre mecs, ce soir, commence avec une séance de sport, puis se poursuive avec une bière s'ils en avaient l'envie.

Ethan et Lincoln avaient une salle de sport dans leur sous-sol, et il n'y avait pas seulement un sac de frappe ou un tapis de course. Non, ils avaient mis le paquet, compte tenu du fait que Lincoln avait un boulot génial qui lui permettait de dépenser de l'argent pour les deux amours de sa vie, même si ceux-ci n'appréciaient pas toujours.

— Oui, c'est toi le bébé, confirma Liam.

Aaron leva les yeux au ciel.

— Mais c'est elle, la plus petite. Je n'aime pas être le bébé.

— Je ne crois pas que ta place dans la hiérarchie des

Montgomery a changé, ces vingt dernières années, répliqua Lincoln en secouant la tête.

Marcus sourit et se leva de son fauteuil devant le bureau sur lequel il s'était installé.

— Étant donné que je suis aussi le bébé, je te comprends, dit-il.

Le regard d'Aaron s'illumina.

— Oui, j'oublie constamment que tu es le cadet. Mais tu as trois sœurs aînées.

— Elles ne me laissent jamais rien passer, même si ma mère a toujours dit que j'étais gâté et dorloté.

— Tu vois, c'est logique, alors. Aaron est gâté et dorloté, répondit Liam en pinçant une nouvelle fois l'épaule de celui-ci.

— Allez tous vous faire voir chez les Grecs.

— Chez les Grecs ? On vit dans le Colorado.

— J'ai regardé de vieux films. Ne m'en voulez pas.

— Vous savez, j'envisageais d'écrire un thriller western, dit Liam.

Marcus fronça les sourcils.

— Tu n'écris pas une série principale dans laquelle ton protagoniste se lance dans des aventures et frôle la mort presque un livre sur deux ?

— C'est le cas, mais j'ai une vague idée pour une deuxième saga.

— Vraiment ? répondit Marcus en souriant alors que sa curiosité était piquée.

Il aimait le travail de Liam et en était secrètement

fan. Enfin, personne d'autre que Bristol n'avait besoin de connaître son véritable amour pour les livres de Liam.

— J'oublie toujours que tu es accro à son travail, intervint Aaron en riant.

Marcus haussa les épaules.

— Étant donné que j'ai une peinture de Liam ainsi que quelques-uns de tes verres soufflés, et qu'Ethan a construit mon ordinateur, je suis sûr d'avoir une collection des créations Montgomery chez moi.

— Heureusement que tu épouses l'un d'entre nous, alors, répliqua sèchement Liam. Tu peux enfin bénéficier de la réduction familiale.

— Attends, il y a une réduction ? demanda Aaron, bouche bée. Tu me fais toujours payer tes fichus bouquins.

— Oh que oui, répondit Liam en riant. Tu n'obtiens rien gratuitement. Souviens-toi, tu es déjà gâté et dorloté.

— Je vous déteste tous.

— Tu nous adores, mais ce n'est pas grave, dit Ethan avant de regarder Marcus. Bon, tu es prêt à faire du sport ? On soulève de la fonte, ce soir.

— Comment ça peut être une soirée entre mecs ? On ne devrait pas... regarder un match et manger des ailes de poulet ? grommela Aaron alors même qu'il semblait empressé.

— La prochaine fois, répondit sèchement Lincoln. Je ne crois pas que nous ayons le droit de nous empiffrer avant que tous les mariages soient passés pour que ces mecs puissent enfiler leurs costumes.

— Je suis encore le plus beau, répondit Aaron en glissant les mains sur son torse. Vous ne trouvez pas ?

— Non, répondirent-ils à l'unisson.

Aaron leur fit un doigt d'honneur.

— Mais sérieusement, on a prévu de soulever de la fonte parce qu'on avait besoin d'une séance de sport et que trouver du temps et des pareurs n'est pas toujours facile avec nos emplois du temps. La prochaine fois, ce sera : ailes de poulet, malbouffe et des litres de bière.

Liam regarda autour de lui.

— Bien sûr, il pourrait y avoir de la bière après l'entraînement. Je dis ça comme ça.

— Alors on s'y met, répondit Marcus en faisant rouler ses épaules vers l'arrière. Je frapperais bien dans quelque chose, aussi.

Il se demanda pourquoi cette phrase lui avait échappé.

Liam arqua un unique sourcil.

— Si c'est à cause de notre précieuse petite sœur, on va devoir te prendre à part et t'apprendre ce que ça implique d'épouser une Montgomery.

— J'ignore ce que ça signifie, répondit sèchement Marcus.

Lincoln sourit.

— En clair, ils vont juste te titiller à mort pour savoir

ce qui se passe vraiment entre vous deux. Ils ne sont pas violents. Heureusement.

— Tu sais, je fais plus ou moins partie de cette famille depuis que j'ai quoi... six ans ? Et j'ai encore peur des Montgomery.

Lincoln s'esclaffa.

— Je te comprends. Il m'a peut-être fallu un peu plus longtemps pour faire partie des Montgomery, mais d'un point de vue extérieur ? Ça ressemble à une secte.

— L'un de nous. L'un de nous répétèrent les trois Montgomery avant de rire de leur plaisanterie.

Liam secoua la tête, un sourire se dessinant sur ses lèvres.

— Il doit bien y avoir une secte qui ne prononce pas cette phrase. N'est-ce pas ?

Ethan haussa les épaules.

— C'est vrai, mais je ne suis vraiment pas d'humeur à participer à une expédition tragique comme la caravane Donner.

Marcus s'esclaffa.

— La caravane Donner n'est pas une secte, si ?

— En tant que chercheur sur les sectes... commença Aaron avant de dévier sur ce sujet, ainsi que leurs leaders et même les boissons aromatisées.

Marcus se pinça l'arête du nez et descendit au sous-sol.

Le groupe souleva un peu de fonte pendant que

Marcus se servait du sac de frappe, épaulé par Aaron. Ils rirent, discutèrent du boulot, d'art et d'un match à venir. Ils évitèrent ostensiblement d'évoquer les femmes.

Et compte tenu du fait que c'était ce sur quoi ils se concentraient ces temps-ci, Marcus savait que c'était à cause de Bristol.

Personne ne savait exactement quoi penser, quand il s'agissait de Bristol et de lui. Étant donné qu'il était là, avec eux, il était ravi d'avoir ce répit.

— La prochaine fois, tu devrais venir avec ton ami Ronin, dit Liam alors qu'ils finissaient et nettoyaient le matériel.

Marcus fronça les sourcils.

— Peut-être. Il n'aime pas beaucoup sortir.

— Nous ne l'obligerons pas à faire du sport avec nous. On pourrait l'inviter quand on sortira voir un match ?

— Oui, il pourrait aimer. C'est un mec bien, mais parfois, j'ai l'impression qu'il se cache derrière des piles de livres.

— Tu fais la même chose, de temps à autre, mais Bristol finit toujours par te faire sortir.

Marcus demeura silencieux, attendant que Liam poursuive, mais il n'en fit rien.

— Tu ne vas pas poser la question ?

— Je ne sais pas si j'ai besoin de demander quoi que ce soit. J'ai confiance en ma sœur et toi.

Ils demeurèrent tous les deux silencieux un moment.

Marcus fut heureux que les autres soient dans la cuisine pour préparer le dîner.

— Quoi qu'il en soit, si tu lui fais du mal, je te tue. Et pas seulement dans un livre, même si ça arrivera très probablement aussi. Nous plaisantons sur le fait qu'elle est notre petite sœur, mais c'est la vérité. Elle s'expose au monde, pas seulement à travers sa musique, mais aussi en y mettant son âme, et elle a besoin d'un lieu sûr où se réfugier. Tu as toujours été ce havre de paix, mais si tu abîmes cela, si tu la blesses d'une manière ou d'une autre, son corps, son âme, son cœur ? C'est terminé. J'ignore comment vous avez entamé cette relation, mais je vois la manière dont elle te regarde et la façon dont tu la regardes. Il y a effectivement quelque chose, alors je ne vais rien dire sur le fait que nous n'étions pas au courant avant. Parce que nous n'étions pas obligés de savoir. Tout ce que je sais, c'est qu'elle t'a toujours appartenu, tout comme tu lui as toujours appartenu. Alors, ne gâche pas tout.

Marcus déglutit tant bien que mal.

— C'est ma meilleure amie, Liam, dit-il.

Il ne pouvait rien dire d'autre.

— Je sais. Tout comme Arden est la mienne.

Les autres entrèrent dans la pièce à ce moment-là et n'eurent pas besoin d'en dire plus. Marcus récupéra son verre d'eau plutôt que la bière pour laquelle il n'était plus d'humeur. Ils recommencèrent ensuite à parler de sport.

Bien sûr, dès qu'ils amorcèrent la discussion, Ethan prit la parole.

— Bon, j'ai entendu une partie de ce que disait Liam, mais maintenant, je vais parler moi aussi.

Lincoln se pinça l'arête du nez.

— Oh, mon Dieu, tais-toi, s'il te plaît.

— Ne t'inquiète pas, amour de ma vie. Je ne suis pas un salaud.

Aaron toussa dans son poing et Ethan adressa un doigt d'honneur à son frère.

— Tout ce que je vais dire, c'est : bienvenue dans la famille, dit-il en levant son verre.

Marcus déglutit péniblement, hochant la tête en direction des autres hommes.

— Merci.

— Et si tu cherches des noises à ma sœur, on t'en cherchera aussi.

Marcus éclata de rire avec eux, car Ethan paraissait si doux et innocent alors même qu'il prononçait ces mots.

Lincoln grogna et se couvrit le visage avec ses mains.

— Sérieusement ? marmonna-t-il dans ses paumes.

— Sérieusement.

— Vous n'étiez pas si terrible avec moi, quand j'ai rejoint la famille, constata Lincoln en baissant les mains.

— Mais tu les débarrassais d'Ethan. Bristol est leur précieuse petite sœur, tu te souviens ? répondit impassiblement Marcus.

La mâchoire d'Ethan se décrocha.

— Je n'arrive pas à croire que tu aies dit ça, dit celui-ci avant d'éclater de rire en même temps qu'eux.

Aaron les regarda tour à tour, secouant la tête.

— Vous savez, je suis peut-être le plus jeune, mais je ne pensais pas être le dernier à tenir le coup.

Marcus fronça les sourcils.

— Qu'est-ce que tu veux dire ?

— Le dernier Montgomery célibataire. Franchement, que fera Boulder sans nous ? J'imagine que je vais devoir porter cette responsabilité et m'assurer que tout le monde sait qu'il y a encore un jeune Montgomery sexy qui attend.

Marcus ricana.

— Je suis convaincu que tout le monde a toujours su que tu étais disponible.

— Je ne sais pas si tu essaies de me critiquer avec cette réponse ou non, mais je prendrai ça pour un compliment. Tout le monde connaît mes prouesses.

— Je t'en prie, ne répète plus le mot *prouesse*, dit Liam en secouant la tête.

— Sérieusement. Plus jamais, répondit Ethan avant de frissonner.

— Tout ce que je dis, c'est que dans le dernier livre que j'ai lu, les *prouesses* sont capitales.

— Arrête de dire *prouesse*, répondit Lincoln en grommelant.

— Et pour quelqu'un qui lit le nombre de romances

que tu lis, tu ne comprends sérieusement pas les femmes, répondit Ethan.

— Alors que toi, tu les comprends ? demanda Lincoln à son conjoint.

Ethan sourit.

— Holland le pense.

— D'accord, répondit Lincoln avec un air sarcastique.

— Je n'aime pas le ton que tu prends, monsieur.

— Tu pourras t'en occuper plus tard, ronronna quasiment Lincoln.

Marcus ferma les yeux, retenant un rire.

Il y avait eu des menaces, bien sûr, mais elles étaient aimables. Personne ne creusait, comme s'ils avaient toujours su que cela ne pouvait être évité. Leur relation à Bristol et lui était-elle inévitable ? Il aimerait le penser. Seulement, parfois, il n'en était pas certain. Surtout parce qu'il s'était interdit d'y penser.

Néanmoins, il ne comptait pas tout gâcher. Il ne le pouvait pas. Pas seulement à cause des personnes dans cette pièce et de ce qu'elles lui feraient s'il foirait. Non, il ne gâcherait pas tout, parce qu'il désirait Bristol. Voilà, il l'avait dit. Il la désirait. Il voulait voir ce qu'ils pourraient devenir ensemble et ce qui arriverait s'ils entamaient cette prochaine étape. Quand ils le feraient.

Car demain, ils iraient en rendez-vous, et il serait avec elle. Et bien qu'ils prennent peut-être cette relation à l'envers, ils feraient tout de même en sorte que ça fonctionne.

Et il ne laisserait pas ses incertitudes la blesser ou pousser les Montgomery à vouloir se venger de lui.

Car les Montgomery étaient sa famille et qu'ils étaient stables. De plus, il avait toujours cru qu'il partageait une relation aussi stable avec Bristol.

Ainsi, il allait s'assurer que cela se concrétise. Dans tous les cas.

CHAPITRE NEUF

Que portait-on pour son premier rendez-vous avec son fiancé, quand celui-ci était également le meilleur ami présent dans sa vie depuis vingt-quatre ans ?

— Pas ce que tu portes, Bristol Montgomery.

Elle retira son haut et resta plantée là en pantalon noir et soutien-gorge, se demandant quand elle avait perdu la tête. Oh, probablement dix ans auparavant quand elle avait demandé sans crier gare à son ami et confident de l'épouser.

Et le fait qu'elle continue de se parler signifiait qu'elle était déjà allée trop loin et qu'elle ne pouvait plus redevenir saine d'esprit. Ce qui ne la dérangeait pas, car les artistes avaient le droit de perdre la tête. Cela les aidait à créer. Cela contribuait à leur art.

Et si cette pensée lui avait donné la nausée, elle ne se le reprochait pas.

Que porter, que porter... ?

Elle retira son pantalon, restant ainsi avec son soutien-gorge en dentelles et sa culotte assortie. Ce nouvel ensemble énonçait clairement « *baise-moi-contre-une-porte* », et elle ignorait s'il allait servir ce soir.

Allait-elle coucher avec Marcus ? Elle n'en savait rien. Cette pensée lui provoqua des frissons dans tout le corps et son estomac se crispa. Sans parler du fait que son sexe s'humidifia à cette pensée.

Et comme le Marcus de ses rêves était apparemment très doué avec ses mains, sa bouche et sa verge charnue, elle espérait que le véritable Marcus serait similaire.

Elle devait sérieusement arrêter de penser à l'expression *verge charnue*, car elle sonnerait étrangement aux oreilles de n'importe qui, si ce n'était le Marcus de ses rêves.

Mais elle ne le lui dirait pas en face.

Elle sut qu'au moment où elle s'y attendrait le moins, l'expression *verge charnue* sortirait, la faisant mourir de honte.

— Ça suffit, s'intima-t-elle.

Elle portait tout simplement une jolie culotte et un soutien-gorge magnifique. Parce qu'elle aimait les porter. Et comme elle ne savait pas ce qui se produirait ce soir, autant se sentir jolie sous les vêtements qu'elle décidait de porter.

S'était-elle faite belle ? Oui. Avait-elle rasé ses jambes ? Oui. S'était-elle assurée que ses cheveux étaient bien coiffés et ondulés ? Oui. Elle n'avait pas encore retouché son maquillage, surtout parce qu'elle souhaitait être certaine qu'il serait assorti à sa tenue, mais au point où elle en était, elle n'en savait rien. Elle courut donc rapidement vers la salle de bain pour finir d'appliquer son fard à paupières.

Elle s'occupa de tout le reste, mais s'inquiétait sérieusement à l'idée de ne porter qu'une culotte en dentelle lavande et qu'un soutien-gorge.

Ses seins étaient beaux et, en se retournant, elle vit que c'était aussi le cas de ses fesses.

Marcus allait-il les voir ? Qui pouvait bien le savoir ?

Parce que ce n'était qu'un premier rendez-vous. D'ordinaire, elle ne couchait avec personne, lors du premier rendez-vous. À vrai dire, elle ne pensait pas l'avoir déjà fait.

Elle fronça les sourcils en réfléchissant. Non, jamais. Mais c'était Marcus. C'était différent.

Et elle avait fait de son mieux pour ne jamais songer à son meilleur ami dans cette situation, mais elle allait devoir le faire, car... voilà où ils en étaient. Elle ajouta un peu de couleur sur ses paupières et tenta de prendre de profondes inspirations. Allait-elle coucher avec Marcus, ce soir ? Elle l'ignorait. Elle ne savait pas du tout comment ce rendez-vous allait se passer, tout court.

Elle le désirait. Elle le désirait sincèrement. Ce qui l'effrayait. Elle s'était interdit de ressentir les profondeurs de cette émotion, auparavant. Et maintenant que c'était une option ? Elle n'était pas certaine d'arriver à se concentrer.

Mais elle serait avec Marcus. Il lui coupait constamment le souffle, même si elle ne s'était pas rendu compte que c'était ce qui arrivait.

Quant à l'idée d'être avec Marcus ce soir ? Elle devait se sortir de la tête qu'ils avaient été meilleurs amis toute leur vie. Elle devait s'y rendre comme s'il s'agissait d'un véritable rendez-vous. Parce qu'elle aimait les rendez-vous. Elle aimait sortir avec quelqu'un.

Elle aimait toucher, sentir, rire. Elle aimait cette sensation de papillons dans le ventre quand elle essayait de respirer et... d'être.

Elle n'était pas la plus douée, en rendez-vous. Elle n'excellait pas dans ses relations, non plus. Mais elle essayait. Son travail l'emmenait souvent hors du pays et quelques fois, elle devait se consacrer uniquement à ses répétitions. La plupart du temps, certes.

Elle faisait de son mieux afin d'être présente pour la personne qu'elle fréquentait, mais parfois, elle devait se concentrer sur elle-même. Il lui avait fallu des années de thérapie, et davantage encore de moments passés en famille, pour réaliser que c'était normal. Marcus l'avait toujours compris. Et le fait qu'elle obtenait une chance avec lui après tout ce temps ? Cela avait forcément une signification. N'est-ce pas ?

Elle laissa échapper un profond soupir et termina son

maquillage avant de repartir dans son placard. Elle possédait beaucoup de vêtements. Beaucoup de chaussures et de sacs. La plupart lui servaient pour le travail. Elle rencontrait des dignitaires, des membres de familles royales et d'autres personnes devant la voir sur son trente et un, même si, bien souvent, elle souhaiterait plutôt se contenter d'un chignon sur le sommet du crâne.

À cause de ses spectacles, et grâce à Zia, elle avait appris à se coiffer, à se maquiller et à porter un costume digne d'une violoncelliste de renommée mondiale.

Mais elle n'en avait pas toujours envie.

Ce soir, ils se rendaient dans son restaurant thaï préféré, un endroit qui n'était pas particulièrement chic, mais qui n'était pas non plus un fast-food quelconque.

Ils avaient de jolis petits bols blancs et de la musique s'élevait depuis les haut-parleurs. Jamais de musique d'ascenseur ou de pop : seulement des titres doux, aux accents lyriques.

Les serveurs là-bas portaient des uniformes immaculés et les tables étaient décorées de nappes blanches.

Marcus et Bristol s'y rendaient pour célébrer quelque chose et parfois, quand ils passaient une mauvaise journée.

Ils payaient toujours chacun à leur tour, même si elle avait bien conscience de gagner plus que lui.

Ils ne laissaient jamais l'argent être un problème entre eux, mais maintenant qu'ils se mariaient ? Ils devraient en discuter.

Ainsi que de l'endroit où ils allaient vivre et du nombre d'enfants qu'ils voulaient avoir.

Son cœur tambourina et elle se pencha, les mains sur les genoux. Bon, ce n'était pas le moment de paniquer.

Oui, elle avait une bague au doigt. Elle baissa les yeux vers l'anneau orné d'un cœur solide. Mais ce n'était que le début. Ils n'avaient pas évoqué les bases de la relation ni la logistique de tout cela. Mais c'était la raison de cette soirée : un commencement.

Le pacte avait été conclu, il avait été tenu et la bague autour de son doigt n'était que le début. Ce soir, elle avait la chance de suivre la route de la tentation et d'apercevoir un futur que ni l'un ni l'autre n'aurait pu imaginer.

Parce que c'était bien beau de dire qu'ils étaient fiancés, qu'ils allaient se marier, et d'employer ces mots qui la faisaient encore haleter, mais il leur fallait vraiment plonger dans leurs sentiments et s'assurer qu'ils en ressortiraient indemnes. Ils devaient aussi travailler sur ce qu'ils représentaient l'un pour l'autre. Et sur ce qui allait franchement se passer entre eux du point de vue physique.

Bristol enfila rapidement l'une de ses robes, une adorable tenue rouge avec un motif fleuri et un profond décolleté dévoilant grandement sa poitrine. Enfin, pas trop, mais suffisamment pour qu'elle se sente sexy et heureuse. Elle s'évasait au niveau des hanches et ressemblait presque à une robe portefeuille.

Bristol l'aimait, parce qu'elle pouvait être à la fois

décontractée et assez chic, en fonction des chaussures ou des bijoux qu'elle portait.

Elle optait pour un look passe-partout. Elle ajouta donc de petites boucles d'oreille scintillantes et un pendentif rectangulaire autour de son cou qui attirait le regard dans cette direction – et celle de ses seins.

Elle ne pouvait s'en empêcher. Elle voulait être belle pour Marcus.

Son fiancé. Son ami.

Et l'homme qui la rendait nerveuse. Quelque chose qu'elle n'avait jamais ressenti par le passé. Du moins, pas avec lui.

Cela devait forcément compter. Elle le savait.

Elle prit une profonde inspiration et récupéra son portable pour vérifier l'heure qu'il était. La sonnette retentit alors.

Elle se figea, ses mains tremblant. Elle soupira bien qu'elle ne se soit pas rendu compte qu'elle retenait sa respiration.

Cela devait être lui.

C'était maintenant. Le moment. Un autre moment où tout pouvait changer.

Elle devrait y être habituée, désormais. Mais il était difficile de penser qu'elle pouvait l'être.

La porte s'ouvrit. La langue de Bristol resta collée à son palet.

Marcus se tenait là, en pantalon noir, chaussures de cuir et chemise noire rentrée dedans. Il avait remonté les manches jusqu'à ses coudes, dévoilant ses avant-bras délicieux. Elle avait déjà eu cette pensée une fois le concernant. La vue de ses avant-bras lui avait provoqué un effet obscène. Elle ne pouvait s'en empêcher, car ils étaient musclés, avec une veine ressortant de chaque côté chaque fois qu'il s'affairait. Ils étaient follement sexy et, jusqu'à maintenant, elle ne s'était pas rendu compte qu'elle avait une obsession pour les avant-bras.

C'était bon à savoir, n'est-ce pas ?

— Tu es magnifique, dit Marcus.

Sa voix était rauque, basse et dangereuse.

Elle se lécha les lèvres, consciente qu'elle le faisait bien trop souvent devant lui. Toutefois, ce geste attira le regard de Marcus directement vers sa bouche. C'était donc peut-être une bonne chose.

— Je pensais justement à la même chose pour tes avant-bras.

Elle ferma les yeux et grommela.

— Je voulais dire pour *toi*. Mais tes avant-bras aussi.

Elle ouvrit les yeux et remarqua que Marcus avait serré les poings, ses avant-bras devenant encore plus délicieux.

Mon Dieu, allait-elle s'évanouir ?

— Mes avant-bras ? demanda-t-il d'un ton rieur, mais aussi plus sombre et nerveux.

— Je sais. Je ne m'étais pas rendu compte que j'avais cette obsession. Voilà pourtant où nous en sommes.

Il rejeta la tête en arrière et s'esclaffa. Bristol se

détendit immédiatement. C'était son Marcus. Elle pouvait être parfaitement honnête avec lui, même si elle se mentait à elle-même. Parce qu'elle ne pouvait pas lui mentir si elle n'avait pas les réponses à ses questions. D'où le fait qu'elle était honnête.

— J'ai appelé le restaurant thaï et inscrit nos noms au cas où il aurait été bondé. Ils étaient si contents que nous venions. On aura notre table.

— Est-ce qu'on fréquente cet endroit trop souvent, pour qu'un lieu sans réservation finisse par connaître nos noms ? demanda-t-elle en attrapant son sac à main.

Marcus rabattit la porte derrière elle, s'assurant qu'elle soit fermée à clé. Ils agissaient constamment comme s'ils étaient à l'aise dans la maison de l'autre. Ils n'avaient même pas besoin de se le demander, pour se protéger mutuellement.

Il y avait là un sentiment de paix. De réconfort. Même si tout avait été bouleversé par une unique promesse.

— Je crois que j'ai envie de cette fichue soupe, donc si nous n'avons pas à attendre pour une table, ça me convient parfaitement.

Marcus tendit la main et entrelaça ses doigts avec les siens. Elle lui serra la main, se sentant à nouveau chez elle. C'était normal. La vie de tous les jours. Après tout, ils allaient suffisamment déjeuner et dîner là-bas pour ressentir cette familiarité.

C'était la raison pour laquelle elle était si heureuse qu'ils passent leur premier rendez-vous ainsi, plutôt que d'essayer quelque chose de nouveau. Tout le reste partait déjà à vau-l'eau, elle avait besoin de quelque chose de stable.

Et elle ne serait certainement pas à l'origine de cette stabilité.

— Qu'est-ce que tu vas prendre ? demanda Marcus en l'aidant à monter dans la voiture.

Il referma la portière derrière elle et trottina devant le véhicule pour rejoindre l'autre côté. Elle secoua la tête.

Il faisait toujours cela pour elle, même avant les fiançailles. Vous voyez ? Il n'y avait rien de gênant, là-dedans. Elle n'avait pas besoin de se sentir nerveuse.

Il s'assit à côté d'elle et elle inspira son parfum. Ses tétons durcirent.

D'accord, apparemment, c'était différent.

— Je ne sais pas, sans doute quelque chose de sauté. Bon, j'ai aussi envie de leurs nems. Ou de tout. Je meurs de faim, dit-elle avant de marquer une pause. Je n'ai pas vraiment mangé, aujourd'hui.

Marcus démarra la voiture et la fusilla du regard.

— Pourquoi ne prends-tu pas soin de toi ?

— Je travaillais et j'étais nerveuse, d'accord ? Arrête.

— Non, je n'arrête pas. Il faut que tu prennes mieux soin de toi. Tu sautes des repas, après tu te sens faible et tu deviens grognon.

— C'est toi qui es grognon, répondit-elle en fermant les yeux. Désolé. C'est un rendez-vous. Je ne devrais sans doute pas être aussi grossière.

— Dans ce cas, tu ne serais pas toi-même, répliqua-t-il.

Elle le fusilla du regard, mais remarqua qu'un éclat rieur dansait dans ses pupilles. Elle lui fit un doigt d'honneur et il rit.

— Tu vois ? Maintenant, tu me fais un doigt d'honneur. Ça ressemble carrément à un rendez-vous.

— Est-ce qu'on va être gênés à propos de tout ça ? Et pas doués ?

Il tendit la main vers elle et lui caressa le genou. Quand il le serra, elle inspira brusquement, mouillant sa culotte alors même que sa bouche s'asséchait.

— Oh, d'accord, j'imagine qu'on va le faire. D'accord.

Ils étaient à un feu tricolore. Il regarda donc l'endroit où sa main touchait la peau de Bristol, dont la robe remontait légèrement. Des frissons remontèrent sur les cuisses de cette dernière et se propagèrent au reste de son corps. Elle eut presque envie de serrer les cuisses pour emprisonner la main de Marcus. Pour lui demander d'aller un peu plus haut.

Mon Dieu, quelle effrontée !

— Tout va bien, Bristol. Arrête de trop réfléchir.

— Je ne serais pas moi si je ne réfléchissais pas trop.

— C'est vrai.

Elle le fusilla une nouvelle fois du regard et il lui caressa le genou avant de se reconcentrer sur la route et de retirer sa paume. Ne souhaitant pas se sentir désemparée face à cette perte, elle l'ignora.

Toutefois, quand il lui agrippa la main et entrelaça leurs doigts, sa bague de fiançailles luisant sous l'éclat des lampadaires dans la rue, elle laissa échapper un soupir de soulagement.

Ils s'étaient toujours touchés et tenus la main, mais d'une façon plus platonique.

Il n'y avait rien de platonique, actuellement.

Oh, elle savait que leur pacte n'était qu'un prétexte. Du moins, pour elle. Elle ignorait totalement ce à quoi il pensait, et elle allait le découvrir. Mais sa priorité était de s'autoriser à tomber sous son charme.

Au moins un peu.

Et espérer follement que la situation ne serait pas gênante, en fin de compte.

Lorsqu'ils s'assirent à leur table préférée, le propriétaire venant prendre de leurs nouvelles, Bristol était une boule de nerfs et remuait quasiment sur sa chaise.

Elle avait toujours trouvé Marcus attirant, mais c'était comme s'il y avait eu une barrière entre eux, auparavant, qui l'empêchait de le ressentir.

Désormais, elle ne pouvait s'abstenir de suffoquer et d'en désirer davantage.

Elle avait vraiment perdu la tête, avec lui, et elle ne pouvait faire autrement. Chaque contact, chaque respiration, chaque caresse… sa seule présence réussissait quasiment à la faire basculer.

Et ce n'était que leur premier rendez-vous.

— Mes yeux m'induisent-ils en erreur ou est-ce une

bague de fiançailles ? demanda le propriétaire du restaurant en contemplant la main de Bristol.

Bristol se figea un instant avant de regarder Marcus dans les yeux. Elle aurait pu jurer voir de l'inquiétude dans ses pupilles, mais un sourire brillant se dessina ensuite sur son visage et l'atteignit au plus profond.

Elle adorait son sourire.

— Nous avons été quelque peu occupés depuis la dernière fois que nous sommes venus ici, répondit aisément Marcus.

Elle fut heureuse qu'il ait pris la parole, car elle était bien trop mal à l'aise, actuellement.

— Enfin ? Oh, oui. J'ai toujours su que vous étiez parfaits, tous les deux. Vous faisiez toujours semblant d'être seulement amis. Je savais qu'il devait y avoir quelque chose de plus. Je vous offre le dîner, ce soir.

— Oh, non. Je vous en prie. Merci, mais vous n'êtes pas obligés de le faire, répondit rapidement Bristol.

— Non, non. Je vous offre le dîner, répondit-il avant de se tourner. Mes clients préférés sont enfin fiancés. Bientôt, il y aura des bébés et du bonheur. D'autres membres de leur famille voudront déguster mes plats.

Bristol savait qu'elle rougissait de la tête aux pieds. Marcus baissa la tête, ses épaules tremblant.

Riait-il du fait que tout le monde les dévisageait et applaudissait ? Ou du fait qu'elle était rouge comme une tomate ?

Elle n'en savait rien, mais elle avait le sentiment qu'elle le ferait payer plus tard.

Le propriétaire partit une fois que le chef eut apporté une commande de nems, d'ailes de poulet et de salade de porc.

Marcus commanda la soupe aigre-douce thaïlandaise tandis que Bristol prenait une soupe au poulet et lait de coco en guise d'entrée. Ils décidèrent ensuite de faire des folies et de partager un plat de saumon et de poulet au basilic, chacun choisissant de ne pas manger de curry ce soir-là, comme ils étaient déjà bien trop rassasiés grâce aux apéritifs. Cependant, les restes de ce restaurant étaient délicieux et l'estomac de Bristol ne put s'empêcher de gronder.

Elle gémit de plaisir avec sa soupe et Marcus l'observa, amusé, avant de secouer la tête.

— Quoi ?

— Tu me surprends constamment avec ton amour de la nourriture.

Elle posa sa cuillère et inclina la tête.

— Qu'est-ce que tu veux dire ?

— Je veux dire, tu fais toujours tout à fond. Alors même que je viens de te passer un savon parce que tu n'avais pas assez mangé dans la journée.

— Je me rattrape largement, ironisa-t-elle en se tapotant le ventre. Je suis déjà rassasiée avec les apéritifs et la soupe, mais tu sais que je vais manger la moitié de mon assiette.

— Et une portion de la mienne. Je mangerais bien tout, mais je sais à quel point tu aimes les restes.

Elle plissa les yeux.

— Tu aimes les restes autant que moi.

— C'est vrai. Généralement, on finit par regarder des films et se goinfrer des restes sur lesquels on arrive à mettre la main avant de commander encore un peu plus de nourriture.

— Waouh. On ne passerait pas pour des gloutons ?

— On ne le fait pas souvent.

— Bien assez souvent.

Ils se sourirent avant de reprendre leur repas, riant de futilités tout en savourant une cuisine délicieusement goûteuse.

— C'est sympa, lança-t-elle subitement en espérant dire ce qu'il fallait.

Marcus la regarda et inclina la tête.

— Pourquoi ? Tu pensais que ça ne le serait pas ?

— Je pensais que ce serait gênant et étrange.

— Nous sommes toujours gênants et étranges. C'est *nous*.

— Mais je ne veux pas que les choses changent.

Elle ferma les yeux.

— C'était stupide.

Elle rouvrit les yeux.

— Je ne veux pas que *nous* changions. Ou du moins, que nous n'altérions pas l'essence avec laquelle nous avons commencé.

— Alors, faisons en sorte que ça n'arrive pas.

— D'accord.

Il tendit la main et saisit celle de Bristol, avant de glisser son pouce sur le sien.

— Commençons avec vingt questions. Ou quelques questions, se corrigea-t-il.

— Qu'est-ce que tu veux dire ?

— Comme ça, au pied levé, quelles sont les choses importantes à savoir pour deux personnes qui se marient ? Commençons par là. Parce qu'on sait déjà tout le reste nous concernant. Nos couleurs préférées, comment nous dormons, qu'elle était notre première voiture, notre premier coup de cœur… Nous connaissons le premier petit copain et petite copine de l'autre. Nous savons tout ça. Parce que nous l'avons vécu ensemble. Alors, lançons-nous dans ce que nous souhaitons. Comment voyons-nous notre chemin évoluer ?

— C'est une très bonne idée. J'ai l'impression que je devrais prendre des notes.

Il lui serra la main et elle laissa échapper un petit soupir. Elle adorait quand il le faisait.

— Nous n'avons pas besoin d'un carnet de notes. Enfin, je suis sûr que tu voudras tout écrire tout à l'heure.

— Tu me connais bien.

— Bon, alors, notre avenir. Toi et moi. Que veux-tu savoir ?

— Ça ne te dérange pas, si je ne prends pas ton nom de famille ?

Elle posa la première question qui lui traversa l'esprit. Elle ignorait pourquoi c'était celle-ci, mais l'avait tout de même prononcée.

Marcus acquiesça.

— Professionnellement, tu es Bristol Montgomery. Et je sais que ta famille et toi, vous aimez votre nom comme celui d'un clan. Tu te l'es même fait tatouer.

— Avec l'iris Montgomery, pas le nom en lui-même. Tu étais là quand je l'ai fait faire.

— Je m'en souviens. Sur ta hanche. Juste en dessous de l'endroit où retombe généralement ta culotte.

Son regard s'assombrit et Bristol déglutit difficilement.

— Tu sais, une fois qu'on sera mariés, tu devrais la faire aussi. Tous ceux qui entrent dans la famille se la font tatouer.

— Comme une secte.

— Ce n'est pas une secte.

— Je crois que tu dois appeler ton père, parce que tu fais partie d'une secte.

— Tu as écouté... quoi ? Trois épisodes de ce podcast ? Et pourtant, tu fais plus de blagues que moi à ce sujet.

Il haussa les épaules.

— Plus ou moins. Bon, je n'ai pas besoin que tu prennes mon nom. À moins que tu en aies envie, sur le plan légal plutôt que professionnel. Ou tu pourrais même l'ajouter avec un tiret. Peu importe ce que tu veux faire. Parce que ce n'est pas comme une propriété. Tu seras toujours la même personne et je serai aussi le même. Nous découvrirons ensuite ce que nous sommes ensemble.

— C'est vrai. Je sais que je ne peux pas le changer pour le travail. Ce serait comme un nom de plume, au point où j'en suis, si j'étais écrivaine comme Liam.

— Effectivement.

— Arden et Holland, même Lincoln, changent de nom. Je ne sais pas.

— Je sais que le mari de l'une de tes cousines a changé son nom en Montgomery pour sa femme, mais je ne ferai pas ça, dit Marcus en riant.

— Parce que ta mère me ferait souffrir si j'essayais de t'y pousser. Non, peut-être que j'ajouterai un tiret.

— Je le ferai peut-être aussi, répondit Marcus.

Elle sourit.

— Vraiment ?

— Si nous avons des enfants, quel nom voudrais-tu leur donner ? S'ils ont le tiret, ce serait peut-être plus facile si je l'avais aussi.

Elle se figea et cligna des yeux.

— Je ne sais pas. Je pense que c'est une chose que nous devrons décider en temps voulu.

Il marqua une pause.

— Tu as toujours voulu des enfants, Bristol.

— Toi aussi.

Elle déglutit difficilement et remarqua qu'il en fit de même.

— Alors, on envisage d'avoir des enfants ? demanda-t-il à voix basse.

— Oui. On envisage d'avoir des enfants.

Ils passèrent alors en revue leurs listes comme si ces choix majeurs et ces discussions cruciales n'avaient rien de déstabilisant pour un couple.

Mais avec Marcus ? C'était *tout*. Elle arrivait encore à respirer, car elle savait qu'il réfléchissait à tout, lui aussi.

Parce qu'ils ne reviendraient pas en arrière. Ils avançaient, ensemble.

D'une manière ou d'une autre.

CHAPITRE DIX

Marcus se passa une main sur le visage, cherchant désespérément à deviner ce qu'il ferait ensuite. Le rendez-vous avec Bristol ? Absolument, carrément merveilleux. Un rendez-vous porteur d'un message de vie, même. C'était tout simplement logique entre eux.

Il savait que son amie... que sa *fiancée*, se corrigea-t-il, qui était artistique, brillante et belle, avait besoin de compléter des listes avant de se concentrer sur l'essentiel. L'idée que tous les deux puissent décider, sur le long terme, de la place qu'occuperaient leurs pensées, leurs besoins et leurs désirs l'un auprès de l'autre comptait plus que tout.

Ils avaient discuté des fondamentaux. Il savait qu'il était agréable pour elle de l'entendre. Cela l'était pour lui aussi, pour être honnête. Cependant, maintenant qu'ils étaient de retour chez elle, ou du moins qu'ils étaient dans son allée, les choses redevenaient étranges. Elle était assise du côté passager et ne le regardait pas.

Elle ne disait pas un mot.

Il ne parlait pas non plus.

Merde alors.

Le fait qu'ils se retrouvent assis en silence n'était probablement pas la meilleure conclusion à cette soirée. Si cette soirée se terminait bientôt. Voulait-elle qu'il entre, comme par le passé ? Seulement, il savait que s'il entrait, ça ne se finirait pas comme à l'époque où ils étaient simplement amis. Et s'il rentrait chez lui ? Merde. Il n'en savait rien.

— J'ignore si je devrais t'inviter à boire un verre ? Ou faire comme si ce n'était que pour un café ? Ou te laisser me raccompagner jusqu'à la porte avant que je me mette à l'aise chez moi.

Bristol radotait. Ses phrases ressemblaient à des questions plutôt qu'à des pensées pures et il en était ravi. Car il savait qu'il radoterait également.

— Je ne crois pas que nous avons fini de parler pour l'instant, dit-il d'une voix traînante.

— C'est bien de parler. C'est très bien de parler.

Marcus se pencha, détacha la ceinture de sécurité de Bristol, le dos de sa main glissant sur la cuisse de cette dernière. L'inspiration de la jeune femme eut un effet direct sur sa verge et il déglutit tant bien que mal, le regard rivé sur le sien.

— Il ne se passera pas nécessairement quelque chose ce soir, chuchota-t-il.

— Mais si c'est le cas ? demanda-t-elle d'un chuchotement à peine audible.

Bristol se lécha les lèvres. Chaque fois qu'elle le faisait, le regard de Marcus se dirigeait vers sa bouche et il ne pouvait s'empêcher de vouloir la toucher. De la goûter.

— Entrons.

— Je... d'accord.

Ils sortirent de la voiture. Il attendit devant en lui tendant la main. Elle glissa une paume dans la sienne sans un mot et ils rejoignirent la porte d'entrée. Il avait une clé, mais il la laissa se servir de la sienne, car actuellement, il ne se sentait pas à l'aise à l'idée d'entrer tout seul.

Ils avaient changé la dynamique de leur relation, à la fois quand ils étaient ensemble et quand ils étaient loin l'un de l'autre, et Marcus ne souhaitait donc pas lui mettre la pression.

En même temps, il en avait assez d'ignorer les pensées et les désirs qu'il avait depuis si longtemps. Il ne pouvait plus se mentir et affirmer qu'il ne désirait pas Bristol. Car c'était le cas. Il aimait son goût, sa sensation. Et il voulait poser sa bouche sur la sienne. Il voulait lécher sa peau et en goûter chaque centimètre. Il voulait la voir sous son corps alors qu'elle remuait. Il voulait poser les mains sur elle, être en elle et au-dessus d'elle.

Il souhaitait lui montrer exactement qui il était. Pas

seulement son corps, mais aussi son âme. Il souhaitait en faire de même avec elle. Il souhaitait la *connaître*.

Une part de son esprit avait également envie de se la taper violemment, de la faire jouir sur son sexe, de l'écraser contre le mur alors qu'ils tremblaient et plongeaient dans l'oubli tous les deux. Il voulait faire comme dans cette vieille chanson d'Eric Church et faire céder le mur en placo jusqu'à l'ossature.

Il souhaitait tout cela.

Il voulait également y aller doucement, lentement, et ressentir chacun de ses centimètres.

Il ignorait jusqu'où ils iraient ce soir, mais il savait que c'était le premier pas. Ou peut-être le centième, il n'en savait plus rien.

Mais c'était le moment. Il n'y avait plus de retour en arrière possible. Il n'y en avait peut-être jamais eu.

Une fois qu'ils furent entrés dans la maison, aucun d'eux ne partit dans la cuisine pour préparer du café.

Il était entré chez elle un nombre incalculable de fois, il l'avait même aidée à décorer, car elle en avait fait de même pour lui. Elle n'avait pas vu les choses en grand, mais possédait tout de même quatre chambres, comme elle avait besoin d'un bureau et d'un espace pour répéter. La quatrième avait été aménagée en chambre d'amis pour ceux de son univers musical qui venaient lui rendre visite.

Il y avait dormi lui aussi, surtout les soirs où il avait bu plus de deux verres et ne voulait pas reprendre la route jusque chez lui. Bristol, de son côté, avait passé d'innombrables nuits chez lui auparavant, parce qu'ils se couvraient toujours l'un l'autre, quoi qu'il arrive.

À présent, il ne savait pas ce qui allait se passer, mais s'il ne franchissait pas cette prochaine étape, s'il ne faisait pas ce pas en avant... ils resteraient coincés là, à se demander : *et si*. En même temps, ils s'étaient mutuellement affublés d'étiquettes qui n'auraient peut-être aucun sens pour le reste du monde, mais qui en avaient parfaitement pour eux.

Sans elles, ils seraient incapables de comprendre qui ils étaient, ensemble.

Alors, pourquoi pas ? Pourquoi ne pas faire ce pas ?

— Ce soir, puis-je t'embrasser ? demanda-t-il.

Comme elle le lui avait dit un millier de fois par le passé : *le consentement était sacrément sexy*.

Elle sourit, ses joues prenant une délicieuse teinte rose.

— Je veux que tu m'embrasses, Marcus.

Il fit un pas en avant, sa respiration accélérant alors qu'il se penchait au-dessus d'elle. Bristol écarquilla les yeux en inclinant la tête en arrière pour le regarder.

— Et quand je t'aurai embrassée, puis-je t'embrasser à nouveau ? Puis-je te toucher ? Puis-je te goûter ?

Il baissa la tête, ses lèvres effleurant l'oreille de Bristol.

— Puis-je... te baiser ?

Il glissa les mains autour d'elle, saisissant ses fesses et collant le corps de Bristol contre le sien. Elle passa les bras autour de sa taille et plongea les mains sous sa chemise.

— S'il te plaît. Je pensais que tu ne poserais jamais la question.

Il descendit ensuite la main sur sa cuisse, relevant sa robe. Il passa l'autre dans ses cheveux, lui inclinant la tête en arrière afin de pouvoir lui dévorer la bouche.

Ce n'était pas une caresse nonchalante. Ce n'était pas une douce tentation pour céder au péché.

Non, c'était une tentation violente, emplie de besoin et négligeant tout le reste.

Ils respiraient tous les deux lourdement et se mordillaient alors que leurs lèvres étaient collées comme s'ils ne pouvaient se lasser l'un de l'autre.

Il avait la main sous la robe de Bristol et autour de ses fesses. Il plongea sous son string afin d'atteindre les lèvres de son sexe et son entrée.

Elle cria contre sa bouche et se crispa après cette invasion.

Il lui mordit la lèvre et l'embrassa pour chasser la douleur.

— C'est trop ? demanda-t-il en décrivant des va-et-vient en elle avec ses doigts.

Le corps de Bristol se lubrifiait autour de lui alors qu'elle devenait de plus en plus mouillée.

— Jamais assez, mon Dieu. C'est plus qu'un baiser.

— Je t'ai dit que j'allais te toucher. Que j'allais te baiser !

Il retira ses mains de sa robe avant de se lécher les doigts pour les nettoyer.

— Que j'allais te goûter.

— Mon Dieu. Je ne savais pas que tu étais si obscène.

— Il y a beaucoup de choses que tu ignores sur moi, Bristol Montgomery. Tu es prêt à en apprendre certaines ?

Elle le regarda avant d'acquiescer, avec un regard sombre et des pupilles dilatées.

— Toujours.

Et ils se retrouvèrent l'un sur l'autre de nouveau, à se débattre avec leurs vêtements respectifs. Il tira sur sa robe pour la passer au-dessus de sa tête. Elle portait toujours ses chaussures, mais il s'en moquait. Bristol arracha la chemise de Marcus, envoyant valser les boutons. Ils rirent, tout en s'embrassant, en se léchant et en se touchant. Elle détacha la ceinture de Marcus et celui-ci retira ses propres chaussures pour laisser tomber son pantalon autour de ses chevilles.

Il jura avant de récupérer un préservatif dans sa poche. Elle haussa les sourcils.

— Je prendrai toujours mes précautions avec toi, bon sang. Et tu sais que mon père me distribue des préservatifs depuis mes quatorze ans.

Bristol s'esclaffa.

— Ma mère a fait la même chose.

— Et on les a suffisamment mentionnés, maintenant, dit-il en se protégeant.

Elle baissa les yeux vers sa longueur et le vit en serrer la base, puis caresser ses testicules.

— Tu sais, j'en ai déjà senti le contour, par le passé.

J'ai plus ou moins vu la forme chaque fois que tu portes ce pantalon gris ultra-sexy. Je suis convaincue que tu as un pénis de chair... et de sang.

Il sourit avant de s'approcher d'elle.

— Ah oui ?

— Oui.

Il posa une nouvelle fois les lèvres sur les siennes et son sexe se retrouva coincé entre eux. Elle portait encore son ensemble en dentelle avec le soutien-gorge et la culotte, ainsi que ses talons, et elle était follement sexy.

— Garde les talons, lui ordonna-t-il.

Il écarta ensuite brusquement sa culotte et joua à nouveau avec elle, pressant le pouce contre son clitoris alors qu'il caressait lentement le sillon. Elle se cambra pour lui, les épaules appuyées contre le mur, et se colla contre sa main.

Il la prit avec ses doigts, tout en abaissant le bonnet de son soutien-gorge afin de pouvoir lécher ses tétons roses.

Ces bourgeons durs sur une peau précieuse suppliaient sa bouche.

Ainsi, il lécha, suça et en désira plus.

— Tu vas jouir pour moi, Bristol ? demanda-t-il d'une voix basse.

Elle trembla contre lui.

— Marcus, chuchota-t-elle.

Il plongea les doigts en elle tout en jouant avec son clitoris et posa la bouche sur ses tétons.

Elle se brisa autour de lui, son sexe se contractant

autour des doigts de Marcus, mais il continua avant de tomber à genoux comme il avait besoin de la goûter, de la lécher.

— Marcus !

— Chhut, chérie. Laisse-moi prendre soin de toi.

Il posa alors la bouche sur elle et se délecta de son goût. Elle était sucrée, comme du miel, et il avait besoin d'elle. Il passa l'une des jambes de Bristol sur son épaule et l'autre commença à trembler. Il garda donc une main sur sa cuisse pour la stabiliser. Il se servit de sa main libre pour écarter ses lèvres avant de la lécher et sucer, passant la langue sur son clitoris.

— Comment peux-tu être si doué pour ça ?

— Je donne tout pour toi, chérie, chuchota-t-il.

Elle rit avant de crier son nom, son sexe se resserrant autour de lui alors qu'il suçotait le clitoris de Bristol pendant que celle-ci jouissait.

Puis il se releva, les mains sur ses cuisses alors qu'il la soulevait et l'appuyait contre le mur.

— Marcus, chuchota-t-elle.

Il la regarda et déglutit péniblement.

— Tu es prête ? demanda-t-il, soudain un peu inquiet et quelque peu timide.

— Je t'attendais, chuchota-t-elle en lui posant les mains sur le visage.

Il se glissa ensuite en elle, lentement au début, centimètre par centimètre, leurs regards ne se quittant jamais. Ils retenaient tous les deux leur respiration, comme s'ils avaient attendu ce moment plus longtemps qu'ils ne voulaient bien l'admettre.

Soudain, il fut entièrement en elle. Le corps de Bristol s'étira pour l'accueillir et ses jambes tremblèrent alors qu'elle passait les mollets autour de son dos. Il décala une main afin de pouvoir la poser sur le visage de sa partenaire et essuya les larmes sous ses yeux, sachant qu'il ne lui faisait pas mal, mais que la raison de ses pleurs était différente. Il ne s'y était d'ailleurs pas attendu.

Il connaissait cette femme. Il la connaissait du fond de son âme jusqu'à la sienne. Il avait su qu'ils seraient toujours reliés, que quoiqu'il se passe dans le monde, ils seraient ensemble. Et ils s'étaient assuré de toujours conserver ce chemin qui les menait l'un à l'autre. Même si ça n'avait pas fini ainsi. Pourtant, cela les avait menés tous les deux ici, jusqu'à ce moment.

Pendant qu'il l'emplissait et luttait pour ne pas bouger, elle pleurait contre lui et posait les mains sur lui. Il la regarda, tout simplement. Et il sut.

Quoi qu'il se soit dit, il en serait venu à ce moment.

Celui-ci serait ancré dans son âme jusqu'à la fin de ses jours.

Il s'était menti, quand il avait dit que ce n'était qu'une promesse à une amie, pour voir ce qui se passerait.

Il aimait Bristol Montgomery. Non pas comme sa meilleure amie, non pas comme l'autre moitié de son âme, mais comme une femme qui, il le savait, serait toujours une part de lui.

Il l'aimait et il ignorait si elle l'aimait comme il en avait besoin.

Mais à cet instant, alors qu'il la sentait autour de sa verge et dans son cœur, il s'en moquait.

Parce qu'il trouverait un moyen d'y arriver.

Tout d'abord, il devait finir cela. Il devait compléter leur connexion et il avait besoin d'être avec elle.

Il rejeta donc de son esprit ses pensées sur ce qui pourrait arriver, car il savait qu'il serait incapable de se concentrer, s'il s'inquiétait de l'avenir. Il posa donc la bouche sur la sienne. Puis il bougea.

Elle portait encore son soutien-gorge, sa culotte qui était poussée sur le côté, et ses chaussures qui s'enfonçaient dans le dos de Marcus. Il s'en moquait. C'était sacrément sexy et c'était sa Bristol. L'amour de sa vie.

L'unique amour de sa vie.

Le plus doux des mensonges qu'il se soit jamais racontés.

Ils firent l'amour, car ce n'était plus de simples ébats, ce n'était pas que du sexe, c'était ce qu'il avait toujours craint de ressentir s'il s'y autorisait.

Elle se cambra contre lui, ses ongles s'enfonçant dans le dos de Marcus. Il plongea plus profondément, comme il avait besoin d'en ressentir plus.

— Marcus, chuchota-t-elle.

Un baiser. Un souffle. Un autre baiser.

— Mon Marcus.

Il se perdit ensuite, alors que leurs bouches étaient

collées, et étouffa le cri de Bristol. Elle jouit autour de lui et il la suivit dans l'extase.

Les jambes de Marcus tremblèrent et il s'écrasa en elle une fois de plus. Ils s'arquaient l'un contre l'autre, comme s'ils ne pouvaient en avoir assez, comme s'ils ne pouvaient se rapprocher suffisamment.

Puis il l'aida à se redresser et la nettoya. Il la mena dans la salle de bain afin qu'ils puissent se doucher. Il s'occuperait d'elle. Parce qu'il était ainsi.

L'homme qui avait toujours pris soin d'elle, non pas parce qu'il y était obligé, mais parce qu'il en avait envie. Et parce qu'elle faisait la même chose pour lui.

Ils se retrouvèrent ensuite au lit, s'embrassant et se touchant. Ils firent l'amour plus délicatement, plus doucement, comme s'ils avaient évacué la pression, mais qu'ils avaient besoin de plus.

Ils n'étaient plus obligés de parler, car ils le feraient plus tard. Ils auraient toujours du temps.

Lorsqu'elle s'endormit dans ses bras, il le lova contre lui et espéra follement qu'ils ne fuiraient pas.

Parce qu'il avait passé l'entièreté de sa vie à se dire que Bristol Montgomery et lui s'entendaient très bien en tant que simples amis.

Mais il n'y avait rien de simple en ce qui les concernait.

C'était la femme qu'il aimait, celle qu'il allait épouser et celle qu'il s'assurerait de mériter.

Il espérait de toutes ses forces réussir à élaborer ce plan.

Car tandis qu'elle se blottissait contre lui, il eut la certitude de ne pas vouloir que cette histoire s'achève.

Seulement, il craignait que la fin les frappe bien plus durement qu'ils ne l'auraient jamais imaginé s'il n'y prenait pas garde.

CHAPITRE ONZE

— Ce n'est pas censé être bizarre, si ? demanda Bristol alors que Marcus était appuyé contre le chambranle.

Lorsqu'il lui lança un sourire paresseux, un frisson lui enserra l'estomac, au point qu'elle dut lutter pour ne pas resserrer les cuisses.

Pourquoi les hommes faisaient-ils tant d'effet quand ils s'appuyaient contre le cadre d'une porte et souriaient lentement ? C'était comme s'ils savaient ce qu'ils faisaient et souhaitaient simplement faire exploser les ovaires présents dans la pièce – sans compter le fait que Marcus portait une chemise dont il avait roulé les manches jusqu'à ses coudes.

Bristol était à deux doigts de mordre son poing pour retenir un gémissement.

Mon Dieu, elle avait envie de sauter sur son bibliothécaire et de le déshabiller pour goûter chaque centimètre de son être.

Elle l'avait déjà fait, presque une heure plus tôt, mais elle était prête pour le troisième round, bien que peu de temps se soit écoulé.

Le fait que sa libido semblait s'être accrue envers Marcus n'aurait pas dû la surprendre. Après tout, elle avait dissimulé ses sentiments pour lui dans un coin de sa tête pendant des années.

Maintenant qu'elle s'autorisait enfin à le désirer, mon Dieu, elle ne pouvait rien faire d'autre.

Cependant, aujourd'hui, elle avait des choses à faire qui n'avaient rien à voir avec l'envie de coucher avec son meilleur ami et fiancé.

Non, aujourd'hui se tenait le dîner de famille des Montgomery.

Et elle était terrifiée à l'idée de tout gâcher.

— Tout ira bien pour toi. En plus, c'est ta famille. C'est moi qui devrais être nerveux.

Elle passa son tee-shirt au-dessus de sa tête, ignorant le grognement qui s'échappa entre les lèvres de Marcus et tentant de ne pas sourire. Le fait qu'il aime son allure ? Qu'il grogne quand elle se couvrait ? Cela embellissait sa journée. Seulement, elle ferait de son mieux pour ne pas trop s'attarder sur ce sentiment, car tout était encore si nouveau. Elle avait peut-être cette pierre sur son annulaire, et ils s'étaient peut-être fait des promesses, mais une part de leur relation était toute nouvelle. Infime et encore naissante. Elle en avait des papillons dans le ventre quand elle y songeait.

— Attends, tu n'es pas nerveux ? demanda-t-elle en s'extirpant de ses pensées sur l'homme qui était devant elle pour se concentrer sur lui.

Marcus haussa les épaules alors qu'il s'appuyait contre le cadre de la porte.

— Peut-être. Enfin, ta famille est toujours intimidante.

Elle écarquilla les yeux, confuse.

— Pas pour toi. Tu fais quasiment partie de la famille.

— Espérons qu'ils ne voudront pas m'adopter, autrement, ce sera un peu difficile quand nous finaliserons le contrat de mariage.

Les lèvres de Bristol tressaillirent.

— Tu sais que maman et papa n'ont jamais voulu t'adopter. Surtout parce que tes parents tueraient les miens.

— Ne mens pas. Mes parents ne tueraient pas les tiens. Ils les mutileraient, tout au plus. Enfin, si tes parents m'adoptaient, les miens voudraient aussi être adoptés. Tu sais, pour qu'on devienne une grande famille heureuse.

— Nos mères avaient effectivement l'air enthousiastes à propos des fiançailles.

— Oh que oui ! C'est ce qu'elles ont toujours voulu. J'apprécie que nos familles aient toujours été amies.

— Oui, contrairement à la famille de Lincoln.

Elle ignorait pourquoi elle avait évoqué son futur beau-frère, mais Marcus et elle en avaient souvent discuté, comme il faisait aussi partie de leur famille.

Marcus secoua la tête.

— Pas toute sa famille. Les parents de Lincoln sont sympas. Simplement, ils sont passés à une étape différente de leurs vies sans lui. Les adultes ont tendance à le faire. Tout le monde ne vit pas dans le même État toute sa vie. Bon sang, je suis surpris que tu n'aies pas fini par emménager à New York, à Los Angeles ou je ne sais où.

— Je ne ferai jamais ça. J'adore mes parents. Ma famille, dit-elle avant de marquer une pause. Et je ne voulais pas non plus être loin de toi, parce que tu as toujours fait partie de moi. Ma pierre angulaire.

— Je suis ravi que tu sois revenue. Et je suis vraiment ravi d'avoir obtenu un boulot dans une bibliothèque, ici. Ce n'est pas aussi facile que certains pourraient le penser, même si c'est une grande ville.

— Nous ne sommes pas à Denver, nous sommes à Boulder. Bon, si tu avais obtenu un travail à Denver, ça n'aurait pas été trop loin pour tout le monde.

— C'est vrai. Mais je suis content d'avoir obtenu un emploi ici et, comme il ne fait pas techniquement partie de l'université, je ne suis pas constamment obligé de gérer ce genre de politiques de travail.

— Ton boulot en contient déjà bien assez comme ça.

— C'est bien vrai. Bref, il faut qu'on y aille. Tu ne veux pas arriver en dernier chez toi.

— Non, parce qu'Aaron nous regardera de haut.

— Il se comporte comme un petit frère enquiquinant, parfois, hein ? demanda Marcus en souriant.

Elle se pencha en avant et l'embrassa sur les lèvres, incapable de se retenir. C'était si étrange. Par le passé, Bristol l'aurait pris dans ses bras, aurait voulu l'embrasser sur la joue ou peut-être lui tenir la main sans y réfléchir particulièrement. Maintenant qu'il y avait cette nouvelle strate, cette nouvelle dynamique entre eux, elle n'avait pas envie d'arrêter. Allaient-ils s'embrasser en public ? Certes, ils l'avaient plus ou moins fait quand ils étaient allés en rendez-vous, n'est-ce pas ? Mais « en public » et « devant les Montgomery » étaient deux choses différentes. Totalement.

— Pourquoi tu fais cette tête ? demanda Marcus en passant les cheveux de Bristol derrière ses oreilles.

Elle s'appuya contre sa main comme elle le faisait toujours. Cela n'avait jamais changé entre eux. Cependant, les composants additionnels de ce qu'ils devenaient complexifiaient tout.

— Et si les choses sont bizarres, plus bizarres qu'elles le sont déjà, parfois ?

— À mon avis, ça ne sera pas si terrible. J'ai déjà passé du temps avec les mecs et toi, avec les filles. Chacun de nous a déjà vu ses parents depuis que nous avons débuté cette nouvelle phase.

— Je sais, mais c'est la première fois que nous

sommes ensemble devant la famille. Je ne sais pas. Je ne veux pas que la situation soit gênante, c'est tout.

Marcus acquiesça et fronça même les sourcils alors qu'il traçait le contour de la joue de Bristol du bout du doigt. Il le faisait depuis une éternité. Ça n'était pas nouveau. Mais à présent, elle se rappelait la sensation de ces doigts au moment où ils faisaient l'amour, quand ils se touchaient... à d'autres endroits. Et elle n'arrivait plus à respirer quand elle y pensait.

Peut-être qu'elle le devrait. Peut-être qu'elle devrait réfléchir de façon rationnelle et dresser une liste. Cependant, avec lui, ça n'allait pas se passer comme ça. Il n'y avait rien de logique dans ce qu'elle ressentait pour Marcus, parce qu'elle s'en était si bien sortie pour dissimuler ces sentiments. Elle avait refoulé ce qu'elle aurait dû avoir, plutôt que ce qu'elle désirait réellement, pendant si longtemps qu'elle ne savait plus comment donner un titre ou une valeur à cette émotion inconnue qui la traversait.

— Je ne veux pas tout gâcher, chuchota-t-elle.

— Nous sommes tous les deux, Bristol. On ne peut pas tout gâcher.

— Je ne sais pas. Je suis douée pour tout gâcher.

— Non, c'est faux. Tu excelles dans tout ce que tu fais. Notamment pour faire en sorte que les autres comprennent qu'ils ne sont pas seuls. Tu as aidé Arden à comprendre qu'elle pouvait immédiatement faire partie des Montgomery.

Bristol gloussa.

— Non, j'ai envahi sa maison et je lui ai dit que j'allais être son amie, avec ou sans Liam. Je n'aimais pas le fait qu'elle se soit cachée parce qu'elle était malade. Bon, je n'avais pas particulièrement le droit de passer ces coups de fil, mais je détestais savoir qu'elle se sentait seule. Et tu sais que j'ai toujours de la place pour les amies. Et Arden m'a l'air d'être une très bonne personne.

— Et tu es une très bonne personne, aussi. Vous êtes amies, avec ou sans Liam, comme tu l'as dit. Et c'est parce que tu es une femme merveilleuse. Tu l'as contactée, même si c'était un peu intrusif.

Elle grogna et ferma les yeux.

— Mais pas trop, hein ?

— Je vais plaider le cinquième amendement, pour le coup, puis passer la conversation à Holland. L'autre victime de ton harcèlement.

— Je ne suis pas une harceleuse. C'est *toi*, d'abord.

— Ça n'a aucun sens.

— Peut-être. Mais je ne sais pas. Je ne voulais pas que Holland soit seule non plus. Elle s'est enfuie le jour de son mariage parce que son fiancé était un crétin.

Elle marqua une pause.

— Merci de ne pas être un crétin.

Il l'embrassa délicatement à nouveau, leurs langues s'entremêlant. Les genoux de Bristol faiblirent.

— Je promets de ne jamais être ce genre de crétin. Tu

sais, je peux être un trouduc, parfois. Mais je ne peux pas m'en empêcher.

Elle ricana.

— Oui, si tu le dis. Mais j'aime bien Holland, aussi. Et, oui, je me suis pointée chez elle pour m'assurer qu'elle savait à qui parler, au-delà de mon frère et de Lincoln. Et ça pourrait être bizarre pour d'autres. Pas à mes yeux.

— Ce n'était pas particulièrement bizarre. Pas dans le grand schéma de la vie. Vous êtes amies.

— Et mon prochain projet... Je veux dire, la prochaine *personne* que je vais m'assurer d'accueillir dans la famille, c'est Madison.

Marcus fronça les sourcils.

— Tu ne vas pas jouer les entremetteuses, si ? Parce que la cousine de Lincoln n'a pas besoin de quelqu'un. Elle pourrait sans doute s'en sortir seule.

Bristol haussa un unique sourcil.

— Tu es en train de dire que tu la trouves canon ?

Il sourit et elle fut à deux doigts de grogner.

— Évidemment que je la trouve canon. Mais ne sois pas bizarre à ce propos. Toi et moi, nous avons discuté du fait que nous la trouvions tous les deux canons.

— Peut-être. Mais maintenant que nous sommes fiancés, n'est-ce pas étrange ?

— Je ne sais pas. J'ai toujours cru que c'était cool qu'on ait pu mater les mêmes personnes, comme on est bi. Mais j'imagine que je pourrais m'abstenir de trouver qui que ce soit attirant à partir de maintenant.

— Eh bien, j'aime qu'on discute de nos *crush* célèbres ensemble. Ça m'a toujours donné l'impression que nous étions meilleurs amis pour une raison.

— Nous ne sommes pas seulement meilleurs amis parce que nous avons un faible pour Michael B. Jordan.

— Et Jennifer Garner. On ne peut pas oublier l'époque d'*Alias*.

Marcus sourit en secouant la tête.

— Tu as raison. On ne pourra jamais oublier cette époque. Même si je ne comprends toujours pas la perruque rouge.

— Tu n'es pas censé la comprendre. Tout ce que tu as à savoir, c'est qu'elle l'embellissait.

— Si tu le dis. Bon, on va être en retard, mais tu dois me promettre de ne pas jouer l'entremetteuse avec Madison.

— Pourquoi ?

— Parce que tu n'es pas douée pour ça. Nous le savons tous les deux.

— J'ai fait une seule erreur et c'est parce que je ne m'étais pas rendu compte qu'ils étaient cousins.

— Ils avaient le même nom de famille et je suis sûr que tu les as rencontrés tous les deux lors d'un barbecue familial auquel ils avaient aussi invité les voisins.

— Je croyais que l'un d'eux faisait partie des voisins. Et je n'arrive pas à croire que nous ayons encore cette conversation.

— Je dis ça comme ça, chuchota-t-il.

— Arrête, je ne vais pas jouer les entremetteuses. Je vais jouer l'ami-metteuse.

Elle grommela.

— Bon, ça n'a aucun sens. Madison se laisse lentement piéger dans ma toile.

Elle marqua une nouvelle pause, tandis que les yeux de Marcus pétillaient d'amusement.

— Ce n'est pas non plus ce que je voulais dire

— Oh, je t'imagine, avec cette toile d'amis et de connaissances que tu rassembles peu à peu, tes petites pattes s'affairant pour tisser.

— Chut. Comme je le disais, la famille de Madison craint vraiment, nous le savons tous. Et elle passe enfin un peu plus de temps avec nous. Alors, je veillerai à ce qu'elle sache qu'elle est la bienvenue si elle souhaite devenir l'une des nôtres.

— Je ne vais pas me répéter pour toi. Je ne pense pas du tout que vous êtes une secte.

— Non, je ne m'attendais pas à ce que tu le fasses. Et nous ne sommes pas une secte. Nous sommes les Montgomery.

— Votre devise familiale ?

Elle maugréa.

— Bon, il faut vraiment qu'on y aille.

Il marqua une pause avant qu'ils se mettent en route.

— Madison sera là ?

— Oui, parce qu'elle vient avec Lincoln.

Elle lui lança un joli sourire en battant des cils.

— Tu en as discuté avec lui, n'est-ce pas ?
— Non, j'ai parlé à Ethan, parce qu'il était plus proche de moi, et il en a discuté avec Lincoln.
— Oh, la toile que tu tisses.
— Zut ! Arrête, répondit-elle en riant.

Le trajet en voiture jusqu'à la maison de ses parents fut relativement rapide. Elle s'émerveillait toujours du fait que, d'une manière ou d'une autre, elle pouvait vivre à proximité de l'intégralité de sa famille ou presque, à une époque où tout le monde n'en avait pas la possibilité.

— Je suis si heureuse que ta famille et la mienne vivent encore ici. Je veux dire, je sais que Liam et moi, nous voyageons un peu, surtout à cause du travail, mais maintenant nous sommes tous ici. Tu vois ?

Marcus tendit la main et appuya une nouvelle fois sur son genou. Bien que son estomac se crispe, essentiellement du fait de sa proximité, elle se détendit sous ce contact familier et apaisant.

— Je comprends. J'ignore ce que je ferais si je devais vivre loin de ma famille. Je suis gâté, en ce sens.
— Le fait que tes trois sœurs se soient mariées et aient quand même emménagé près de chez toi est incroyable.
— C'est pareil pour ta famille. Bon sang, même quatre-vingt-dix pour cent de tes cousins vivent dans cet État.
— Je crois qu'on est plutôt à cent pour cent, maintenant. Et l'un d'eux est revenu, récemment.
— C'est assez remarquable.

— Nous sommes proches, dans la famille, répondit-elle avant de marquer une pause. Et nous ne sommes pas une secte.

— C'est ce que tu dis. Mais voilà que je suis sur le point de me faire introniser. Je vais avoir une robe ou quelque chose de ce genre ?

— Non, tu auras de l'encre dans la peau.

Marcus la regarda avant de rire alors qu'il se garait devant la maison des parents de Bristol.

— Tu as raison, le fait que ta famille a un tatouage en commun, que même ceux qui se marient reçoivent, m'indique que vous ressemblez plus à une secte que tu ne le crois.

— Crétin.

Elle rit alors qu'ils sortaient de la voiture. Marcus passa un bras autour de sa taille et l'embrassa fermement sur la bouche, alors même qu'elle riait contre lui.

— C'est quand même une secte, chuchota-t-il.

— Vous voilà ! Je suis si contente que vous soyez là.

La mère de Bristol applaudissait depuis l'embrasure de la porte avec un sourire radieux. Bon, il semblait qu'ils optaient pour les démonstrations publiques d'affection et une attitude naturelle.

Parce que c'était naturel. Ils allaient sincèrement se marier. Ils démêlaient leur futur. Et ils s'embrassaient, se touchaient comme s'ils l'avaient toujours fait. Comme si cela avait toujours fait partie de leur vie.

Elle ne se concentrerait pas sur le fait qu'elle était

encore nerveuse et tentait toujours de deviner ce qui se passerait ensuite.

— Entrez. Nous prenons l'apéritif.

Bristol fronça les sourcils.

— Sommes-nous les derniers arrivés ? demanda-t-elle.

Sa mère haussa les épaules alors que Bristol s'approchait d'elle. Celle-ci embrassa sa fille sur la joue avant de se mettre sur la pointe des pieds pendant que Marcus se penchait pour qu'elle puisse en faire de même avec lui.

— Oui, mais Aaron est arrivé en avance... surtout parce qu'il voulait vous devancer, à mon avis.

— Foutu petit frère.

— Tu sais qu'il se voit toujours comme un grand frère. Je ne sais pas, il doit avoir ce complexe de cadet, ironisa sa mère en riant.

— Et pourtant, c'est moi qui ai un complexe d'enfant intermédiaire ? demanda Ethan en arrivant devant la porte d'entrée.

— Entrez. Nous mangeons des bruschettas et de la salade Caprese.

— Oh, ça m'a l'air délicieux, mais je pensais que nous faisions un rôti avec des pommes de terre, répondit Bristol. J'ignorais que tu servais les deux en même temps.

Sa mère sourit.

— J'étais d'humeur. Mais ils n'avaient pas le rôti que je voulais, au magasin, alors on mange un poulet rôti farci au citron et aux herbes fraîches. Et bien sûr, de la purée et des asperges. Des choux de Bruxelles, des carottes glacées et du gratin de pommes de terre en accompagnement.

— Je crois que je viens de tomber amoureux de toi, dit Marcus avec un large sourire. Sérieusement, je meurs de faim.

— Alors, va manger une bruschetta.

La mère de Bristol plissa les yeux en observant sa fille.

— Pourquoi ne nourris-tu pas cet homme ? Tu connais ton devoir.

Bristol résista à l'envie de faire un doigt d'honneur à sa mère, mais elle leva tout de même les yeux au ciel.

— Oui, parce que je te crois, quand tu dis que c'est mon devoir de faire en sorte que mon homme est nourri.

— Tu viens de l'appeler « mon homme ». Ça me rend si heureuse.

Elle embrassa une nouvelle fois Bristol sur la joue et entraîna Marcus vers le buffet.

Le père de la jeune femme se faufila alors vers elle et l'étreignit.

— Ignore ta mère. Elle aime te titiller. Et tu sais que c'est moi qui ai préparé les apéritifs.

— C'est pour ça qu'ils ne sont pas bien assortis au dîner ?

— Ta mère était d'humeur pour une tonne de tomates, même si ça ne collait pas avec le reste de son thème. Alors, aujourd'hui, on mange simplement ce pour quoi on était d'humeur, plutôt que d'opter pour un thème. Nous en avons le droit.

— Et aujourd'hui, c'est le jour où vous nous avez interdit d'apporter quoi que ce soit pour le dîner.

— Non, mais c'est parce que, maintenant que vous êtes tous adultes, on a changé un peu les choses : on organise aussi les dîners Montgomery chez vous, et plus seulement chez nous.

— Liam est le prochain, c'est ça ?

— Puis ce sera la famille d'Ethan, et ensuite Marcus et toi. Aaron fermera la marche.

— Comme toujours, le bébé, celui qui est oublié.

— Vraiment ? demanda Madison sur le côté en riant. Tu t'es incrusté dans toutes les conversations depuis mon arrivée. Je suis sûre que rien n'est *oublié*, avec toi.

Bristol frappa dans ses mains.

— Madison. Tu es là. Et tu es ma nouvelle personne préférée. Nous devons rabaisser Aaron. C'est l'une des règles pour faire partie de notre secte... Je veux dire, de notre clan.

— Je t'avais dit que c'était une secte, la railla Marcus de l'autre côté de la pièce avec une petite assiette pleine.

Il lui tendit la seconde assiette qu'il tenait.

— Tu as faim ? demanda-t-il.

Elle sourit et s'approcha de lui en lui prenant ses amuse-bouches.

— Merci.

— Toujours.

— Tu sais, je me suis rendu compte que vous avez

toujours fait ça, mais c'est assez étrange de le voir avec cette bague autour de ton doigt.

Elle regarda alors Ethan.

— Qu'est-ce que tu veux dire ? demanda Bristol, subitement gênée.

Son pouce joua avec sa bague de fiançailles, la faisant tourner autour de son doigt.

— Je ne dis rien de mal, se corrigea rapidement Ethan alors que ses deux amants le fusillaient du regard. C'est vrai.

— Je crois que ce qu'il voulait dire, c'est que l'idée que Marcus et toi, vous soyez réellement et ouvertement ensemble est nouvelle pour nous. Un jour, je suis sûr que vous nous raconterez comment tout ça s'est produit, mais comme vous avez eu la convenance de ne pas vous immiscer dans chaque aspect personnel de notre relation, je m'abstiendrai de le faire avec la vôtre.

Lincoln sourit tout en parlant, passant pour un parfait gentleman. Bristol s'affala contre le flanc de Marcus, quelque peu soulagée.

— Je n'ai pas dit que *je* m'en abstiendrai, moi, ajouta Aaron.

Son souffle fut ensuite coupé quand Madison lui donna un coup de coude dans le ventre.

— Arrête, chuchota-t-elle.

— Tu ne me connais même pas et maintenant, tu me fais du mal ? Lincoln, surveille ta cousine.

— Madison, je t'autorise à faire tout ce dont tu as besoin avec Aaron. Tabasse-le. Il le mérite sans doute.

Madison sourit à son cousin.

— Merci. Vous savez, j'ai l'impression de faire partie de la famille, maintenant.

— Oui, moi aussi j'en ai l'impression, grommela Aaron.

Bristol rit, observant les autres plaisanter.

Liam et Arden ressortirent de la pièce à l'arrière, quelque peu ébouriffés, et les autres firent de leur mieux pour ne pas rire.

— Désolé, nous sortions juste Jasper.

Le husky sibérien blanc profita de ce moment pour les rejoindre, comme s'il avait besoin de caresses. Bien dressé comme il l'était, il ne quémandait pas de nourriture, mais elle savait qu'Aaron finirait par lui donner quelques restes.

Bristol n'en ferait rien, surtout parce qu'elle savait que les autres s'en chargeraient et ils ne voulaient pas le surcharger. Elle adorait tout de même ce chien. Et si elle restait assez longtemps chez elle, elle en prendrait un aussi. Mais ce n'était pas juste.

Elle en prendrait peut-être un, maintenant que Marcus serait chez elle. Elle fronça ensuite les sourcils, la culpabilité et la tension se retournant dans son estomac. Que se passerait-il quand elle partirait en tournée ? Marcus l'accompagnerait-il ? Non, il ne le pouvait pas. Il avait un travail à plein temps qu'il adorait. Mais comment s'en sortiraient-ils séparément ?

Et que se passerait-il une fois qu'ils seraient mariés et auraient des enfants ? Resterait-elle à la maison ? Le ferait-il ? Elle ne connaissait pas la réponse, et ils devraient en discuter. Mais ils étaient encore dans les toutes premières phases et, quel que soit le mot qu'ils utilisaient pour se définir, elle ignorait s'ils étaient prêts.

Marcus lui pinça l'épaule et baissa les yeux vers elle.

— Qu'est-ce qui ne va pas ?

Elle fit de son mieux pour adopter une expression plus neutre et secoua la tête.

— Rien. Je réfléchis un peu trop.

— Tu sais que tu n'es pas censée le faire.

— Je le sais. Je ne peux pas m'en empêcher. Bon, je vais manger quelques bruschettas, puis j'irai embêter mon petit frère. Parce que je le peux.

— J'ai le sentiment que Madison le fait pour toi.

— Je savais qu'elle était ma préférée, dit-elle rapidement en chassant de son esprit toute pensée sur ce qui pouvait être un désastre.

Car elle avait si peur de ce qui pourrait se produire quand ils regarderaient sous la surface de ce nouvel aspect de leurs vies et se rendraient compte que ça ne fonctionnait pas.

Et si ça ne fonctionnait pas ? Et si, avec un unique baiser et une unique promesse, ils avaient gâché tout ce qu'ils avaient depuis toujours ?

CHAPITRE DOUZE

Marcus comprenait désormais précisément ce que Bristol avait ressenti une semaine plus tôt, quand elle l'avait à nouveau présenté à sa famille.

Ce n'était pas une véritable présentation, comme il avait déjà un soulier chez eux pour Noël. Mais c'était la première fois qu'il venait au bras de Bristol comme son fiancé. Bien qu'il n'ait pas eu à faire face aux interrogatoires, il avait malgré tout eu l'impression que les questions pouvaient tomber à tout moment s'il ne restait pas sur ses gardes. En réalité, tout le monde s'était montré d'une prudence extraordinaire dans la façon d'aborder sa relation avec Bristol.

Ce repas lui avait laissé l'impression que les Montgomery avaient une vague intuition que quelque chose sortait de l'ordinaire entre eux.

Il était curieusement ressorti indemne de cette épreuve, car il avait le sentiment que tout le monde attendait de voir ce qui arriverait entre eux.

Ils marchaient peut-être sur des œufs, tout comme Bristol et lui le faisaient.

Cependant, cette soirée-là ne les concernait pas. Non, elle concernait *sa* famille.

Il ne savait pas comment se déroulerait le dîner avec Bristol, mais il lui fallait l'aborder avec beaucoup d'optimisme.

Il ne s'inquiétait pourtant pas excessivement à l'idée que sa famille la maltraite. Ils ne l'avaient jamais fait par le passé. Ses parents aimaient Bristol comme si elle était déjà leur fille. Elle s'était toujours entendue avec les sœurs de Marcus comme si elle faisait partie de la famille depuis le début.

Celles-ci avaient sans cesse titillé leur petit frère en abordant sa connexion avec Bristol au fil des années. Elles avaient toujours voulu savoir comment la relation avait évolué au fil du temps, bien que Marcus ne puisse l'expliquer lui-même. Ses sœurs n'avaient jamais été cruelles ou grossières envers Bristol. Tout comme les Montgomery ne l'avaient jamais été envers lui. Aaron s'était montré pénible quelques semaines auparavant, le temps qu'ils comprennent comment leur relation avait réellement commencé, mais Marcus ne lui en tenait pas rigueur. Oh, il garderait tout de même les détails pour lui, mais il n'en voulait pas à Aaron si celui-ci voulait en savoir davantage.

Marcus avait lui-même cuisiné les époux de ses sœurs. Surtout pour faire de l'esbroufe, parce qu'il les appréciait. Il espérait que ce serait la même chose. Les autres Montgomery l'avaient protégé et il en était ravi.

Cette soirée, cependant, était consacrée à la famille Stearn.

— Je vais vomir.

Marcus regarda Bristol, alors qu'elle serrait les poings sur ses genoux, du côté passager de la voiture. Elle portait un pantalon gris et un genre de pull-cape qui lui faisait penser à un écureuil volant. Il le lui avait déjà dit, par le passé, et elle l'avait alors fusillé du regard avant de quitter la pièce. C'était un an plus tôt et elle portait encore ce fichu truc, elle devait donc l'aimer. Marcus aimait l'allure que ce vêtement lui conférait, mais il pensait toujours à l'écureuil.

— Pourquoi vas-tu vomir ?

— Primo, je connais ce regard. Tu penses à l'écureuil et à mon haut. Et c'est malpoli. Je suis magnifique avec ce haut. Il me donne une silhouette de sablier, alors même que c'est une cape. Ça n'a aucun sens et pourtant, je l'adore. Et tes sœurs adorent aussi ce haut. Alors, je me suis dit que je le porterais pour attirer la chance. Ne parle pas de l'écureuil.

Il ricana en secouant la tête.

— Comment pouvais-tu savoir à quoi je pensais sans même me regarder ? demanda-t-il.

Elle haussa les épaules.

— Tu es mon meilleur ami. Je sais ce genre de choses. En plus, tu as ce petit sourire narquois quand tu essaies de ne pas rire d'un truc qui m'agace. Et comme le seul élément dans cette voiture qui me tape sur les nerfs, c'est ton avis sur mon haut, va te faire voir.

— Donc si je pensais à une autre chose amusante, tu essaierais de me frapper ?

— Non, surtout parce que tu conduis et que je veux arriver chez tes parents indemne.

Elle marqua une pause, ses lèvres se tordant dans un sourire.

— Merci d'essayer de me changer les idées pour que je ne pense pas au fait que je vais vomir.

Marcus fronça les sourcils.

— Tu disais que tu pensais vomir. Tu vas vraiment le faire, maintenant ? demanda-t-il en cherchant un endroit où se garer.

— Je ne vais pas véritablement vomir. Du moins, je ne le crois pas.

Elle posa une main sur son ventre, au-dessus du haut écureuil.

Les lèvres de Marcus tressaillirent à nouveau.

— Arrête de penser aux écureuils, bordel !

Il éclata de rire et elle en fit de même. Ils secouaient tous les deux la tête alors qu'il prenait le prochain virage.

— Je suis simplement nerveuse. C'est ta famille. Tes parents. Tes sœurs et leurs maris. C'est effrayant.

— Tu es venu chez moi autant de fois que je suis venu chez toi.
— Ça ne me donne pas toujours cette sensation. C'est peut-être parce que je suis égocentrique.
— Ferme-la.
— Toi, ferme-la.
Ils rirent à nouveau et la tension s'apaisa.
— Je ne veux pas faire mauvaise impression, c'est tout.
— Ils te connaissent. Tu as déjà dormi chez mes parents quand je n'étais même pas là.
Il voyait bien qu'elle plissait les yeux dans sa direction alors même qu'il ne la regardait pas. Elle le faisait toujours, quand cette histoire était abordée.
— Nous étions au collège et j'étais censée faire mon projet d'astronomie avec toi, avant de passer la nuit chez toi. Seulement, tu as oublié et tu as décidé d'aller à une soirée pyjama chez ton ami. Tu sais, avec les gars. Plutôt que d'inviter les filles.
— Les soirées pyjama mixtes n'existaient même pas, à l'époque.
— Ça n'a jamais été un problème entre nous, par le passé. Mais je me suis pointée avec mon sac de couchage sous le bras et mon télescope minuscule, prête à me lancer. Ta mère m'a jeté un coup d'œil et a rapidement grogné ton nom.
— Ça ressemble effectivement à ma mère, rétorqua-t-

il en levant les yeux au ciel alors qu'il prenait le virage suivant.

— Ensuite, ta mère m'a fait entrer. Tes parents, tout comme tes sœurs, ont joué avec moi dans le jardin et m'ont aidée avec ma leçon d'astronomie. Mes parents étaient prêts à passer me chercher et à s'excuser pour cette confusion. Surtout parce que mon père avait parlé au tien, mais nos mères n'avaient pas vraiment discuté du plan.

Marcus ricana.

— Ce qui signifie que nos pères aussi ont eu des ennuis. Après tout, ils ne sont pas censés planifier quoi que ce soit sans l'inscrire sur le calendrier.

— Tu le sais bien, dit-elle en souriant. Mais c'était un excellent moment. Ton père était incollable sur l'astronomie et nous avions ce logiciel sur ton ancien ordinateur qui nous a aidés à reconnaître les constellations que nous n'arrivions pas à déterminer grâce au livre. On s'est éclaté. J'aurais aimé que tu sois là.

— J'allais chez ce mec pour parler des filles. Tu sais, pour dire comme elles étaient répugnantes.

— Tu étais au collège. Les filles étaient-elles vraiment répugnantes à ce moment-là ?

Marcus haussa les épaules.

— Peut-être pas. Mais nous, *nous* l'étions.

— C'est vrai.

Ils s'engagèrent dans le quartier de ses parents et il se gara juste devant la maison avant d'éteindre le moteur, mais sans sortir. Il détacha sa ceinture de sécurité et pivota légèrement afin de regarder Bristol dans les yeux.

— Tout ira bien. Toi et moi ? On va y arriver.

— On va y arriver ? demanda-t-elle en haussant les sourcils.

Marcus grimaça.

— Je veux dire qu'ils t'aiment. On va entrer, dîner et ils me cuisineront très probablement. Mais pas toi.

Bristol ricana.

— C'est toi le bébé. L'enfant parfait. Ils ne vont pas te cuisiner.

— Tu agis comme si tu n'avais jamais rencontré ma famille.

— Est-ce qu'on ne vient pas tout juste d'évoquer le fait que je les connaissais ? demanda-t-elle en se penchant en avant.

Comme il ne pouvait s'en empêcher et qu'il appréciait ce nouvel aspect de leur relation, il se pencha en avant et déposa le plus doux des baisers sur ses lèvres.

— Entrons. Ils n'attendront pas longtemps.

Quelqu'un frappa à sa vitre, leur provoquant une peur bleue à tous les deux. Bristol hurla et Marcus s'esclaffa.

— Apparemment, nous n'avons même pas besoin d'attendre.

— Ils sont là.

Il se tourna vers Vanessa, qui se tenait devant sa voiture et tapotait la vitre. Elle arborait un large sourire alors même qu'elle secouait la tête.

Bristol et Marcus sortirent. Jennifer et Andie, de l'autre côté de la voiture, étreignirent la jeune femme.

Mais Marcus n'avait pas à s'inquiéter de quoi que ce soit. N'est-ce pas ? Sa famille adorait sa fiancée. Même s'il était légèrement nerveux à l'idée de ce qu'ils pourraient penser de la vitesse à laquelle tout s'enchaînait, cela ne voulait pas dire qu'ils traiteraient mal Bristol.

Ils le cuisineraient sans doute, mais, au fond, il le méritait. Après tout, cette histoire était loufoque.

Mais, finalement, il n'avait pas envie de blesser sa famille, surtout pas sa mère, en revenant sur les promesses qu'ils s'étaient faites.

— Regarde-toi, tu roules des pelles à ta fiancée plutôt que d'entrer.

Sa sœur l'embrassa sur la joue avant de lui donner une claque sur le bras.

— Tu as apporté ce qu'on t'a demandé ?

Marcus hocha la tête et repartit vers la banquette arrière de sa voiture pour sortir les deux bouteilles de vin et les cookies.

— Nous les avons préparés nous-mêmes, Bristol et moi.

— Vous avez pâtissé ensemble ? demanda Andie en joignant ses mains devant elle. Comme c'est mignon.

— Ils sont comestibles ? demanda Jennifer avant de s'écarter du chemin d'Andie qui tentait de lui donner un coup de coude dans le ventre.

— Hé. Je ne me moque pas de toi. Je me moque de ton

petit frère. Ça a toujours été autorisé. Ce n'est pas parce qu'il a maintenant une femme dans sa vie que nous adorons tous que je ne peux plus me moquer de lui.

— Ils sont parfaitement comestibles, répondit Bristol en riant. Et merci de penser que s'ils ne l'étaient pas, ce serait sa faute et pas la mienne. Parce que nous savons tous que c'est lui qui sait cuisiner et pâtisser. J'ai littéralement fait brûler une poêle en voulant faire bouillir de l'eau, un jour.

— Tu répétais et tu as oublié d'éteindre le fourneau. Ça arrive.

— Tu lis et tu écoutes constamment des livres pendant que tu cuisines et tu ne fais rien cramer.

— Regardez-vous, vous vous disputez sans vraiment vous disputer, s'extasia Andie en dansant d'un pied sur l'autre. Vous êtes trop mignons. Bon, entrez, parce que vous savez que maman et papa nous regardent depuis l'intérieur.

Marcus jeta un coup d'œil en direction de la maison et, effectivement, leurs parents leur faisaient signe derrière la fenêtre.

— Oh, c'est vrai, il fait humide ici. Je parie que votre père n'a pas envie que votre mère sorte, au cas où.

Ils échangèrent tous un regard et se lancèrent un petit sourire tandis que Bristol grimaçait.

— Je suis désolée.

Marcus lui caressa le creux des reins.

— Non, on l'évoque souvent. On s'inquiète tellement

pour elle qu'on finit par l'agacer. C'est ce qui fait de nous une famille. Alors, toi aussi, assure-toi de l'agacer. Parce que tu ne peux pas devenir la préférée.

— Je croyais que Chris était le préféré, rétorqua sèchement Marcus en parlant de l'époux d'Andie.

— C'est le cas, répondit celle-ci avant de soupirer.

Jennifer leva les yeux au ciel.

— Nos maris sont à la maison, surtout parce qu'on leur a demandé de ne pas sortir, pour que nous puissions vous embêter.

— Il leur a fallu toute leur volonté et notre restriction claire pour y arriver. Donc il faut qu'on rentre. Il est temps de vous cuisiner.

— Soyez gentils avec Bristol, insista Marcus.

— Bristol est en sécurité. Nous l'aimons et nous sommes ravis qu'elle fasse partie de la famille. Toi, en revanche... C'est toi, qu'on va cuisiner.

Poursuivant leurs taquineries, ils entrèrent dans la maison, où leur mère étreignait déjà Bristol fermement tandis que leur père lui prenait son sac et le pendait au crochet près de la porte.

— Tu es là, dit la mère de Marcus avant de l'embrasser sur la joue.

Il passa les bras autour d'elle et l'étreignit fermement, inhalant le parfum qui lui rappelait la maison et la femme qui avait toujours été avec lui, quoi qu'il arrive.

Quand il avait été à deux doigts de la perdre, il avait

craint d'égarer une part de lui-même. Il avait tout de même sans doute perdu une part de lui en chemin. Mais la présence de sa mère et le bonheur absolu qui l'animait l'aidaient à retrouver sa voie.

Et tandis qu'il regardait Bristol par-dessus la tête de sa mère, il comprit qu'avec elle, il s'en rapprochait encore davantage

Il devrait en être effrayé, mais ce n'était pas le cas. Bristol avait toujours été là. Maintenant qu'il s'autorisait à penser à ce qu'elle pourrait être avec lui, au-delà de ce qu'ils partageaient déjà, tout ce qu'il avait caché si longtemps bouillonnait désormais à la surface, prêt à exploser.

Il n'avait fallu qu'une incompréhension accidentelle et un pacte que certains ne comprendraient jamais pour que cela arrive.

Ils mangèrent, burent et rirent. Personne ne cuisina Marcus ou Bristol. Ce qui n'avait aucun sens pour lui. Ils devraient l'interroger. Ils devraient se demander comment ils avaient tous les deux décidé de se fiancer sans crier gare, mais personne ne le demandait. Ils avaient peut-être peur que la bulle éclate et que tout redevienne comme avant, s'ils le faisaient. Néanmoins, ça ne pouvait redevenir comme avant. Marcus le refuserait, assurément.

— Bon, ce n'était pas aussi horrible que je le pensais, dit Bristol en retirant sa pince à cheveux et en se frottant le crâne.

Marcus posa le Tupperware, bien que tous les cookies

n'aient pas été mangés, et sortit son portefeuille ainsi que ses clés tout en retirant ses chaussures. Il avait l'impression qu'ils rentraient à la maison après une longue journée, là où ils habitaient ensemble, et que ceci était leur avenir. Ce n'était qu'un aperçu. Ils n'avaient pas déterminé où ils habiteraient et quand leur mariage aurait lieu, mais ils finiraient par le faire. Il se disait qu'ils sortiraient ensemble un moment et existeraient, tout simplement. Le reste viendrait. Car s'il se stressait trop, pour tenter de comprendre exactement ce qui se passerait, ça ne fonctionnerait pas.

— Je ne trouve pas que ça se soit mal passé du tout. Pour toi.

— Être pris à partie par tes sœurs tandis que leurs maris riaient... Ça ne veut pas dire que ça s'est mal passé.

— Tu vois, je ne sais pas comment j'ai fini exclu de tout ça, parce que mes sœurs sont de ton côté. Elles t'adorent. Comme tu es une femme. Et mes beaux-frères sont de ton côté parce que tu vas faire partie de la famille. Comment ai-je fini exclu de ces deux versions ?

Bristol rit et posa les mains sur le torse de Marcus.

— Tu sais que tu n'es pas exclu. Pas avec ma famille ni avec la tienne. Et le fait qu'ils nous laissent un peu d'espace pour gérer ça, c'est choquant et quelque peu inquiétant.

Les mots de Bristol se faisaient l'écho des pensées de Marcus. Il acquiesça et coinça les cheveux de Bristol derrière ses oreilles.

— Oui, je crois qu'ils savent tous que quelque chose a changé. Mais ils nous laissent démêler ça de notre côté.

— Ce qui n'arrive pas toujours avec nos familles.

Marcus ricana.

— Oui, loin de là. Ça devrait m'angoisser, mais je n'ai pas trop envie de me concentrer là-dessus. Tu vois ?

Bristol acquiesça avant de se mettre sur la pointe des pieds pour embrasser sa mâchoire.

Il sourit et glissa lentement les mains sur ses hanches pour lui agripper les fesses. Elle sourit.

— Eh bien, bonjour, monsieur Marcus.

— Tu as raison. Le pull écureuil te donne effectivement des courbes.

Elle lui asséna un coup sur le torse.

— Comment oses-tu ?

Marcus ricana.

— Si ton petit poing avait fait des dégâts, j'en serais peut-être quelque peu vexé.

— Mes mains sont assurées, monsieur. Ces bébés sont mon gagne-pain. Je ne vais pas les abîmer en te frappant.

— Au moins, tu n'as pas mis ton pouce dans ton poing.

— Bien sûr que non. Mes frères m'ont entraînée. Et j'ai suivi des cours d'autodéfense.

— J'oubliais que tu en avais suivi, dit Marcus d'une voix basse.

— Liam m'a obligé à en prendre avant ma première tournée. Tu te souviens ? Avant mon anniversaire ?

Marcus soupira.

— Je m'en souviens. Cet anniversaire qui a manifestement tout changé.

— Oui, mais pour le meilleur, non ? demanda-t-elle à voix basse.

Marcus ne savait quoi dire. Il le pensait, mais s'il se trompait ? Et si ce n'était que le début de la fin ?

Il laissa cette pensée terrible le traverser et, plutôt que de répondre, il pressa sa bouche contre celle de Bristol et gémit.

Il l'embrassa, donna tout ce qu'il avait, déversant toute son âme.

Bientôt, les baisers et les caresses ne suffiraient plus. Ils devraient affronter ce que l'avenir leur réservait.

Mais pour l'instant, ce n'était pas le cas.

Pour l'instant, ils respireraient et existeraient tout simplement.

L'avenir viendrait demain matin. Et ils l'affronteraient.

Mais il espérait sincèrement qu'ils le feraient ensemble.

CHAPITRE TREIZE

— Je croyais que tu avais un jour de congé ? demanda Ronin en entrant dans le bureau de Marcus.

Ce dernier leva la tête et retira ses lunettes de lecture. Il n'en avait pas besoin constamment, mais quand il passait des heures de travail à regarder des textes minuscules, ses yeux fatiguaient quelque peu. De plus, il avait des filtres de lumière bleue pour son ordinateur. Que Bristol paraisse les apprécier quand il les portait ajoutait à leur charme.

Il retint un sourire en pensant à elle. Elle avait toujours été présente dans son esprit, mais d'une manière bien différente de celle d'aujourd'hui. L'idée qu'il ait le droit de penser à elle de cette manière... D'en vouloir plus... Cela devrait l'inquiéter. Mais ça n'était pas le cas.

Il adorait ça.

— Quoi ? demanda Marcus en chassant ses pensées sur Bristol et sur ce qu'ils représentaient précisément l'un pour l'autre.

Ronin ricana.

— J'ai demandé pourquoi tu étais ici, étant donné que je te croyais en congé. Et regarde-toi, tu te plonges dans le travail, tu es tout distrait et, vu l'air sur ton visage ces dernières secondes, tu ne pensais pas du tout au travail. Bristol ?

Marcus se pinça l'arête du nez, surtout parce qu'il détestait porter des lunettes trop longtemps. Il s'éloigna ensuite de son bureau et s'étira le dos.

— Je me concentrais sur le boulot, aujourd'hui, j'allais seulement prendre l'après-midi de repos, pas toute la journée.

— Ça ne te fait pas dépasser ton nombre d'heures ? demanda Ronin en venant s'asseoir en face du bureau.

— Nous dépassons toujours notre quota d'heures, répondit Marcus en riant. C'est la raison pour laquelle nous ne sommes pas payés à l'heure.

— Touché.

— Mais bref, j'étais au milieu de cette partie hier. Je voulais venir la finir. Mais je pars pour Denver dans peu de temps, donc ne t'inquiète pas, je ne t'embêterai plus très longtemps.

— Ce n'est pas pour ça que je suis là et tu le sais. Tu ne me déranges pas du tout, crétin.

— On est au travail. Ne me traite pas de crétin.

Ronin se contenta de sourire.

— Peut-être. Je suis au boulot et tu pars bientôt donc... tu m'accordes deux secondes ?

— D'accord, répondit Marcus avec méfiance.

— C'est quand le mariage ? demanda Ronin.

Marcus gloussa.

— Aaron ? demanda-t-il.

Son collègue haussa les épaules.

— Oui, il est venu pour quelques textes que nous avons et qu'il ne peut obtenir en ligne. Il m'en a parlé. Pourquoi ne m'as-tu pas prévenu que Bristol et toi vous étiez fiancés ?

— Je crois que c'est surtout parce que ça ne me semble pas réel, répondit honnêtement Marcus.

Les mots lui échappèrent avant même qu'il songe à modérer ses propos.

— Quelque chose ne va pas ? demanda Ronin avec quelques précautions. Tu veux me raconter exactement ce qu'il se passe ?

Marcus secoua la tête.

— Non, c'est entre Bristol et moi. Ça te convient ?

Ronin inclina la tête et fronça les sourcils.

— Tu connais une partie de mon passé. N'est-ce pas ?

Marcus acquiesça, sachant que ce n'était pas un secret, mais que son collègue n'en parlait pas souvent. Après tout, il n'avait pas toujours été bibliothécaire. Il avait vu des choses que personne ne devrait voir. Il avait traversé des épreuves qui lui avaient tant coûté. Mais désormais, Ronin était ici et semblait heureux. Du point de vue de Marcus.

— Alors, tu sais en partie ce que j'ai traversé et, à cause de ça, tu sais que parfois, il faut affronter ce qu'il y a devant toi et t'appuyer sur tes proches pour survivre.

— Oui, je le sais, répondit Marcus d'une petite voix.

— Je trouve que Bristol est parfaite pour toi. Elle te fait sourire chaque fois que tu parles d'elle. Elle est hilarante, talentueuse et bien sûr, super canon.

Marcus était ravi que Ronin ait fermé la porte, car ce n'était pas le meilleur endroit pour avoir de telles discussions.

— Tu sais que les habitués qui s'offusquent pour un rien seront mécontents de t'entendre parler comme ça.

— Pour une ville aussi progressive que Boulder, ils détestent déjà clairement le mec queer qui est derrière le bureau, dit Ronin en levant les yeux au ciel. Ils peuvent supporter mon langage.

— Oui, ils le peuvent. Et quant à Bristol ? On y va petit à petit.

— Vous êtes fiancés, ce n'est pas si lent.

— On peut y aller lentement et être quand même fiancés, dit Marcus en sachant que ce n'était pas exact.

Mais il démêlait encore la situation, après tout.

— Va à ton rendez-vous à Denver. Nous serons toujours là à ton retour. Et il vaudrait mieux que je sois invité au mariage.

Marcus repoussa son fauteuil loin du bureau et se leva.

— Tu sais bien que tu le seras. Et les gars veulent déjà que tu viennes à notre soirée mecs ou je ne sais quoi.

— Est-ce qu'on va soulever des trucs ? Parce que j'y arrive, mais je préférerais manger des ailes de poulet. Ça, ça me semble génial.

— Et voilà, je meurs de faim. Merci bien.

— Je fais de mon mieux. Allez, je me remets au boulot. Le club de lecture vient aujourd'hui.

Ronin n'avait pas besoin d'en expliquer davantage. Beaucoup de clubs venaient à la bibliothèque et les deux collègues les adoraient. Cependant, Marcus détestait un club de lecture en particulier. Ses membres étaient mal élevés, grincheux et exigeants. Et manifestement, ils n'aimaient pas du tout les livres. Ils voulaient surtout les juger et les regardaient de haut. Mais ce n'était pas comme s'il pouvait les virer. Pas quand ses patrons adoraient ces dames et que l'une d'elles était sa cousine. Ronin et Marcus prenaient donc sur eux. C'était l'un de ces petits détails qui rendaient son boulot pénible par moments. Mais il en valait toujours la peine.

Marcus ne rentra pas chez lui. Il se rendit plutôt chez Bristol pour passer la récupérer. Il avait pris ce rendez-vous à Denver près d'un an auparavant et avait prévu d'y aller seul. Il avait honnêtement cru que Bristol serait déjà en tournée. Mais elle l'accompagnerait.

Il tenta d'enfin chasser ce léger malaise qui lui venait

lorsqu'il pensait à sa tournée. Elle avait le droit de la faire. C'était son maudit travail. Certes, il avait l'impression qu'elle lui manquerait encore plus que par le passé, mais il n'avait pas son mot à dire. Ils trouveraient une solution. Il avait suffisamment de temps libre pour lui rendre visite autour du monde. Le téléphone existait, aussi. Avec l'invention de l'appel vidéo, on n'était jamais trop loin de quelqu'un. Du moins, c'était ce qu'il se disait quand il stressait à cette idée.

Bristol l'attendait sous le porche. Elle courut jusqu'à la voiture en souriant.

— Tu es prêt ? demanda-t-elle en déposant un bref baiser sur ses lèvres.

Il grogna avant de tirer les cheveux de Bristol et d'incliner sa tête en arrière pour l'embrasser passionnément. Elle gémit contre lui et s'agrippa à ses épaules.

— Ça alors, c'est un bonjour. Pour quelle raison ?

— J'en avais envie. Tu as un problème avec ça ? demanda-t-il en haussant un sourcil.

— Aucun problème. J'ai bien aimé. Ce sera amusant. Je t'ai déjà accompagné pour un tatouage, ce sera génial.

— Je l'espère. Se rendre à la boutique de tes cousins est si difficile que c'en est ridicule.

— C'est parce qu'Austin est merveilleux. Tout comme Maya. Mais tu travailles avec Austin, aujourd'hui, c'est ça ?

Marcus acquiesça et quitta l'allée.

— Oui, surtout parce qu'il s'est occupé de toutes mes

autres œuvres. Ce n'est pas le cas de Maya et tu sais que tes cousins se battent toujours pour savoir qui revendique le plus de territoire.

— Ils en plaisantent. Mais si tu la laisses dessiner l'iris, ça remettra les compteurs à zéro.

Marcus lui lança un regard avant de s'engager sur l'autoroute.

— C'était pour quoi, ce regard ?

— Parce que tu crois que je vais me faire tatouer l'iris des Montgomery, répondit-il en prenant soin de ne pas prendre un ton taquin.

— Tu ne le feras pas ? demanda-t-elle, clairement insultée.

Cependant, elle le faisait sans doute juste pour la galerie.

— J'ai peut-être mis la bouche sur ta fleur. Ça ne veut pas dire que je vais m'en faire tatouer une.

— Dit comme ça, c'est bien plus salace que nécessaire, répondit-elle en gloussant. Mais je croyais que tu en voulais une. Non ?

— Peut-être. Tous ceux qui épousent des membres de ta famille s'en font tatouer une, n'est-ce pas ?

— Presque tous, je crois. Je pense que l'ex-mari de ma cousine Meghan ne l'a pas fait. L'ex-femme d'Alex non plus. Mais tu sais, ils n'étaient pas formidables.

Cela relevait d'un pur euphémisme, mais il ne comptait pas s'appesantir là-dessus.

— Alors, tu dis que si je ne me fais pas ce tatouage, nous finirons automatiquement par divorcer ?

— Non, je dis que les données semblent le prouver.

— D'accord, si tu le dis. Je me ferai peut-être ce tatouage. Un jour. Dans ce cas-là, je serai obligé d'avoir le nom de ma famille et son blason gravé quelque part sur mon corps, pour que mes proches l'acceptent aussi.

— Ils peuvent peut-être tous se faire tatouer l'iris des Montgomery.

— Tu as perdu la tête, répondit Marcus en riant.

Il lui prit la main et ils descendirent vers le sud en direction de Denver. Ce n'était heureusement pas l'heure de pointe, mais le milieu de la journée en semaine, ce qui rendait le trajet plutôt fluide. De plus, le petit parking situé derrière la boutique des Montgomery permettait de se garer facilement et gratuitement.

Bien sûr, il fallait travailler au salon de tatouage ou être un Montgomery pour se garer ici. Bristol connaissait les bonnes personnes.

— Nous allons nous faire tatouer, aujourd'hui, dit Marcus en sortant de la voiture. Mais pas d'iris.

— Pas de tatouage assorti, non plus. Autre que l'iris, car c'est comme un blason familial et que ce n'est pas un tatouage assorti étrange.

Il hocha la tête.

— Oui, parce que, tu vois, la mort d'une relation est marquée par un tatouage assorti ou le fait que tu inscrives ton nom sur moi.

— Hors de question qu'on le fasse, affirma une femme avec des cheveux bruns, des bras couverts de tatouages et un sourire malicieux depuis la porte de l'arrière-boutique.

— Maya ! s'écria Bristol en courant vers sa cousine.

Maya l'étreignit fermement et elles dansèrent quelques secondes sur place. La femme coriace en bottes ressemblait à une petite fille, à côté de Bristol, tandis qu'elles gloussaient.

— Mais sérieusement, pas de noms.

— On te le promet. On plaisantait, c'est tout.

— Tant mieux. Bon, je constate que tu es ici pour voir mon frère et pas moi. Je te comprends. Tu en as le droit. Mais sache qu'une fois que tu feras partie de la famille, tu devras commencer à alterner.

Marcus secoua la tête.

— Je ne sais pas. Austin s'est chargé de la plupart de mes œuvres, maintenant.

— C'est vrai, ce qui veut dire que j'ai le droit de m'occuper du reste de ton corps.

Maya lui fit un clin d'œil avant de passer le bras autour de Marcus et de l'attirer dans la boutique.

— Bon, allons jouer.

Marcus regarda Bristol par-dessus son épaule. Elle frappa dans ses mains et rit.

Les Montgomery étaient effectivement tous fous et il adorait faire déjà partie de leur famille.

CHAPITRE QUATORZE

Bristol laissa son corps bouger en rythme avec la musique, son archet glissant contre les cordes, produisant les notes exactes qu'elle souhaitait entendre. Même si, à présent, elle ne pensait plus note par note et ne regardait plus les pages devant elle. Elle avait les yeux fermés et laissait sa respiration se fondre avec la mélodie.

Le morceau n'était pas de sa composition, mais il figurait sur son prochain album. C'était une pièce sur l'âge et la peine, mais aussi sur un amour immense. Et cette mélodie exigeait toute l'énergie de son âme, de son corps et de son talent.

Et elle l'adorait.

Bien qu'elle s'entraîne des heures chaque jour et qu'elle l'ait déjà exécuté à d'innombrables reprises, elle savait que si elle ne poursuivait pas ainsi, même avec toutes ces années d'expérience sous le capot, elle serait incapable de jouer ce morceau.

C'était d'ailleurs la raison pour laquelle elle aimait ce qu'elle faisait. Parce qu'elle apprenait constamment. Elle ajoutait sans cesse des morceaux à son répertoire et méritait l'amour ainsi que l'adoration de ceux qui appréciaient son travail.

Bristol tentait encore de comprendre exactement qui elle avait besoin d'être et quel type d'artiste elle finirait par devenir un jour. Mais c'était la raison pour laquelle elle jouait ainsi. C'était la raison pour laquelle, quand on lui avait demandé de jouer à ce concert au centre-ville de Denver, elle avait volontiers accepté, car elle aimait ce qu'elle faisait et avait envie de le faire.

Savoir que ceux qui l'aimaient l'écoutaient dans le public l'aidait également.

Marcus était présent, accompagné de ses parents. Ceux de Bristol étaient également là, ainsi que ses frères avec leurs épouses et Lincoln. Aaron avait dit qu'il viendrait accompagné, bien que Bristol soit convaincue que ce soit une plaisanterie. Il était trop occupé à travailler sur ses projets pour se concentrer sur des rendez-vous. Du moins, c'était ce qu'il avait affirmé la dernière fois que leur mère avait posé la question.

Après tout, ses autres petits poussins étaient désormais bien alignés et il ne restait plus qu'Aaron.

Elle laissa toutes ces pensées l'envahir en restant centrée sur sa musique et sur qui elle se devait d'être.

C'était ce qu'elle aimait.

La musique, le violoncelle sous ses doigts et entre ses jambes.

Elle adorait ressentir une connexion avec le public quand ils vibraient avec elle pendant qu'elle continuait de jouer. Lorsqu'elle atteignit la dernière note, celle qui lui coupait le souffle, qui lui piquait le fond des yeux alors qu'elle se perdait dans le morceau, elle la laissa se prolonger... puis le silence s'installa.

Un silence absolu.

Quand les premiers applaudissements débutèrent, elle ouvrit les yeux et sourit.

Bien qu'elle adore les applaudissements et cette connexion palpable avec les spectateurs, son moment préféré restait la musique en elle-même, malgré ce que certains pouvaient penser. L'idée que d'autres puissent écouter et avoir leur propre interprétation du morceau justifiait aussi significativement son travail. Mais pas seulement sur ce morceau.

Elle soupira avant de poser son violoncelle sur le côté afin de pouvoir se lever. Elle effectua une petite révérence tandis que le public l'applaudissait. Elle leur adressa un signe de la main, tentant de distinguer les visages sous les projecteurs éblouissants afin de voir ceux qu'elle aimait, mais elle en était incapable. Elle savait qu'ils étaient ici. Elle les avait vus avant de commencer, après tout.

Mais à présent, elle était fatiguée et souhaitait rentrer chez elle.

Elle n'était plus aussi jeune que lorsqu'elle avait entamé cette vie. Ne plus avoir une petite vingtaine d'années représentait une immense différence. Mais elle était en forme et répétait suffisamment, elle aurait donc sans doute pu continuer quelques heures de plus avant de s'évanouir.

Cependant, plutôt que de se rendre à une fête ou de danser toute la nuit, elle rentrait chez elle avec Marcus pour dormir.

Elle avait ajouté ce concert à la dernière minute. Pour s'assurer qu'elle était prête, elle s'était entraînée jour et nuit. Au point où, tous les deux, ils n'avaient pas eu d'autre rendez-vous depuis qu'elle avait accepté ce concert. Elle n'avait pas vu sa famille et parlait rarement à qui que ce soit. Non, elle avait été concentrée sur sa musique, au détriment de tout le monde et tout le reste.

Peut-être devait-elle changer cela. Elle n'était effectivement plus seule, maintenant. Elle faisait partie d'une entité. D'un duo. D'un couple. Elle n'avait jamais été douée pour les rendez-vous, elle devait donc peut-être trouver un moyen de s'améliorer.

Elle quitta la scène et son assistante arriva pour l'aider avec son violoncelle.

Elle avait besoin d'une assistante, Chelsea, principalement pendant les tournées, car honnêtement, elle ne pouvait pas tout faire. Cette femme l'aidait également avec ses réseaux sociaux, bien que Bristol tente de rester aussi authentique que possible sur ces plates-formes.

Instagram était plus ou moins le seul réseau qu'elle visitait encore.

Il était étrange de penser que dans certains groupes sociaux, les gens connaissaient son nom et sa musique. Elle n'était pas simplement Bristol Montgomery, une fille, une sœur, une amie et désormais une fiancée.

Elle sourit à cette pensée et Chelsea lui lança un regard curieux.

— Ce n'est rien, merci pour tout.

— Pas de problème. Je vais tout préparer pour toi, mais de ton côté, tout est en ordre. Tu peux rentrer chez toi si tu le veux. Je sais que tu dois être fatiguée. Tout ça nous est un peu tombé dessus.

— Je sais. Et je sais aussi qu'il y a ensuite ce cocktail auquel je ne me rendrai pas comme je suis trop fatiguée.

— Tout le monde savait déjà que tu serais fatiguée. Et nous avons fait en sorte que les autres ne croient pas que tu avais un comportement de diva, dit Chelsea en levant les yeux au ciel.

Bristol sourit.

— Oui, il est inutile que ça devienne ma réputation.

— Toi, une diva ? Jamais, intervint Colin.

Elle se crispa. Elle ne s'était pas attendue à cet accent britannique. Non, elle avait cru que Colin était rentré chez lui.

Ce n'était apparemment pas le cas.

Il était maintenant ici, dans les coulisses de son concert, où même sa famille n'avait pas le droit de venir.

Bien sûr, il s'était débrouillé pour se faufiler jusqu'ici.

Mais ils étaient observés. Bristol sourit donc avant de lui faire la bise.

— J'ignorais que tu serais là, dit-elle en tentant de ne pas prendre un ton accusateur.

— Évidemment que je suis là. Tu es ma jolie.

— Colin, l'avertit-elle en continuant tout de même de sourire.

— Je voulais juste te dire que tu fais un travail formidable. Vraiment. Regarde tout ça. Je suis tellement fier de toi. Regarde le chemin que tu as parcouru.

Avait-il toujours été si condescendant ou ne le remarquait-elle que maintenant ? Elle n'arrivait pas à croire qu'elle était sortie avec lui aussi longtemps. Néanmoins, ça n'avait plus d'importance, elle en avait fini avec tout ça et passait à autre chose.

— Salut, dit une voix à ses côtés.

Elle se retourna et fut submergée par le soulagement.

— Ils t'ont laissé venir, répondit-elle en passant les bras autour de la taille de Marcus.

Il la serra contre lui avant d'embrasser le sommet de son crâne en prenant soin de ne pas gâter sa coiffure ou son maquillage. Elle lui en fut reconnaissante, car il lui avait fallu une éternité pour se préparer avant la représentation, ce matin, comme elle était épuisée.

— Ah, le petit ami est ici.

— Le fiancé, mais ça me fait plaisir de te voir, Colin.

Tu joues aujourd'hui ? demanda Marcus en gardant un bras autour de la taille de Bristol.

Il ne semblait nullement jaloux ou possessif. Elle aimait ça. Car elle savait prendre soin d'elle et Marcus en avait conscience.

— Non, malheureusement, mais peut-être qu'un jour, je viendrai jouer quelque chose pour eux.

Bristol savait de source sûre qu'ils n'avaient pas demandé à Colin de jouer. Peut-être parce qu'il s'était comporté comme un salopard la dernière fois qu'ils l'avaient invité. Colin donnait l'impression de ne pas vouloir s'abaisser à jouer ici. Mais elle ne pouvait rien y faire, et déjà, des regards se tournaient vers eux. Génial.

— Bref, merci d'être venu, Colin. Je vais rentrer chez moi. Je suis un peu fatiguée.

— Je vois ça, répliqua-t-il en la regardant dans les yeux.

Enfoiré.

— Tu es sûre de ne pas venir voir tes fans lors du cocktail ? Tu vas leur manquer.

— Non, je leur ai déjà précisé quand j'ai signé que je ne serais pas là pour ça. Mais j'ai accepté à la dernière minute. Il faut que je rentre chez moi, maintenant, Colin, si ça ne te dérange pas.

— Ça ne me dérange évidemment pas, chérie. J'irai à ta place. Ne t'inquiète pas.

Elle avait envie de passer les mains autour de son cou et de serrer, rien qu'un peu. Honnêtement, elle ne le détestait pas, même si elle affirmait souvent le contraire. Quand ils travaillaient ensemble, ils créaient de la belle musique. Mais il commençait à l'agacer et elle avait le sentiment que cela tenait davantage à sa fatigue qu'à autre chose. Du moins, c'était ce qu'elle espérait.

Les autres commençaient à les observer avec encore plus d'insistance et à murmurer. Elle fit donc rouler ses épaules en arrière, s'appuya contre Marcus et sourit.

— Passe une bonne soirée, Colin. Tu es prêt à y aller, Marcus ?

Il lui serra une main autour de la hanche et acquiesça.

— Oui, rentrons à la maison.

Elle remarqua que Colin plissa les yeux en entendant ce mot. Mais à ses oreilles à *elle* ? Il était merveilleux.

Cela avait été un début pour eux. Une idée de ce qu'ils pouvaient être à l'avenir quand ils s'étaient promis de s'épouser. Désormais, cela semblait réel. Cela pouvait être leur avenir : elle, en train de jouer ; lui, à ses côtés ; et elle, cherchant comment lui faire comprendre à quel point elle l'appréciait, de toutes les manières possibles.

Simplement, elle ignorait ce qui se passerait la prochaine fois qu'elle partira pour longtemps.

Tout avait commencé avec un pacte qui aurait pu être une plaisanterie, mais c'était réel, à présent. Cette pensée lui asséchait la bouche.

— Tout le monde se rend chez tes parents, ce soir. Tu n'es pas obligée d'y aller si tu n'en as pas envie, ils voulaient te laisser un peu d'intimité ici. J'espère que ça ne te dérangeait pas.

Elle s'extirpa de ses pensées en entendant la voix de Marcus.

— Ça m'a l'air super. Je ne suis pas obligée d'être à fond, chez mes parents, chuchota-t-elle alors qu'ils quittaient le bâtiment et rejoignaient la voiture de Marcus.

— C'est ce qu'ils se sont dit. Tu peux retirer tes chaussures et t'endormir sur le canapé, si tu le souhaites.

— Ça me semble parfait. Je pourrais m'endormir pendant le trajet.

— Tu en as aussi le droit.

Il marqua une pause d'une seconde et elle le regarda.

— Tu es incroyable. J'ai l'impression de t'avoir vu jouer toute ma vie, mais ce soir ? Tu étais sublime.

Elle perdit le fil de ses pensées et se contenta de cligner des yeux en le regardant.

— Vraiment ?

— Oui, *vraiment*. Mon Dieu, Bristol. Je n'arrive pas à croire que tu peux faire ça. Ça n'a aucun sens, pour moi.

Elle fronça les sourcils, perplexe.

— Qu'est-ce que tu veux dire ?

— Je m'exprime mal. Tu étais simplement merveilleuse et quand je te regardais jouer, j'avais l'impression que tu étais une tout autre personne. Je suis ravi d'avoir pu être là pour te voir. Je ne suis pas le plus calé en musique classique ou même pour connaître toutes les personnes de ton univers, mais je sais que je te suis parce que j'adore te regarder jouer et que ça fait partie de ton monde. Tu vois ?

— Je sais. Personne n'est obligé de connaître le nom de tous les violoncellistes célèbres ou des morceaux que je joue. Mais tu as toujours essayé. Et j'ai toujours apprécié.

— Eh bien, je vais tenter d'en faire plus. Surtout que je sais que ta tournée est imminente.

Elle grimaça.

— Oui. J'imagine que nous devons en discuter.

— Je me suis dit que nous devrions organiser le mariage après ça, répondit-il avec désinvolture.

— Alors, ça ne te dérangera pas que je parte un moment, n'est-ce pas ?

— Ça fait partie de ton travail. Nous trouverons une solution. Je ne sais pas comment, exactement, mais nous avons du temps. Nous avons toujours trouvé des solutions, par le passé.

Et alors qu'elle glissait une main dans celle de Marcus, elle soupira et espéra qu'il avait raison.

Car elle tombait amoureuse de lui. Peut-être l'avait-elle toujours porté dans son cœur, d'une manière qu'elle n'avait jamais osé examiner de trop près.

Elle espérait simplement qu'ils ne commettaient pas d'erreurs.

Celles-ci leur coûteraient bien plus qu'ils avaient à offrir.

CHAPITRE QUINZE

Marcus s'enfonça contre le dossier du canapé et regarda Bristol agiter les mains comme si elle tentait de s'envoler. Il secoua la tête et s'esclaffa.

— Une cage à oiseaux ? demanda-t-il.

Elle soupira, battant une nouvelle fois des mains, avant de coller les coudes contre ses flancs et de s'agiter encore davantage.

Les autres Montgomery commencèrent à rire. Marcus secoua la tête, perplexe.

— Je n'en ai aucune idée.

— Le temps est écoulé, déclara Liam.

Bristol jura dans sa barbe.

— On est généralement bien plus forts que ça.

— Mais qu'est-ce que tu étais ?

— Un vélociraptor.

Les autres demeurèrent silencieux un moment, puis Marcus éclata de rire, essayant de ne pas tomber du canapé.

— Tu faisais semblant de voler.

— Je croyais qu'il y avait des preuves que les vélociraptors pouvaient voler.

Elle grimaça. Marcus ricana à nouveau. Sa femme... Parfois, il ne pouvait y croire.

— Bien sûr, j'en ai entendu parler aussi, mais ne te sers pas de cet élément dans une partie de mimes, la railla Aaron en essuyant ses larmes.

Holland, sa coéquipière, était actuellement assise à côté de lui. Elle riait tant qu'elle tomba effectivement du canapé.

— Je croyais que vous étiez les champions en titre, souligna Arden avec un air confus.

— Généralement, c'est le cas. Ça doit être une soirée « sans », répondit Marcus en tendant la main. Viens ici.

— Non. Tu vas te moquer de moi.

Bristol croisa les bras sur sa poitrine. Marcus se contenta de sourire.

— Ce n'était pas un vélociraptor, chérie. Et tu le sais. On va quand même gagner. Il nous reste deux tours. Et j'ai assuré, tout à l'heure.

— D'accord. Tu es la raison pour laquelle nous sommes doués au mime. Je suis nulle.

Elle s'approcha alors de lui et s'assit sur les cuisses de Marcus alors même que ses frères le fusillaient du regard.

Il passa un bras autour de la taille de Bristol, se fichant que d'autres les observent. Car elle était sa fiancée et que les gens pouvaient prendre sur eux.

— Vous étiez peut-être meilleurs aux mimes en tant que meilleurs amis plutôt que couple fiancé, ironisa Aaron.

Marcus fronça les sourcils tandis que l'autre homme pâlissait.

— Désolé. Oubliez que j'aie parlé. C'était tordu.

— Effectivement, dit Bristol avant de s'éloigner des cuisses de Marcus pour s'asseoir sur le canapé.

— Ce n'est rien, chuchota Marcus qui ne souhaitait alors pas se battre avec l'un des Montgomery.

Bristol et lui étaient quelque peu sur les nerfs depuis le concert. Il ignorait pourquoi. Il aurait pu ne pas le remarquer, mais Bristol ne lui parlait pas. Oh, ils étaient chez les Montgomery et passaient une soirée amusante autour de jeux, comme ils n'avaient pas voulu sortir au bar avec un plus grand groupe. Seulement, c'était comme s'ils s'éloignaient, tous les deux, et il ne comprenait pas pourquoi. Leur partie de mimes était peut-être la raison pour laquelle il le relevait.

Elle ne lui parlait de rien. Elle se concentrait sur le travail, mais ils ne mentionnaient pas leurs fiançailles. Ils n'avaient rien planifié et s'étaient contentés de démêler la situation. Et Marcus en arrivait à se demander s'ils ne jouaient pas à faire semblant, plutôt que de vivre une relation réelle. C'était peut-être le problème. Et si ce n'était qu'un rêve ? Quelque chose de factice, comme une promesse d'enfants, plutôt que quelque chose d'authentique ?

Il était inquiet à l'idée de ne pas connaître la réponse.

— Bon, j'imagine que c'est mon tour, dit Holland en se levant.

— Très bien. Tu vas assurer, l'encouragea Aaron en joignant les mains.

— Holland, chérie, tu ne peux pas laisser Aaron nous battre, dit Ethan en souriant à sa femme.

Marcus ricana.

— Oh. Aaron et moi, on va te botter le cul. Celui de Lincoln aussi. Je vous aime tous les deux, mais c'est *mama* qui va gagner.

Marcus rit et tendit la main pour serrer le genou de Bristol. Elle lui sourit, mais ce sourire ne se refléta nullement dans ses yeux. Bon sang, il fallait franchement qu'ils discutent. Le moment de déterminer où tout ça avait commencé et comment ils allaient faire fonctionner leur relation était passé depuis longtemps. Ce n'était plus l'éclat étincelant d'une nouvelle relation, quel que soit le nom que lui donnaient les gens de nos jours. C'était réel et ils avaient besoin d'un foutu plan. Plus question de balayer ça sous le tapis en donnant l'illusion de savoir ce qu'ils faisaient. Manifestement, ce n'était pas le cas.

Il ne cessait de se dire qu'il n'y avait pas de retour en arrière, mais il devait peut-être y en avoir un. S'il ne regardait pas en arrière, il était terrifié à l'idée de ne jamais pouvoir avancer. Et cela l'effrayait plus que tout. À juste titre.

— Bon, préparez-vous à prendre une raclée, dit Holland.

Marcus n'avait même pas envie de regarder en direction du trio, pour savoir qu'ils s'échangeaient des regards torrides tandis que Liam et Aaron se cachaient le visage derrière leurs mains et qu'Arden et Bristol riaient.

— Je n'ai pas besoin de savoir ça, lança Bristol avant de regarder Marcus. Pourquoi tu ne grimaces pas ?

Il tenta de scruter le visage de la jeune femme, mais il ne voyait que la Bristol qu'il connaissait et aimait.

— Désolé, comment osez-vous parler de mimes devant votre pauvre petite sœur ?

— Ce n'est pas ce que je voulais dire, crétin.

Elle lui donna un coup de coude dans le ventre, mais ce ne fut nullement douloureux.

Il savait que ce n'était qu'un jeu, bien qu'il ait l'impression que c'était plus. Ainsi, ils joueraient et riraient. Il tenterait par la même occasion de comprendre où les choses déraillaient avec Bristol.

Arden et Liam remportèrent la partie de mimes. Marcus n'arrivait toujours pas à le croire. La douce petite Arden, avec son minois innocent, accompagnée de son Montgomery taciturne et maussade, venait de leur mettre une raclée à tous.

— C'est une mascarade. Je te le dis, une véritable mascarade, lança Bristol en tapant du pied au rythme de la musique dans la voiture.

Marcus la regarda avant de prendre un virage.

— Je ne sais pas. Je crois que ce sont toujours les plus discrets qui gagnent.

— Mais tu es *mon* discret. On l'emporte toujours.

— À mon avis, c'est parce que tu es une grande compétitrice, lui lança honnêtement Marcus.

— Tu l'es aussi, secrètement.

— Je ne te battrai jamais et ça me convient parfaitement. Cependant, je pense qu'Arden et Liam sont venus pour gagner.

— Pas nous ? demanda-t-elle d'une voix douce.

— Je ne sais pas. Ils passaient peut-être simplement une bonne soirée.

— Et la nôtre était mauvaise.

Un silence gêné s'installa alors et Marcus n'aimait pas ça. Ils ne partageaient jamais de silences gênants. Du moins, pas avant récemment. Mais qu'est-ce qui n'allait pas chez lui ? Pourquoi n'arrivait-il pas à comprendre ce qu'il souhaitait ?

Désirait-il que les choses redeviennent comme avant ? Il ne le pensait pas. Mais il lui fallait faire avancer ce qu'ils partageaient. Il en avait assez de patienter. Il avait l'impression de l'avoir déjà fait toute sa vie.

Attendre de devenir celui qu'il devait être.

Attendre que Bristol revienne.

Attendre de voir ce qu'elle ressentait pour lui, une fois que les filtres teintés de leur romance et de ce qu'ils s'étaient promis tomberaient.

L'idée qu'ils aient, d'une certaine manière, joué à faire semblant tout ce temps-là aurait dû le blesser, mais il refusait de la laisser l'atteindre. Car s'il ne se battait pas pour ce qu'il souhaitait, s'il ne lui disait pas ce qu'il ressentait, alors à quoi bon ? Et quel était l'intérêt de vouloir que Bristol lui dise ce qu'il était incapable de lui avouer ? Cela faisait de lui un putain d'hypocrite.

Ils arrivèrent chez elle.

— Je suis fatiguée. Je ne m'étais pas rendu compte que jouer à des jeux idiots me ferait cet effet-là.

— Je ne crois pas que ce soit uniquement à cause des jeux. Tu as répété comme une folle, ces derniers temps.

Bristol grimaça.

— Je suis désolée. J'essaie de finaliser les derniers morceaux pour l'album. Puis la tournée arrivera et ça fait tant de choses d'un coup. J'ai l'impression de perdre la tête.

Marcus se rapprocha et ouvrit les bras pour qu'elle puisse se caler contre son torse. Elle se glissa dans son étreinte et passa les bras autour de la taille de Marcus tout en posant la tête au sommet de son torse. Elle se lova contre lui et il adora.

Mais elle avait toujours été là. Avant qu'il commence à laisser changer ses sentiments, ils s'étaient toujours touchés de cette manière.

C'était la raison pour laquelle il était si difficile pour lui de véritablement discerner si c'était vraiment ce qu'elle désirait, ou si elle ne connaissait tout simplement pas ses options.

Tant de choses se passaient de son côté, pourquoi voudrait-elle rester à la maison avec quelqu'un qui n'aimait pas quitter son nid ? Il avait des rêves et il travaillait dessus. Mais ils ne le menaient pas aux mêmes endroits que ceux de Bristol. Et ce n'était qu'une partie du problème.

Ce qui l'inquiétait. Énormément. Néanmoins, il ignorait ce qu'il était censé faire à ce sujet, mis à part être présent pour elle.

Et il espérait sérieusement qu'elle était là pour lui.

— Je suis fatiguée, c'est tout. Je sais que ça va s'empirer, pendant la longue tournée, et j'essaie de jongler avec tant de choses.

Elle se pencha en arrière pour regarder Marcus.

— Mais je suis contente de t'avoir. Tu sais, de voir que tu es toujours là. Quoi qu'il arrive. Et que je ne suis pas seule.

Il hocha la tête en lui écartant une mèche de cheveux derrière l'oreille.

— Oui. Moi aussi, je suis content de toujours être là.

Il espérait qu'aucune amertume ne se dissimule dans son ton. Car il ne devrait pas y en avoir. Il était loin d'être amer à son égard. Bien qu'il plaisante sur le fait qu'il était constamment abandonné, il aimait l'endroit où il se trouvait. Il adorait le fait qu'ils vivent leur propre vie. Et qu'au bout du compte, ils reviennent toujours l'un vers l'autre.

Il s'était refusé si longtemps de penser à ce qu'ils pourraient être, au point de se cacher cette idée à lui-même pendant toutes ces années.

Mais bordel, il l'aimait. Il l'aimait tant.

Alors pourquoi était-il incapable de prononcer ces mots ?

Il était aussi déplorable qu'elle. Il était incapable de prononcer ces mots parce qu'il avait trop peur. Qu'arriverait-il une fois qu'il la perdrait ?

Il n'avait pas les réponses et n'évoqua donc même pas le sujet. Une fois encore, il se comportait comme un salopard.

— Je viens de me rendre compte que je ne t'ai jamais donné ton cadeau d'anniversaire, dit-il en tentant de changer de conversation.

Somme toute, s'il lui donnait son cadeau, même si cela ne se passait pas comme il l'avait imaginé, il lui montrerait une part de lui-même.

Et alors qu'il y réfléchissait, il se demanda comment il avait pu rester ainsi avec la tête dans le sable si longtemps. Car il savait exactement à quel point il l'aimait. Il avait déversé cet amour dans son cadeau.

Et pourtant, il s'était dit que c'était en raison de leur amitié. Parce qu'ils s'étaient toujours soutenus mutuellement.

Quel idiot, vraiment.

— Oh, oui. Je croyais que mon cadeau, c'était toi.

Elle sourit. Il sut qu'elle n'était pas si loin de la vérité. Car, d'une certaine manière, c'était la vérité.

— En partie. Mais je ne suis pas aussi égocentrique.

— Tu as le droit de l'être, parfois. Je dis ça comme ça.

— Tu me flattes.

Il lui tapota les fesses puis la guida jusqu'à son studio.

— Qu'est-ce qu'on fait là ?

— Eh bien, c'est ton cadeau.

Il avait laissé sa guitare ici, la veille, quand il avait répété avec elle. Bristol avait souhaité jouer avec quelqu'un, bien qu'il ne lui arrive clairement pas à la cheville. Cependant, elle avait eu besoin de quelqu'un d'autre dans la pièce afin de pouvoir se concentrer et d'évacuer la tension. Et il avait eu besoin d'en faire de même en termes de stress à cause de son travail et, honnêtement, de ses sentiments pour elle.

— Voici ton cadeau.

Elle écarquilla les yeux.

— Tu vas jouer pour moi ? J'adore quand tu le fais.

— Je t'ai écrit quelque chose. Mais si tu détestes, mens-moi.

Les larmes envahirent les yeux de Bristol. Marcus retint une grimace.

— Quoi ?

— Tu m'as écrit une chanson ? demanda-t-elle en s'essuyant les joues.

— Ne pleure pas. Je n'ai même pas encore commencé à jouer. Quand tu comprendras à quel point je suis mauvais, *là* tu peux pleurer.

— Non, tu n'as pas le droit de faire ça, Marcus. Tu m'as écrit une chanson.

— Tu ne l'as pas encore entendue. Laisse-lui une chance.

— D'accord. Je te promets de le faire. J'ai tellement hâte.

Elle s'assit sur la chaise devant lui alors qu'il récupérait sa guitare et cherchait ses repères.

Bristol pleurait toujours alors qu'il entamait lentement sa chanson, d'une voix profonde et légèrement rauque.

Il ne la regardait pas. Il en était incapable. Mais il espérait que les mots lui feraient comprendre ce qu'il ressentait. Car il ne savait pas comment les lui transmettre d'une autre manière. La musique était le langage de Bristol. C'était ainsi qu'elle se connectait au monde. Ce serait peut-être donc une connexion pour eux deux. Ou peut-être en faisait-il beaucoup trop ? Honnêtement, il n'en avait aucune idée.

Il continua de chanter, des mots sur ce qu'elle était et sur ce qu'il ressentait. Il avait écrit cette chanson avant de s'autoriser à aimer Bristol. Avant de s'autoriser à imaginer ce qu'ils pourraient être ensemble.

Lorsqu'il termina, il leva les yeux et vit Bristol agenouillée devant lui, des larmes coulant sur ses joues alors qu'elle s'appuyait contre lui.

— Alors, dit-il en se raclant la gorge. J'imagine que tu l'as aimée ?

— C'est la plus belle chanson que j'ai jamais entendue, répondit-elle avec un hoquet sanglotant.

Il fronça les sourcils.

— C'est faux. Mais merci de le penser.

— Arrête, chuchota-t-elle.

— Que j'arrête quoi ?

— Arrête de dénigrer ton talent. Je sais que ce n'est pas ce que tu as toujours voulu faire. Je sais que ce n'est pas ta vie comme la musique est la mienne, mais tu es incroyable. Tu mets tant d'âme dans ton morceau. Ton âme. Et je suis en admiration.

— Vraiment ? demanda-t-il sans vraiment la croire.

Toutefois, les pleurs de Bristol donnaient un certain crédit à sa déclaration.

— Bon, j'imagine que je vais devoir me surpasser pour ton anniversaire, l'année prochaine, dit-il en essayant de garder un ton léger.

Elle sourit alors, ses yeux étincelants, avant de se redresser sur ses genoux pour l'embrasser. Il baissa la tête, écarta la guitare, et l'embrassa tendrement.

— À mon avis, tu vas devoir travailler dur, parce que c'était superbe.

Marcus sourit.

— J'imagine que c'était stupide de ma part, non ?

Le portable de Bristol vibra et elle fronça les sourcils en lisant le nom de celui qui l'appelait avant d'appuyer sur l'écran pour l'ignorer.

— C'était qui ? demanda Marcus qui fut inquiet en voyant l'expression sur son visage.

— Personne.

Marcus demeura silencieux un moment et la dévisagea. Elle leva les yeux au ciel.

— Colin. Il veut qu'on fasse cette tournée et qu'on écrive un morceau ensemble sur mon album, même si ce n'est pas prévu. Il m'agace, mais je sais aussi que mon agent veut plus ou moins qu'on travaille ensemble. Nous vendons mieux, ensemble. Ils évoquent aussi l'idée d'enregistrer un single pour une œuvre caritative.

Elle loucha tandis que Marcus fronçait les sourcils.

— Alors, tu continuerais de travailler avec lui ?

Aucune jalousie ne le traversait réellement, mais l'idée que Bristol et Colin travaillent d'aussi près ne l'enthousiasmait pas non plus.

— C'est vachement agaçant, mais je vais peut-être devoir le faire. Si c'est pour une œuvre caritative... je ne sais pas si je pourrais refuser uniquement parce qu'il me tape sur les nerfs, parfois.

— *Parfois*, seulement ? demanda Marcus.

Il était toujours assis et Bristol, agenouillée. Il appréciait cette position, bien qu'il ne l'exprime pas à voix haute.

— Bon, très souvent. Mais de temps en temps, il est super. Et c'est un pianiste fantastique. L'un des meilleurs de notre génération. Je dois m'en souvenir quand nous travaillons ensemble.

— Être particulièrement doué dans un domaine ne donne pas le droit d'être un salopard.

— C'est vrai. Et je ne le laisse pas s'en sortir. Tu m'as vue. Je lui dis droit dans les yeux qu'il se comporte comme un salopard et qu'il doit arrêter. Et il n'est pas toujours si terrible. Certes, il a été quelque peu collant, ces derniers temps, mais selon moi, c'est uniquement parce qu'il a supposé que nous partirions ensemble en tournée. Et comme ce n'est pas le cas, il panique un peu.

— Il panique ? demanda Marcus qui n'aimait pas ce qu'il entendait.

— Oh, sa tournée sera bientôt organisée, mais à mon avis, il a supposé que je ferais tout le boulot pour celle-ci, comme je le fais d'habitude.

— Tu vois ? C'est encore un putain d'enfoiré, s'emporta Marcus.

— Tu as raison. Mais je ne vais pas m'en occuper ce soir. Je vais rester ici, pour mon cadeau d'anniversaire.

Le regard de Bristol s'assombrit et Marcus sourit.

— Oh ? demanda-t-il.

— Oh, répondit-elle avant de poser les mains sur sa ceinture.

Il l'aida à défaire son pantalon, le glissant légèrement. Lorsqu'elle saisit sa verge au travers de son boxer, il déglutit difficilement.

— Mon Dieu, chérie. Tu vas me tuer.

— Je te promets d'être sage, dit-elle en se léchant les lèvres.

— Bon. Mais ne sois pas si sage, répondit-il en riant.

— Jamais.

Elle serra ensuite la base de son sexe avant de le sortir lentement de son boxer.

Quand elle glissa la main de bas en haut sur sa longueur, il laissa échapper un grognement et passa les doigts dans les cheveux de Bristol.

— Tu sais, je me disais tout à l'heure que j'aimais bien te voir à genoux, mais je n'avais pas envie d'être ce genre d'hommes.

Bristol leva des yeux rieurs vers lui.

— Étant donné que je suis sur le point d'avoir ta queue en bouche, tu as le droit d'être cet homme. Souviens-toi, tu vas devoir me rendre la pareille à un moment donné. Parce que j'aime bien, quand tu es à genoux.

— Je le peux tout à fait.

Marcus fut ensuite incapable de réfléchir, car elle avait posé la bouche sur sa verge, sa chaleur entourant le gland au point de le faire loucher. Il grogna et ses mains se resserrèrent autour des cheveux de Bristol. Elle lécha la base avant d'élancer sa langue vers la fente au sommet, léchant le liquide préséminal.

Elle avait une main sur la cuisse de Marcus et l'autre sur sa longueur pour serrer la base. Elle ne pouvait l'avaler entièrement.

Elle baissa la tête et sa bouche chaude. La succion était si bonne qu'il savait qu'il jouirait au fond de sa gorge s'il ne prenait pas de précautions.

Elle se moqua de lui, suçant et bougeant plus rapidement tandis que sa main le serrait. L'autre main s'enfonçait dans la cuisse de Marcus, les ongles tels des pointes aiguisées, et il adorait ça. Il en voulait plus.

Il s'apprêtait à exploser. Il l'éloigna donc et s'agenouilla devant elle, repoussant la chaise en prenant soin de ne rien bousculer dans la pièce. Les lèvres de Marcus se retrouvèrent sur celles de Bristol alors qu'elle ouvrait la bouche pour parler. Il emmêla sa langue avec la sienne, l'obligeant à incliner la tête en arrière pour approfondir le baiser. Il glissa les mains le long du corps de Bristol pour aller saisir un sein, puis l'autre. Elle se cambra contre lui, en désirant clairement plus. Lorsqu'il recula, elle haleta.

— Marcus, je n'avais pas encore fini.

— Oh que si, parce que je veux te baiser ici, dans ta pièce préférée de la maison. Ce qui signifie que je ne peux pas jouir dans cette jolie gorge.

— D'accord, mais la prochaine fois, j'avale.

Elle lui fit un clin d'œil et Marcus rit avant de l'embrasser à nouveau, puis de la pousser sur le dos. Il lui retira son pantalon en un instant, puis son haut. Elle se retrouvait nue, devant lui. Il enleva son propre haut. Son pantalon n'était qu'à moitié baissé, mais il s'en moquait. Parce qu'il était agenouillé devant elle et avait la tête entre ses jambes. Il remonta les cuisses de Bristol afin que ses genoux touchent quasiment ses épaules. Il commença ensuite à la caresser, la lécher, la suçoter. Elle cria son nom tandis qu'il suçait son clitoris, comme elle avait besoin de plus. La langue de Marcus plongea et il suça, ses dents l'éraflant quelque peu. Lorsqu'elle jouit, son corps entier tremblant, il continua de la dévorer pour la rapprocher encore davantage du précipice.

Il se releva sur ses genoux et caressa sa verge, se demandant où il avait mis ce foutu préservatif.

Bristol leva une nouvelle fois les yeux vers lui, les mains sur sa poitrine.

— Nous avons déjà fait le test. Nous sommes clean, tous les deux. Prends-moi, maintenant.

— Tu en es sûre ? demanda-t-il en serrant sa verge afin de ne pas jouir à l'idée de la pénétrer sans protection.

— J'ai un stérilet. Prends-moi, maintenant.

Ils en avaient discuté. C'était le seul élément de leur avenir dont ils avaient honnêtement discuté, et voilà qu'ils y arrivaient. Ce moment représentait *tout*.

Il s'abaissa au-dessus d'elle, posant la bouche sur la sienne, puis s'enfonça profondément. Elle hurla, enroulant les jambes autour de la taille de Marcus alors que ses muscles se crispaient comme un étau autour de sa verge.

Il bougea alors, commençant par de lents va-et-vient avant de s'affairer en elle. Les ongles de Bristol lui griffaient le dos, au point de lui laisser des cicatrices. Il l'embrassa ardemment avant de lui suçoter la gorge et de descendre ensuite dans la vallée décrite par ses seins. Il lui pinça les tétons et les serra. Il savait qu'il lui laisserait d'infimes marques. Ils adoraient ça, tous les deux. Quand il tendit la main entre leurs corps, il posa le pouce sur son clitoris et elle se brisa. Sa voix fut rauque quand elle cria. Il s'enfouit en elle, plus violemment, jusqu'à ce qu'ils connaissent tous les deux l'extase et soient balayés par l'oubli.

Il jouit dans un rugissement, l'emplissant alors qu'il s'écrasait en elle une fois de plus. Ils tremblèrent tous les deux, collés l'un contre l'autre. Ni l'un ni l'autre n'était capable de bouger.

Il la caressa, incapable de faire quoi que ce soit d'autre, sachant qu'ils ne faisaient que nier l'inévitable.

Les chansons et les actes avaient-ils plus d'importance que les mots ? Il n'en savait rien, parce qu'elle parlait avec la musique, elle bougeait avec elle... alors peut-être comprenait-elle ce qu'il ressentait ?

Mais il ignorait ce qu'*elle* ressentait. Et il craignait tant que ce ne soit pas réel. Qu'il se réveillerait un jour et se rendrait compte que tout ce qu'ils avaient eu par le passé avait été réduit en cendres et que ce qu'ils partageaient maintenant ne signifiait plus rien.

Toutefois, il ignora cette pensée un moment et s'autorisa à respirer, à la tenir contre lui.

L'heure de prendre des décisions arriverait bientôt. Mais, pour l'instant, il ne voulait qu'elle. Et il s'autorisa à y croire.

CHAPITRE SEIZE

Bristol baissa les yeux vers son agenda et se massa les tempes. Elle avait besoin de dormir davantage, mais ça n'était pas près d'arriver. Des mariages se profilaient. Enfin, pas le sien, car elle n'en avait pas discuté avec Marcus. Cela devrait l'inquiéter, ce qui était un peu le cas. Néanmoins, pour l'instant, elle était plus focalisée sur les autres mariages de la famille. De plus, certaines de ses cousines étaient sur le point d'accoucher, il y avait donc des fêtes prénatales, des enterrements de vie de jeune fille et des fêtes d'anniversaire. Quelques enfants commençaient aussi à grandir et elle souhaitait faire partie de leur vie, également.

Toute sa famille croissait à vue d'œil, et elle appartenait à tout ça. Seulement, elle partirait au moins pendant un mois, voire deux, si son agent arrivait à ses fins avec la tournée. Deux mois entiers, loin d'ici. Et elle serait également éloignée de Marcus.

Elle l'avait déjà fait par le passé, bien trop de fois pour le compter. Mais, désormais, cela semblait différent. Et cela *devrait* lui sembler différent.

Ils ne discutaient pas, tous les deux, ce qui la tuait. Elle avait cru qu'ils avaient toujours parlé de tout, mais elle se méprenait. S'ils l'avaient fait, elle saurait peut-être précisément quels étaient ses sentiments. Ce qui n'était pas le cas. Elle se refusait toujours à affronter pleinement ces sentiments.

Elle ne savait pas pourquoi. Ils allaient se marier.

Elle baissa les yeux vers son annulaire et fronça les sourcils. Cela semblait toujours irréel. Comme si c'était une plaisanterie qui était maintenant allée trop loin et qu'ils ne pouvaient revenir en arrière.

Elle devait arranger ça, mais elle ignorait comment s'y prendre.

Cependant, les choses allaient changer. Ce soir, après sa répétition, Marcus venait chez elle. Ils prépareraient le dîner et passeraient une soirée de détente à la maison. Elle lui avouerait enfin qu'elle l'aimait.

Ils prenaient toute cette relation à l'envers. Et elle le savait, mais elle arrangerait ça.

Car il en faisait toujours tant pour elle et c'était à son tour de faire quelque chose pour lui. Mais s'il ne l'aimait pas ? Et si, finalement, il ne le faisait que parce qu'il pensait que c'était la chose à faire ? Il ne revenait jamais sur une promesse. C'était Marcus. Peut-être était-ce donc la raison pour laquelle il était toujours impliqué. Oh, leurs ébats étaient merveilleux. Mais était-ce parce qu'ils avaient une bonne alchimie ? Ou parce qu'ils étaient doués dans ce domaine ?

Elle n'avait pas la réponse, ce qui la préoccupait.

Elle allait devoir se lancer, enfin. Et espérer de toutes ses forces qu'il l'aimait en retour.

Et si ce n'était pas le cas ?

Elle posa une main sur son ventre et prit une profonde inspiration. S'il ne l'aimait pas, ils devraient redevenir amis.

Des amis qui connaissaient le goût de l'autre.

Elle connaissait la chanson, elle adorait la jouer, celle qui disait que les amis ne savent pas quel goût ils ont mutuellement. Mais ils pouvaient revenir en arrière, car elle refusait de le perdre.

Ce qui était parfaitement égoïste de sa part.

Elle ferma son agenda, fit rouler ses épaules en arrière et sut qu'elle devait reprendre sa répétition. Elle rencontrait quelques problèmes avec ce morceau et savait que ce n'était pas faute de s'entraîner. Non, son esprit était plutôt focalisé sur d'autres sujets.

La sonnette résonna à cet instant et elle fronça les sourcils. Personne n'était censé être là. Marcus travaillait, tout comme le reste de sa famille.

Peut-être s'agissait-il d'un livreur ?

Elle avança jusqu'à la porte d'entrée, regarda par le judas et grogna.

— Évidemment, chuchota-t-elle en espérant qu'il ne l'entendait pas au travers du battant en bois.

Bristol ouvrit la porte et tenta de sourire.

— Colin, qu'est-ce que tu fais là ?

Il lui sourit et mit les mains dans ses poches.

— Salut, je roulais dans le coin, j'essayais de trouver la dernière partie d'une chanson, celle dont je t'ai parlé, et je me suis dit que j'allais passer.

— Tu roulais dans Boulder et tu as fini chez moi par hasard ? demanda-t-elle.

— Oui, enfin, je roulais droit vers toi sans m'en rendre compte, si tu vois ce que je veux dire.

— Peut-être. J'étais sur le point de répéter. Quoi de neuf, Colin ?

— Répéter ? Tu crois que je peux me joindre à toi ?

Elle retint une grimace.

— Je ne sais pas. Je suis concentrée, pour le moment.

— Je ne vais pas te déranger. C'est promis. Ce serait bien que deux personnes travaillent ensemble, non ? Et il y a ce morceau désiré par nos agents.

Il leva rapidement les mains alors qu'elle ouvrait la bouche pour parler.

— Ce n'est pas moi qui ai évoqué l'idée. Oui, je veux aller en tournée avec toi et je sais que ça pourrait nous aider, pas seulement toi, pas seulement moi, mais nous deux. En tout cas, la chanson n'était pas mon idée. Mais elle est géniale. Et c'est pour une œuvre caritative. Comment ça pourrait mal tourner ?

C'était le Colin qu'elle appréciait, habituellement. Celui qui n'était pas trop égocentrique. Il dissimulait un peu trop souvent cette part de lui-même.

— D'accord, c'est bon. Honnêtement, je pourrais avoir besoin d'un coup de main.

Le regard de Colin s'illumina.

— Vraiment ?

— Vraiment. Je travaille sur la dernière partie d'un nouveau morceau et j'ai l'impression que tout se joue dans mon cerveau. J'aurais bien besoin que quelqu'un écoute et comprenne où je me bride.

— Oui, je suis là pour toi. Toujours, Bristol. Tu le sais, n'est-ce pas ? Je sais que nous ne sommes plus ensemble et ça ne me dérange pas du tout. Mais nous pouvons être amis. Après tout, tu avances dans la vie. Tu te maries.

Elle sourit, mais ignorait la tournure que prenait le discours de Colin.

— Je vais me marier. Ce sera extraordinaire.

— Oh, oui. Carrément. Il va t'accompagner en tournée ? Ou tu vas devoir gérer la distance sans que vous vous voyiez pendant de longues périodes ? Tu sais à quel point on peut se sentir seul. Même quand tu es constamment entourée, tu as besoin d'un noyau dur. Qu'est-ce que tu vas faire ?

Ils avançaient vers le studio et la salle de répétitions au fond de sa maison. Elle fronça les sourcils, n'appréciant pas que les pensées de Colin prennent la même direction que les siennes. Elle ignorait s'il avait une arrière-pensée, mais c'était Colin. C'était donc une possibilité.

— Nous y travaillons encore. Tout est si nouveau.

— Je te crois. Je n'avais même pas compris que vous sortiez ensemble et, d'un coup, vous vous mariez. Je n'ai pas encore vu de véritable annonce non plus, tu sais, sur les réseaux sociaux. Vous restez discrets ?

Elle se renfrogna en s'asseyant sur sa chaise et en faisant rouler ses épaules en arrière. Elle se préparait à récupérer son violoncelle.

— Je ne publie rien de personnel sur les réseaux sociaux. Ça ne concerne que le travail et, parfois, je publie des vidéos de mes répétitions avec le violoncelle depuis la maison. C'est tout ce qu'Instagram obtient de ma part.

— Tu es Bristol Montgomery. Les gens tiennent à toi. Ils se préoccupent de ta vie personnelle, même si tu penses la cacher.

Elle se renfrogna davantage et cala le violoncelle entre ses jambes.

— Je ne pense pas la cacher. Je sais que je le fais. Ils n'ont pas besoin de tout connaître de moi. Personne n'en a besoin.

À l'exception de Marcus, mais elle ne le précisa pas. C'était acquis. Du moins, elle l'espérait.

— Bref, où rencontrais-tu des problèmes ? Montre-moi. Fais-moi écouter.

Elle s'installa et récupéra son archet en fronçant les sourcils.

— Le monde n'a pas besoin de tout savoir. Je ne suis qu'une violoncelliste.

— Non, tu es *la* violoncelliste. Le visage de notre génération.

— Tu exagères, répliqua-t-elle sèchement.

Colin haussa les épaules, alors même qu'il s'asseyait devant le petit piano au coin de la pièce. Elle s'était fait ce cadeau quand elle avait voulu apprendre minutieusement à jouer de cet instrument. Colin l'avait poussée à le faire et, honnêtement, elle ne s'en était pas trop inquiétée. Elle avait voulu jouer du piano, elle aussi. S'assurer d'avoir plus d'une corde talentueuse à son arc.

— Je veux être le meilleur. Je ne veux pas simplement être un pianiste comme un autre. Je veux être celui auquel les gens pensent. Je veux être celui que connaissent ceux qui n'appartiennent pas à notre communauté. Et si ça fait de moi un salopard arrogant, qu'il en soit ainsi. Les autres devront s'y habituer.

Elle secoua la tête.

— Il doit y avoir un juste milieu. Je veux être la meilleure dans ce que je fais, mais pas au point d'écraser les autres en chemin.

— Je ne pense pas que tu y sois obligée. Mais qu'est-ce que j'en sais ? Je ne suis qu'un simple pianiste.

Elle gloussa.

— Tu viens de m'expliquer longuement que tu veux être le meilleur et que tu penses déjà l'être. Il n'y a rien de simple, chez toi.

— Ce que tu dis est adorable, lui lança-t-il avec un clin d'œil. Joue, maintenant. Je veux t'entendre jouer.

Elle hocha la tête et ferma les yeux avant de prendre une autre inspiration. Elle commença alors à jouer, n'ayant pas besoin de voir sa partition pour cette première partie. Elle avait tout mémorisé, mais ça n'avait aucune importance. En arrivant à un moment particulier du morceau, elle devrait ouvrir les yeux et regarder. Elle se laissa emporter. Elle avait beau savoir que Colin était dans la pièce, elle l'ignorait. Il n'y avait qu'elle, la musique et l'air qu'elle avait besoin de respirer. Toutefois, lorsqu'elle arriva à l'endroit où elle ne cessait de faire de fausses notes, elle ouvrit les yeux et se concentra sur la partition devant elle. Elle s'assura que ses doigts étaient à la bonne place au toucher, à l'oreille et par une simple certitude instinctive. Lorsqu'elle acheva le morceau, elle expira profondément, toute la tension qu'elle portait s'étant dissipée grâce à la musique.

Elle leva les yeux vers Colin, qui la contemplait en fronçant les sourcils. Ses yeux étaient plissés et son regard, intense.

— Horrible, n'est-ce pas ?

— Au contraire. Tu es remarquable. Mais je vois le passage en question. J'ai l'impression que tu te diriges vers un crescendo, et que la musique bifurque à cet instant précis. Ce n'est pas à cause de tes doigts ni de la pression que tu exerces. Tu as raison : ça se passe dans ta tête.

— Tu vois ? Et on ne peut pas changer ça. Je ne sais pas quoi faire, mis à part crier sur ma partition et me dire que ça va aller. Maintenant que j'ai ce blocage mental, je n'arrive pas à passer outre.

— Il y a un accompagnement au piano, dans ce morceau. Tu as ton iPad avec toi ?

Elle hocha la tête et le lui tendit en le déverrouillant. Il effectua une recherche avant de grommeler.

— Je savais que j'avais raison. Bon, et si je jouais avec toi, du moins pour l'harmonie ? On verra ce qui se passe. Peut-être que lors de ce passage, si tu te laisses aller et que tu t'amuses, tu arriveras à franchir ce blocage mental.

— Tu crois que ça va réussir ?

— Ça pourrait.

— Bon, essayons, dit-elle avant de soupirer puis de se mettre en position.

Ils rirent tous les deux et jouèrent assez convenablement la première fois. Colin secoua ensuite la tête.

— Très bien, maintenant qu'on s'est débarrassé de cette connerie, recommençons. On peut y arriver.

— C'est ce que tu dis. Moi, j'ai l'impression de jouer de plus en plus mal.

— C'est une répétition. Tu n'es pas censée être formidable chaque fois.

— Tu ne dis pas ce genre de choses, habituellement, dit-elle en détendant sa nuque.

— J'essaie sans doute d'être humble. Tu sais, j'essaie de voir si ça me va au teint.

— Bref.

Elle savait que ce Colin ne serait pas toujours là. Il demeurait agréable, souriant et serviable tant qu'il obtenait ce qu'il voulait.

Elle en avait conscience et savait qu'elle devait être courtoise, comme elle ne pouvait complètement l'écarter de sa vie professionnelle. Certes, il l'agaçait parfois, et se comportait comme un sale type à d'autres moments, mais elle ne devait pas pour autant serrer les dents chaque seconde de chaque journée.

Il était aisé de s'entendre avec cette version de Colin. Alors qu'ils travaillaient quelques heures sur ce morceau, chose qu'il n'avait pas besoin de faire, elle espérait que cette version de lui subsisterait. Elle savait pourtant bien que ça ne serait pas le cas.

La musique la traversa pleinement lors de la dernière répétition et elle survola le passage qui la faisait toujours buter. Elle était là, à vivre le moment, à respirer la musique. Après les dernières notes, elle posa son violoncelle ainsi que l'archet. Elle se leva ensuite en applaudissant.

— Oui ! C'est comme ça qu'on fait.

Colin se leva en même temps qu'elle, la saisit par les hanches et la fit tourbillonner.

Elle le repoussa en levant les yeux au ciel.

— Je t'avais dit que tu pouvais le faire. Alors, c'est qui, le meilleur professeur ?

— Ça doit être moi, répliqua-t-elle en riant. Mais sérieusement, merci. Il fallait que je me sorte ça de la tête. Jouer avec quelqu'un d'autre m'a vraiment aidé.

Comme lorsqu'elle jouait avec Marcus. Même s'il disait qu'il n'était pas assez bon, il l'était. Elle adorait jouer avec lui et cela l'aidait à dénouer ce qui coinçait. De plus, elle adorait être à ses côtés. Elle avait hâte qu'il arrive dans la soirée, pour le lui dire en face.

— Tu es merveilleuse.

Les mains de Colin se retrouvèrent alors sur son visage et ses lèvres, sur les siennes.

Il lui fallut un moment pour comprendre ce qui se passait. Elle était encore portée par l'euphorie de la musique et ne s'était pas rendu compte que les lèvres de Colin étaient sur les siennes ou que ce n'était pas celles de Marcus.

Elle se sentait poisseuse, mais elle n'avait pas envie d'en faire toute une histoire. Elle ne voulait pas le rendre furieux, voire pire. Elle le repoussa donc en riant.

— Arrête, dit-elle.

— Oui, évitons de faire ça, lança une voix depuis la porte.

Elle se retourna, remarquant pour la première fois qu'ils n'étaient pas seuls. Comme la fois passée, quand il était dans l'embrasure de la porte et que les mains de Colin étaient sur elle, l'homme semblait furax.

— Marcus, chuchota-t-elle.

Elle comprit que ça ne serait pas facile à expliquer, cette fois-ci.

Ce n'était peut-être pas sa faute, mais elle avait l'impression de l'avoir blessé. Et elle ne pouvait arranger ça.

CHAPITRE DIX-SEPT

Marcus fit de son mieux pour ne pas se fier à sa première impression. Honnêtement, il savait que Bristol ne le tromperait pas.

Toute cette scène portait la marque de cet enfoiré de Colin.

Néanmoins, les mains de Colin étaient toujours sur le visage de Bristol et les lèvres de cette dernière étaient enflées. Il était donc difficile pour Marcus de ne pas avoir envie de tuer quelqu'un sur le champ.

Qu'en savait-il ? Il n'était que le fiancé dont elle n'était pas amoureuse. Bristol repoussa Colin loin d'elle. Marcus serra les poings le long de son corps. Il n'était pas quelqu'un de violent et n'allait pas le devenir.

— Marcus, je n'avais pas réalisé qu'il était si tard. Nous avons notre rendez-vous, ce soir.

— On dirait bien, répondit-il d'une voix neutre

— Salut, intervint Colin avec cet accent britannique qui l'agaçait au plus haut point.

C'était comme si cet homme exagérait volontairement pour essayer de le provoquer. Ce qui était sans doute vrai. Colin était un putain de trouduc.

— Colin est passé. Je répétais et j'avais du mal avec ce morceau dont je t'ai parlé. Nous avons travaillé dessus ensemble, mais j'ai enfin réussi. Enfin. C'est génial, non ?

Marcus hocha la tête.

— Ça en a l'air.

Colin se pencha en avant, le regard étincelant.

— Et j'imagine que nous nous sommes laissés emporter par le moment. Tu sais, la musique a cet effet-là. Je veux dire, c'est ce qui arrive quand deux artistes se retrouvent. Parfois, la musique nous dépasse.

— Colin, répliqua sèchement Bristol. La musique t'a peut-être atteint, mais ce n'est pas mon cas. Si tu recommences une telle chose, je te donne un coup de genou dans les parties.

Marcus vit les yeux de Colin s'affuter comme des lames, mais heureusement, le salopard se contenta de hausser les épaules et d'arborer son sourire feint.

— Désolé, ma belle. J'imagine que j'étais d'humeur.

— Ne m'appelle pas *ma belle*. Quand tu le dis, tu prends un faux accent britannique alors que tu viens effectivement du Royaume-Uni.

L'autre homme balaya sa remarque d'un geste de la main.

— Peut-être. Bref, il semblerait que vous avez un certain désordre à régler. Désolé pour mon implication. Bon, j'espère que nous parlerons bientôt du morceau ?

— Peut-être. Je n'en sais rien. Tu dois partir, Colin.

Marcus regarda l'autre homme partir et laissa Bristol se défendre. Parce qu'il n'intervenait jamais, dans ce cas. Il n'allait pas mettre un mec au tapis uniquement parce qu'il le pouvait. Bien qu'il en ait sacrément envie.

— Je suis vraiment désolée pour ça.

— Le baiser ? Ou parce que je vous ai surpris ? demanda Marcus qui fut incapable de s'en empêcher.

Bristol écarquilla les yeux. Elle fit un pas en avant, la main tendue, mais s'arrêta en voyant l'air sur son visage.

Du moins, il pensa que c'était la raison de l'interruption de son mouvement. Elle en avait peut-être assez, pour ce qu'il en savait. C'était peut-être aussi son cas.

— Colin m'a embrassée. Je n'en avais pas envie. Je le repoussais. Tu l'as bien vu.

— Et pourtant, tu n'arrêtes pas de le laisser entrer chez toi.

— Parce que je travaille avec lui. Et il m'a effectivement aidée. Mais je sais que si je dois travailler à nouveau avec lui, ce sera dans un studio public, pas seule avec lui. Il est exubérant. Je suis désolée, Marcus. Je ne voulais pas que ça se produise.

— Non, tu as raison. Tu ne peux pas le contrôler.

Marcus soupira avant de commencer à faire les cent pas.

— Sérieusement, ce n'est pas ta faute. Ce n'est pas pour ça que je suis en colère. Mais tu vas bien ? demanda-t-il en arrivant enfin à faire la mise au point avec son cerveau en bouillie alors même qu'il essayait de ne pas agir comme un abruti.

— Je vais bien, dit-elle avant de marquer une pause. Enfin, tant que toi, tu vas bien. Marcus, parle-moi. Qu'est-ce que j'ai fait ?

Il soupira et tenta de remettre ses idées en ordre.

— Tu n'as rien fait, Bristol.

Il marqua une pause.

— C'est peut-être le problème. Nous n'avons absolument rien fait.

Elle écarquilla les yeux et recula d'un pas.

— Qu'est-ce que tu veux dire ?

— Qu'est-ce qu'on fout ? Nous ne faisons que jouer, non ?

— Non. Nous avons fait un pacte.

— Je m'en carre de ce pacte.

Elle écarquilla les yeux encore davantage, mais ne dit rien. Tant mieux. Parce qu'il ignorait ce qu'il ferait, si elle tentait de parler. Il ignorait s'il la croirait. Il arrivait à peine à croire ce qu'il disait.

— Mais qu'est-ce qu'on fout ? demanda-t-il à nouveau. Nous ne... Quoi que nous fassions, ça ne fonctionne pas. Nous parlons à peine, nous passons du temps avec les autres et ils ont si peur de briser ce que nous avons qu'ils passent leur temps à éviter de le mentionner.

C'est le sujet tabou. Ça me tue, putain. Qu'est-ce qu'on fout ?

— Nous allons nous marier, chuchota-t-elle.

— Oui, ce n'est pas la bonne réponse. Si ça l'était, tu ne serais pas si nerveuse à ce sujet.

— Marcus.

— Non, ne dis rien. Nous avons conclu ce pacte parce que nous avions peur. Et je le comprends. Tu partais et je restais ici. Mais ce sera toujours le cas. Tu finiras toujours par partir et je serai toujours là. Je ne serai jamais comme Colin. Je ne voyagerai jamais, je ne verrai jamais le monde et je ne serai jamais le genre d'hommes dont tu as besoin.

— Arrête. Tu sais que ce n'est pas ce que je veux. Colin n'est pas ce que je veux. Toi, si.

— Tu en es certaine ? Ou tu as simplement peur de renoncer ? C'est notre vie, maintenant.

— Marcus.

— Arrête de prononcer mon nom comme ça. Tu sais que ça n'aidera pas.

— Tu me fais peur, c'est pour ça que je n'arrête pas de dire ton nom. Je ne sais pas quoi faire d'autre.

— Je ne sais pas non plus, mais ça ne fonctionne pas. On ne parle jamais. Avant, on discutait de tout, mais même quand je dis ça, je sais que ce n'est pas vrai. Ces dix dernières années, nous avons volontairement ignoré le fait que nous avons conclu un pacte qui semblait idiot. Personne ne fait jamais ça, et pourtant, soudain, on ne renonce plus parce qu'Andie nous a entendus ? Quelle entame pour une relation ! Je t'ai donné une bague en croyant qu'elle te plairait sans jamais mettre de mots sur ce que je ressentais, et tu ne m'en as rien dit non plus.

Elle était particulièrement silencieuse. Il savait que le son creux qui résonnait en lui n'était autre que son cœur en train de se briser. Mais il ne s'autorisa pas à ressentir quoi que ce soit. Il n'en avait pas le temps. Pas s'il voulait sauver ce qu'il restait entre eux.

— Je n'ai pas envie de te perdre. Tu es ma meilleure amie et nous nous sommes bien trop précipités dans cette histoire.

— Tu as raison, c'est vrai.

Nouveau coup de poignard.

— Et je n'ai pas envie de te perdre, répéta-t-il. Mais je ne peux pas t'avoir. Tu ne m'aimes pas, Bristol.

Elle ouvrit la bouche pour parler et écarquilla ses yeux mouillés de larmes, mais il secoua la tête.

— Tu ne m'aimes pas, répéta-t-il. Et je ne veux pas perdre l'amie que j'avais, alors je vais m'en aller, maintenant. Et peut-être qu'un jour, on pourra retrouver ce que nous avions, mais je n'en sais rien. Parce que je ne suis pas l'homme dont tu as besoin. Je ne suis pas celui que tu désires. Je ne dis pas que c'est Colin, parce que nous savons tous les deux que ce n'est pas lui non plus. Mais je ne peux pas être l'homme vers qui tu te tournes quand tu as si peur de regarder vers l'avenir. Et je ne veux pas non plus que tu sois cette personne pour moi.

Il ajouta cette dernière phrase, alors même qu'il savait

que c'était un mensonge. Elle était son avenir. Il l'aimait terriblement. Mais il ne comptait pas se mettre à nu. Cela ne ferait que compliquer le départ de Bristol.

— Je t'aime, murmura-t-elle.

— Mais de quel genre d'amour parles-tu, Bristol ? demanda-t-il d'une voix rauque. Tu as besoin de bien plus que je ne peux t'en donner, selon moi. Alors, vas-y. Sois la personne que j'ai toujours vue en toi. Et je serai moi-même, ici. À Boulder. Je ne partirai jamais. Parce que mon monde est ici, alors que tu as le reste du monde entre les mains. Et je ne pense pas être le bon pour toi.

Il se retourna ensuite et partit, abandonnant cette part de lui-même.

Il ignorait s'il prenait la bonne décision. Dès qu'il prononça ces mots, il sut que ce n'étaient sans doute pas les bons. Mais comme il l'avait déjà dit précédemment, il n'y avait pas de retour en arrière possible. Et vouloir quelque chose de la part de Bristol ne concrétiserait pas leur relation. Il partit, tout en sachant qu'il commettait une erreur. C'était bien ce dans quoi il excellait, après tout, non ?

CHAPITRE DIX-HUIT

Bristol tira ses cheveux en arrière et plissa les yeux en observant les cernes noirs qui les soulignaient. Elle n'avait pas dormi, la veille, et c'était sa faute.

Toute cette histoire était sa faute.

Elle s'était autorisée à croire en quelque chose qui n'était pas réel. Comment cela aurait-il pu être réel alors qu'elle n'avait pas exprimé ses véritables sentiments ? Alors qu'elle avait été si effrayée d'entendre ce que Marcus ressentait qu'elle avait fini par ne pas l'écouter ?

Elle devrait éclaircir cela par elle-même, mais elle ne savait toujours pas comment, et n'était même pas certaine d'y parvenir un jour.

Elle sortit son anticernes, camoufla les cernes sous ses yeux, puis ajouta un peu de poudre et une touche de mascara. Le mascara finirait par couler si elle se remettait à pleurer, mais ce n'était pas grave. Elle en remettrait.

Elle ferait n'importe quoi pour se protéger de ce qu'elle ressentait vraiment. Car si elle se laisser plonger au plus profond, sous toutes ces couches, elle se découvrirait brisée. La coquille vide de la femme qu'elle pensait être.

Elle n'avait pas voulu perdre son meilleur ami, l'homme qu'elle avait appris à aimer. Elle avait donc inventé ce conte de fées dans lequel personne n'avait besoin de poser de questions difficiles et tout irait bien.

Seulement, ce n'était pas ainsi que fonctionnait le monde réel. Elle avait brisé quelque chose de précieux, car elle avait eu trop peur de le perdre dès le début.

Il n'y avait plus de retour en arrière possible. Comment avait-elle pu croire que c'était possible ?

Son cœur souffrait. Elle frotta un poing contre sa poitrine, se demandant quand elle se sentirait à nouveau entière.

Elle connaissait sûrement la réponse : *jamais*. Comment pouvait-elle se sentir entière quand Marcus n'était plus à ses côtés ?

Il ne redeviendrait plus simplement son meilleur ami et ne tenterait plus d'être à la hauteur de ce qu'il représentait pour elle. Ils n'en reviendraient pas aux sourires et aux allusions espiègles.

Il ne ferait plus partie de sa famille, et vice-versa.

Elle ne serait jamais une Stearn. Il ne serait jamais un Montgomery.

Tout ça parce qu'elle était incapable de lui dire qu'elle l'aimait.

Car il ne pouvait l'aimer en retour.

Et parce que la voir avec Colin avait tout fait remonter à la surface.

Les poings serrés et les ongles s'enfonçant dans sa paume, elle fit de son mieux pour soupirer lentement.

Elle n'aurait pas dû laisser Colin entrer chez elle. Oh, elle savait que Marcus n'avait pas honnêtement cru qu'elle l'avait trompé. Il n'imaginerait jamais une telle chose, mais à cause du fait qu'elle n'avait pas repoussé immédiatement Colin ou avec plus de force... Elle le méritait peut-être.

Non, ce n'était pas juste.

Elle n'avait rien fait pour que Colin agisse de cette façon et, selon elle, Marcus le savait. Du moins, elle l'espérait.

Toutefois, peut-être qu'assister à cette scène avait obligé Marcus à voir ce qu'ils n'avaient pas.

Ils n'avaient qu'un faux conte de fées dans lequel ils pouvaient coucher ensemble et faire comme si tout allait bien, en prétendant ne pas gâcher tout ce qu'ils avaient toujours partagé.

— Bien joué, Bristol, dit-elle en déglutissant difficilement.

Elle n'allait pas recommencer à pleurer, mais elle avait l'impression d'en avoir besoin.

Elle devait répéter. Sa tournée était imminente. Elle n'avait pas envie de quitter la ville, de quitter la maison. Elle avait ignoré les appels de sa famille, de tout le monde. Elle n'avait qu'une envie : se coucher sous ses couvertures et faire comme si tout allait bien, alors que ce n'était pas le cas.

La sonnette retentit. Elle se figea, le cœur au bord des lèvres.

— Marcus ? demanda-t-elle dans un murmure.

Ça ne serait pas lui. Comment cela se pourrait-il ? Il avait affirmé avoir besoin d'espace. Et s'ils étaient côte à côte, ils ne se laisseraient jamais assez d'espace.

Elle se lécha les lèvres et avança vers la porte avant de regarder par le judas.

Ce n'était pas Marcus, mais ce n'était pas Colin non plus, merci, mon Dieu.

— Laisse-nous entrer, Bristol. On a les clés, aussi.

Bristol ferma les yeux en entendant la voix de Holland. Elle soupira ensuite.

— S'il te plaît, Bristol. Quelque chose ne va pas.

C'était Arden.

— J'ignore si entrer par effraction est la meilleure solution dans cette situation, mais je le ferai si j'y suis obligée.

Madison.

Ainsi, Bristol n'était pas complètement seule.

Elle ouvrit la porte, sachant qu'elle ne voulait voir personne, mais réalisant qu'elle n'avait pas le choix.

— Salut, dit Arden en l'étreignant. Je sais que tu n'as peut-être pas envie d'avoir des câlins ou de voir des gens, parce que nous ignorons ce qui se passe, mais tu ne décroches pas ton téléphone et tu ne réponds pas non plus aux e-mails. Alors on est là. Parle-nous.

Elles entrèrent. Bristol laissa ses larmes couler, sachant que le mascara et l'anticernes qu'elle venait d'appliquer ruisselaient.

— Oh, chérie, dit Holland en l'attirant vers elle pour l'étreindre.

Madison se plaça de l'autre côté. Arden était aussi présente. Elles se tenaient l'une contre l'autre, toutes les quatre, alors que Bristol sanglotait dans leurs bras en se demandant comment c'était arrivé.

Parce qu'elle n'avait pas pensé aux conséquences, voilà comment.

Imaginez.

— Marcus a rompu, dit-elle en essayant de respirer.

— Ah bon ? demanda Arden d'une voix basse.

Bristol les observa autour d'elle et sut qu'elle devait dire la vérité. Il était inutile d'essayer d'enjoliver la situation.

— C'est une longue histoire, annonça-t-elle honnêtement.

Madison hocha la tête.

— C'est généralement le cas. Mais nous sommes là. C'est promis.

Bristol soupira.

— Marcus et moi avions prévu, quand j'ai fêté mes vingt ans, que dix ans plus tard, lors de mon trentième anniversaire, nous nous marierions si aucun de nous n'était déjà marié.

Les expressions sur les visages des femmes qu'elle adorait tenaient du comique, au mieux. Yeux écarquillés, bouches entrouvertes, clignements frénétiques.

Bristol n'aurait pas dû en être surprise.

— Vraiment ? demanda Madison. J'aurais bien dit que c'était brillant, mais mon Dieu, je suis désolée, Bristol.

— Oui, moi aussi, je trouvais que c'était une brillante idée, répondit-elle sincèrement. Je pensais que nous arriverions à tout faire fonctionner. On a donc décidé de se fiancer, mais aussi de commencer à sortir ensemble au même moment. On n'en a pas vraiment parlé et c'était le problème. Maintenant, Marcus ne sait pas ce que je ressens pour lui et moi non plus, je ne sais pas ce que je ressens véritablement pour lui, parce que je ne m'autorise pas à ressentir quoi que ce soit et... voilà où nous en sommes.

Elle expliqua avec de plus amples détails tout ce qui s'était produit. Les filles l'écoutèrent, hochant la tête, lui tenant les mains et lui caressant le dos.

Les larmes coulèrent à nouveau, mais elle ne pouvait

rien y faire. Elle aurait simplement l'air d'un cadavre pendant un moment.

Elles s'assirent ensuite toutes les quatre dans son salon et ne parlèrent de rien. Bristol ne pensait pas honnêtement que l'une de ses amies aurait des réponses à lui fournir, mis à part que cela prenait du temps et que ce n'était peut-être pas la fin.

— Tu dois lui parler, affirma sincèrement Arden.

Bristol acquiesça.

— Je sais. Je ne veux pas qu'il me déteste.

Elle rit, malgré ses quelques larmes.

— C'est l'idée la plus égocentrique du monde, parce qu'il ne sait même pas ce que je ressens pour lui et c'est horrible. Il faut qu'on parle et qu'on trouve une solution. Parce que même si nous ne poursuivons pas ces fiançailles, je ne peux pas le perdre.

— Vous avez une base stable et solide. Votre relation est peut-être un peu branlante, en ce moment, mais c'est dû à un manque de communication.

Holland se pencha en avant et serra les mains de Bristol.

— Je suis en couple avec deux hommes. Il existe des relations multiples au sein de notre trio. La communication, c'est le seul moyen de tout faire fonctionner. Alors, tu dois en faire de même avec Marcus. Je sais que c'est effrayant, parce que tu ignores ce qu'il va penser, ce qu'il va dire. Mais ça fait partie d'une relation. Tu ne sais pas, alors tu dois t'exposer pour le découvrir. C'est si effrayant, mais tu es l'une des personnes les plus fortes que je connaisse, Bristol. Tu peux le faire.

Celle-ci essuya son visage.

— Il est clair que vous croyez en moi plus que je ne crois en moi-même.

— C'est le cas pour la plupart des gens, répondit Madison.

Elle haussa les épaules quand toutes les femmes la regardèrent.

— Je n'ai plus ou moins aucune estime de moi-même, mais je peux vous dire que je travaille là-dessus. Et j'espère que vous le faites aussi. Maintenant, respire et dis-toi que la situation va être compliquée pendant un moment, mais que vous allez trouver une solution. Il faut que tu lui parles.

— Je sais. C'est stupide que nous n'en discutions pas. C'est ridicule. Mais j'ai cru que ça fonctionnait. Je me trompais.

— Ça fonctionnait, on l'a tous vu, répondit Arden d'une voix douce. Mais pour que ça continue, vous avez besoin de ce petit truc pénible qu'on appelle la communication.

— Je sais, conclut Bristol.

Elles discutèrent plus longuement, toutes les quatre, avant qu'elles ne doivent toutes rejoindre leurs boulots et leurs vies respectives, laissant Bristol seule à nouveau. Elles ne partirent pas sans l'étreindre d'abord et sans la menacer d'emménager si Bristol ne reprenait pas ses esprits et ne recommençait pas à vivre. Ces femmes l'adoraient et elle les adorait en retour. Même Madison, qui était nouvelle dans sa vie, mais qui avait déjà solidement pris sa place dans son cœur.

Le même cœur qui tremblait actuellement, car elle ne savait pas ce qui allait se produire avec Marcus. Elle devait le découvrir.

Elle n'avait pas le choix.

Bristol s'efforça de se laver le visage puis d'appliquer un peu d'anticernes et de mascara, une fois de plus. Personne ne la verrait, mais elle avait besoin de le faire pour elle. Il lui fallait une armure pour mettre des mots sur un plan destiné à récupérer Marcus. Car elle allait se battre pour lui. Elle allait dire ce qu'elle n'avait pas dit par le passé. Et pour cela, elle avait besoin d'une liste détaillée et d'un plan.

Cette idée pourrait sembler idiote pour n'importe qui d'autre, mais elle fonctionnait pour elle. Et les autres devraient l'accepter.

Elle envisagea de retourner dans son studio et d'y travailler, mais elle sortit plutôt son carnet et commença à élaborer cette liste.

La sonnette retentit et elle fronça les sourcils. Elle ne pensait pas que l'une de ses amies était revenue, mais il s'agissait peut-être de l'un de ses frères. Après tout, elle se mêlait suffisamment de leurs vies. Il était normal qu'ils en fassent de même pour elle.

Bristol avança jusqu'à la porte, regarda par le judas et se figea.

Bon sang. Elle avait espéré que ce serait Marcus. N'importe qui d'autre que la personne qui se trouvait de l'autre côté de la porte. Elle pouvait l'ignorer. Maintenir la porte fermée à clé et ne pas l'ouvrir du tout. Mais cela reviendrait à fuir une partie de ses problèmes. Et elle ne pouvait éternellement se cacher de Colin, pas quand elle devait lui faire comprendre clairement qu'il n'avait plus le droit de la toucher ainsi. Et, franchement, elle n'était pas certaine de vouloir travailler avec lui à l'avenir. Non seulement parce qu'il peinait, parfois, à percevoir les limites, mais aussi parce que le souvenir de l'expression de Marcus s'imposerait à elle chaque fois qu'elle serait amenée à travailler de nouveau avec Colin. Et elle ne voulait plus jamais y repenser.

Elle entrouvrit la porte, rien qu'un peu, afin de pouvoir le regarder.

— Colin, ce n'est vraiment pas le moment. Tu aurais dû appeler avant.

— Je suis là pour prendre de tes nouvelles. Tu ne décrochais pas ton téléphone.

Pour une bonne raison. Elle ne dit pourtant rien. Après tout, elle n'avait pas décroché son téléphone pour qui que ce soit.

— Je suis occupée, Colin. Je suis désolée. Je vais devoir te parler plus tard.

— Laisse-moi entrer. Je veux m'excuser.

— Colin, va-t'en.

Il posa la main sur la porte et la poussa pour forcer le passage. Bristol en fut surprise. Il était beaucoup plus grand et plus fort qu'elle, chose qu'elle n'avait pas vraiment remarquée jusqu'à maintenant.

Elle tituba en arrière. Colin entra, fermant la porte à clé derrière lui. Le bruit du verrou fit écho dans la pièce. Bristol déglutit difficilement, son corps entier tremblant.

— C'est quoi ton problème ? Je n'ai pas dit que tu pouvais entrer.

— Il faut qu'on parle. Qu'on crève l'abcès. Qu'on trouve une solution.

— Il n'y a aucune solution à trouver. Il faut que tu t'en ailles. Tu n'es pas le bienvenu ici, pour l'instant.

— On peut arranger ça.

— Je devrais reformuler. Tu n'es pas le bienvenu ici... Jamais. Va-t'en.

Son portable était dans le studio et elle ne possédait pas de téléphone fixe. Elle regrettait désormais le fait de ne pas traîner son portable partout.

— Il faut qu'on parle.

— Il faut que tu partes, insista-t-elle en faisant un pas en arrière en direction de son studio.

Colin avança en même temps qu'elle. Elle s'immobilisa.

Quelque chose clochait, chez lui, aujourd'hui. Une chose qu'elle n'arrivait pas à déterminer.

Il l'effrayait et elle en était inquiète.

— Non, on va discuter et régler tout ça. Toi et moi. Comme ça a toujours été.

Il commença à tourner autour d'elle.

— Tu n'es pas avec lui ? Il n'est pas là ?

— Ça ne te regarde pas. Va-t'en.

Elle voulut le contourner pour rejoindre la porte, mais il l'agrippa fermement par le bras.

Elle tira pour se libérer, mais il était plus fort. Les doigts de Colin s'enfonçaient dans sa chair. Le cœur de Bristol se mit à tambouriner et sa respiration se coupa.

— Il faut que tu t'en ailles.

Elle tenta de garder une voix forte, mais c'était inutile. Ses tremblements étaient tout de même perceptibles.

— Bristol, on est resté ensemble des années. Toi et moi. Tu ne peux pas simplement tout rejeter maintenant que tu as quelqu'un d'autre. Je comprends qu'il est spécial pour toi. Mais... et nous ? Et ce que nous avions ? Toi et moi ? Nous pourrions dominer le monde, ensemble. Ne l'oublie jamais. N'oublie jamais qui je suis pour toi.

Sa main se resserra encore davantage. Bristol cria en tentant de se dégager.

— Lâche-moi, lança-t-elle d'une voix rocailleuse.

— Je ne vais pas te faire de mal, Bristol. Mais il faut qu'on parle.

— C'est fini entre nous. C'est fini depuis longtemps. Je ne vais pas te parler. Il faut que tu partes.

— Tu ne peux pas me faire ça !

Bristol se figea, la terreur la frappant de plein fouet sous la forme d'une vague de nausée.

— Colin. S'il te plaît, lâche-moi.

Elle tenta de garder une voix ferme, mais échoua grandement.

— Pourquoi ? Pourquoi devrais-je te lâcher ? Tu ne comprends pas.

Il la secoua et elle tenta de s'échapper, mais il posa sa main libre sur l'autre bras de Bristol pour le serrer encore davantage. Il était suffisamment loin, et ses muscles assez crispés pour qu'elle ne puisse lui asséner un coup de pied. Elle ne pouvait s'échapper.

Elle lutta, mais il la retint plus vivement et plus fermement.

— Tu ne peux pas simplement décider de refuser cette tournée avec moi. Ou la chanson. J'ai tout fait pour toi. Je t'ai aidée à arriver où tu en es. Et c'est comme ça que tu me renvoies l'ascenseur ? Avec un manque de loyauté ?

Il la secoua une fois encore et elle se mordit la langue.

— Colin. Arrête, s'il te plaît.

— Je vais te dire exactement où tu dois être. À mes côtés. Avec moi. À chaque fois. Tu n'as pas le droit de changer d'avis parce que tu as trouvé quelqu'un d'autre. Tu n'as pas le droit de me quitter après tout ce que j'ai fait pour m'assurer que tu deviennes la personne que tu dois être. C'est moi qui ai fabriqué ta carrière. Tu n'étais rien.

Elle avait de quoi répliquer, des choses qu'elle avait envie de dire, mais elle savait que si elle lui citait véritablement les faits, il ne ferait que s'emporter davantage. Elle essaya donc de le calmer, alors même que son cœur battait si vite qu'elle craignait qu'il explose.

— Colin. On peut en discuter. Mais s'il te plaît, laisse-moi partir.

— Tu crois pouvoir m'apaiser ? Tu ne me connais pas du tout, hein ?

La claque qu'elle reçut au visage la surprit. Elle cligna des yeux, puis se retrouva par terre. Colin l'avait jetée si violemment que sa tête heurta le sol en premier. Des étoiles lui apparurent devant les yeux. Elle tenta de se relever, de secouer la tête, mais elle en était incapable. Il se plaça alors au-dessus d'elle. Elle paniqua, se demandant ce qui était en train de se passer, comment cela pouvait arriver.

Il la poussa encore davantage, plongeant une nouvelle fois les doigts dans sa chair. Elle se débattit et lui donna un coup de genou au niveau de l'entrejambe. Il cria et elle le repoussa avant de ramper en direction de son portable.

Il lui bloquait la porte, mais si elle atteignait une fenêtre ou son portable, elle pouvait mettre fin à tout ça. Elle pouvait s'enfermer dans son studio et tout irait bien. Il la saisit alors par la cheville et la traîna jusqu'à lui. Elle retomba sur la tête, mais continua de crapahuter, pour tenter de s'échapper. Elle lui asséna un nouveau coup de pied, atteignant cette fois-ci son visage. Le contact de son talon contre le nez de Colin produisit un bruit de craquement. Du sang fut projeté dans la pièce.

Il hurla de rage.

— Salope ! brailla-t-il.

Il essaya ensuite de se replacer au-dessus d'elle, mais cette fois-ci, elle fut plus rapide et réussit à s'échapper. Elle lui donna un coup de pied et cria lorsqu'elle lui griffa le visage. Le nez de Colin était déjà cassé, le sang coulait et elle lui laissa une autre marque. Néanmoins, elle ne put recommencer, car il le bouscula en lui donnant un coup de poing dans le ventre.

— Comment oses-tu ? Comment oses-tu, putain ?

Il leva les mains vers sa gorge, mais elle lui donna un nouveau coup de pied, visant parfaitement ses parties génitales, cette fois-ci.

Elle tomba ensuite. Elle n'avait pas vu l'éclat argenté avant qu'il soit trop tard.

Une douleur lancinante parcourut son flanc. Suffoquant, elle cligna des yeux alors que les larmes montaient. Elle baissa les yeux vers son corps et vit le sang qui jaillissait d'une blessure. Elle posa les mains sur l'entaille pour tenter d'endiguer l'hémorragie tout en s'effondrant au sol. Toutefois, le liquide chaud et visqueux suintait entre ses doigts. Elle s'écria, se demandant comment c'était arrivé.

Elle leva les yeux vers Colin, qui se tenait encore là. Son torse se soulevait difficilement alors qu'il la regardait de haut, une paire de ciseaux ensanglantée à la main.

— Tu n'aurais pas dû faire ça. Nous avions tout. Et maintenant, tu as tout gâché.

Elle avait une main tendue, tandis que son énergie la quittait. Elle cria lorsqu'il posa le pied, vêtu d'une lourde botte, sur ses doigts.

— Tes précieux doigts. Que se passerait-il si je les cassais ? Tu ne pourrais plus jamais jouer de violoncelle.

— Colin, s'il te plaît.

— Tu avais le temps de me supplier. Maintenant, tu n'es plus rien.

Il la regarda à nouveau, inclina la tête et décala son pied.

Les mains de Bristol étaient en sécurité. Toutefois, alors que le sang s'accumulait autour d'elle, elle sut qu'*elle* ne l'était pas.

Elle cligna des yeux, tentant de se concentrer, mais Colin disparut alors. La porte resta ouverte et Bristol sut qu'elle devait ramper. Elle devait atteindre un téléphone. Elle devait faire quelque chose.

Car elle n'avait pas envie de mourir. Cependant, alors que son sang coulait et que ses mains tremblaient, elle craignit de ne pas être assez forte.

Elle s'agenouilla et rampa lentement jusqu'à son portable, ignorant ses douleurs et ses cris alors que chaque mouvement ouvrait sa blessure encore davantage.

Sa main glissa sur le portable. Le sang lui compliquait la tâche et elle avait même du mal à le déverrouiller.

Et tandis qu'elle composait le 911 avec des doigts tremblants, elle resta allongée là, le portable à côté de sa tête, à espérer que ce n'était pas trop tard.

CHAPITRE DIX-NEUF

Marcus grogna et cogna une nouvelle fois le sac de frappe. Encore. Et encore. Un direct, puis un crochet du gauche. Et un crochet du droit, puis un autre direct.

— Bon, je crois que je vais avoir besoin d'une pause, dit Ronin en secouant les mains après avoir lâché le sac de frappe.

Marcus secoua également les poings et fronça les sourcils.

— Je ne cognais pas si fort.

— Si. Tu frappais fort, insista Ronin en haussant les sourcils. Tu veux discuter de ce qui se passe ?

Marcus secoua la tête.

— Pas vraiment.

— Tu n'auras pas vraiment le choix, si tu ne parles pas bientôt. On n'est pas dans *Captain America*, tu n'as pas le droit d'éclater ces sacs. Nous sommes dans une salle de sport publique.

C'était le milieu du week-end, et ils étaient pratiquement seuls dans la salle, mais Ronin avait raison. Marcus ne devrait rien casser.

— Je n'ai pas envie d'en parler, répondit-il après un moment.

— Tu vas y être obligé. Surtout parce que je ne pense pas que ce soit sain de tout garder pour toi.

Marcus observa son collègue avec insistance et celui-ci haussa les épaules.

— Je sais que je suis un hypocrite. Mais nous ne sommes pas en train de parler de moi. C'est toi, qui traverses une crise. Et j'ai l'impression que ça a un rapport avec Bristol, parce que tu es tout grognon et que tu as éteint ton satané portable. Tu ne l'éteins jamais, au cas où ta famille ou Bristol auraient besoin de toi.

— Viens. J'en ai assez. J'ai fini. Ou, du moins, j'imagine que je vais vraiment finir par casser quelque chose si je continue comme ça.

— Bien. Allez, on va boire une bière ou autre chose. Je ne sais pas. N'importe quoi qui te changerait tes putains d'idées noires.

L'un des hommes plus âgés, près d'eux, plissa les yeux à cause du langage de Ronin. Marcus se contenta de lever les yeux au ciel. Il était quelque peu fatigué de devoir se défendre alors qu'il n'avait pas vraiment de défense. Et ce mec allait devoir supporter qu'ils blasphèment dans la salle de sport. De plus, ce n'était pas comme si Ronin avait crié.

— Oui, une bière pourrait me faire du bien. Ou quelque chose de plus fort.

Ronin haussa les sourcils.

— Ce n'est pas bon, ça. Généralement, tu ne bois rien de fort.

— Je peux commencer maintenant.

— C'est à cause de Bristol ?

Ils étaient désormais dans le vestiaire pour se changer. Marcus soupira.

— Je crois que c'est terminé.

Ronin jura.

— Terminé-terminé ?

— J'ignore ce qu'on pourra retrouver, mais oui, j'y ai mis un terme.

Ronin demeura silencieux un si long moment que Marcus eut peur que celui-ci soit parti.

Il se retourna.

— C'est toi, qui y as mis un terme ?

Marcus acquiesça.

— Oui. Je n'avais pas le choix. C'était inévitable.

— Tu es un idiot ? demanda Ronin.

— Ça ne m'aide pas beaucoup.

Il avait mal au ventre et avait l'impression de ne pas avoir dormi depuis des années. Mais bon sang, il n'avait pas envie d'entendre Ronin confirmer la stupidité de ces choix.

— Non, j'imagine que ça n'aide pas beaucoup. Je croyais que tu l'aimais. Que s'est-il passé ?

Marcus haussa les épaules.

— C'est une longue histoire.

— Tu peux me raconter cette histoire plus tard, quand on reviendra de l'hôpital, dit une voix derrière eux.

Marcus tourna les talons et trouva Aaron, planté là, avec un air renfrogné.

— À l'hôpital ? Qu'est-ce que tu veux dire ?

La tension submergea alors Marcus et il avança.

— Tu devrais peut-être allumer ton putain de téléphone.

Marcus n'avait jamais vu Aaron comme il le voyait maintenant. Sérieusement, Aaron était le type le plus facile à vivre et le plus détendu que Marcus connaissait. Mais en ce moment, il donnait l'impression de vouloir arracher le toit du bâtiment ou plutôt la tête de Marcus au reste de son corps.

— Que se passe-t-il ? demanda Marcus en passant son tee-shirt par-dessus sa tête avant d'enfiler ses chaussures.

— Ce salopard a attaqué Bristol. Elle est à l'hôpital.

Aaron déglutit péniblement, ses mains tremblant alors qu'il serrait les poings le long de son corps. Quant au corps de Marcus, il se raidit entièrement.

Bristol.

Hôpital.

Mon Dieu.

— Il faut qu'on y aille, poursuivit Aaron. Ta famille

m'a dit que tu étais ici. C'était le seul moyen de te localiser. Mais j'ai perdu suffisamment de temps à essayer de te trouver alors que je ne suis même pas sûr que tu mérites d'aller là-bas.

— Colin ? Mais qu'est-ce qu'il lui a fait ?

— Je ne connais pas les détails, mais elle a failli se vider de son sang, par terre. Personne n'était là pour elle. Nous n'étions pas là parce que nous lui offrions un peu d'intimité. Et tu n'étais pas là parce que, apparemment, tu es trop bien pour elle. Alors, va te faire foutre.

Aaron s'en alla ensuite. Marcus attrapa son sac et le suivit.

— Merde, tu me diras ce qui se passe, lui lança Ronin derrière lui.

Marcus acquiesça, abandonnant son collègue.

Il n'arrivait pas à respirer. Il ne pouvait rien faire. Ses mains tremblaient et il déglutit péniblement, tentant de reprendre sa respiration.

— Putain. Seigneur. Ça va aller, pour elle ? Il faut qu'elle tienne le coup.

— Je ne sais pas. Liam m'envoie des nouvelles par SMS, mais ils attendent qu'elle redescende de chirurgie. De *chirurgie*. Il l'a poignardée, putain.

La respiration d'Aaron devint laborieuse. Marcus avança, manquant de trébucher sur ses propres pieds, puis il posa les mains sur les épaules de l'autre homme.

— Est-ce qu'ils ont trouvé Colin ?

S'ils ne l'avaient pas trouvé, il s'occuperait lui-même

de ce salaud et le tuerait. Ici et maintenant. Il s'en moquait. Il. Le. Tuerait.

— Ne me touche pas, lança sèchement Aaron.

Marcus laissa retomber ses mains. Les passants les observaient, à présent, mais Aaron et Marcus les chassèrent d'un geste de la main. Leurs spectateurs les laissèrent tranquilles. Ils se retrouvèrent alors tous les deux, debout dans le parking. Ronin les rejoignit.

— Ne faites pas ça, dit-il en s'intercalant entre eux. Ne commencez pas à vous battre. Vous êtes amis. Vous êtes de la même famille.

— Tu ne nous connais même pas, grommela Aaron.

La peur était tout de même perceptible dans sa voix et c'était la raison pour laquelle il se déchaînait. Marcus le laissa faire. Il méritait tout cela. Et même plus.

— Il faut que j'aille retrouver ma sœur à l'hôpital. Elle voudrait que tu sois là, même si j'ignore ce qui se passe entre vous deux. Ma mère veut que tu sois présent, donc je suis venu te trouver. Tous les autres sont accompagnés de leur famille et il ne restait plus que moi, j'étais le seul à pouvoir partir. J'avais simplement besoin de respirer.

Le regard d'Aaron devint vitreux. Marcus jura dans sa barbe.

— Tu peux conduire ?

Marcus ignorait comment il arrivait à se montrer raisonnable à cet instant, mais il se maîtrisait pour Aaron. Et pour Bristol.

— Oui, ça, je le peux. Parce que si je me blesse en allant la rejoindre, elle me bottera le cul.

Ils rirent tous les deux, bien qu'ils n'aient pas le cœur à ça.

— Je te suivrai. Je viendrai à l'hôpital.

— Tiens-moi au courant, dit Ronin.

Marcus se souvint alors de la présence de son ami, qui s'assurait qu'Aaron et lui ne se tabassent pas mutuellement, faute d'un autre exutoire.

Marcus acquiesça avant de rejoindre sa voiture. Il suivit ensuite Aaron à l'hôpital. Ses mains agrippaient si vivement le volant qu'il savait qu'il en souffrirait plus tard. Franchement, il était même surpris que le volant ne se détache pas de la colonne.

Il trouva une place, un peu éloignée de celle d'Aaron, et franchit les portes. Il arpenta ensuite l'hôpital labyrinthique pour rejoindre la salle d'attente.

Le reste des Montgomery étaient présents et attendaient. Même la mère et le père de Marcus étaient là, contrairement à ses sœurs et à leurs maris.

Il observa les Montgomery avant de partir directement vers sa mère, trop trouillard pour se retourner et affronter la famille de Bristol.

— Maman.

— Oh, chéri, ils t'ont trouvé. Tes sœurs et leurs maris voulaient être là, mais nous leur avons demandé de ne pas venir, surtout parce que nous savions que nous prendrions toute la place.

Elle lui lança un sourire tremblant. Il l'étreignit fermement, inspirant son parfum et lui caressant le dos.

— Tu es sûre que tu devrais être ici ?

Sa voix était douce, mais il s'inquiétait tout de même pour sa mère. Elle n'avait cessé de faire des allers-retours à l'hôpital pendant des années, et il détestait l'idée qu'elle y soit de retour.

— Être dans la salle d'attente d'un hôpital ne va pas me rappeler tous ces souvenirs. Je suis en bonne santé. Et si je fatigue, ton père me ramènera à la maison. Mais Bristol est ma petite fille aussi. Il faut qu'elle aille bien.

Elle serra la main de son fils, alors même que son mari passait un bras autour de ses épaules et l'aidait à se rasseoir.

— Je veillerai sur elle, fils. Va t'occuper de ton autre famille. Je m'assurerai que ta mère soit en sécurité.

Marcus croisa le regard de son père et y perçut de l'inquiétude. Néanmoins, il vit également la force dont il savait qu'il aurait besoin.

Il n'arrivait pas à respirer ni à penser.

Il fallait que Bristol aille bien.

Il s'approcha de la chaise à côté de laquelle était installée la mère de Bristol. Elle leva les yeux, les larmes coulant sur son visage.

— Ma fille est si forte et je suis contente que tu sois là. Nous n'arrivions pas à te joindre. Nous nous inquiétions.

Il baissa la tête.

— Je suis désolé. Mon portable était éteint. Plus jamais.

Le père de Bristol se leva et serra les mains autour de ses épaules.

— Ce n'est rien. Ça arrive. Nous savions qu'Aaron te trouverait, dit-il en regardant son fils. N'est-ce pas ?

— Oui. Je l'ai trouvé. Des nouvelles de Bristol ?

— Nous attendons d'avoir des nouvelles du médecin. Elle devrait bientôt sortir de chirurgie.

Marcus regarda Ethan qui avait parlé avec le regard rivé sur l'horloge. Lincoln et Holland étaient assis de chaque côté de lui, leurs mains enserrant les siennes. Ils ne parlaient pas, mais se penchaient vers lui comme pour lui offrir leur force combinée.

Madison était aux côtés de Lincoln. Elle lui serrait fermement la main.

Marcus savait que Madison et Bristol avaient commencé à se rapprocher au fil du temps. Le fait que celle-ci soit présente lui rappelait tout ce qui attendait Bristol.

Il fallait qu'elle aille bien.

Il ne cessait de répéter ce mantra comme s'il pouvait le concrétiser.

— Que s'est-il passé ? demanda Marcus.

Il regarda l'embrasure de la porte quand une autre personne entra.

— C'est également la question que je me pose, demanda Zia.

Ses cheveux violets étaient attachés dans un chignon décoiffé. Elle était pâle, ses tatouages ressortant vivement sur sa peau. Madame Montgomery se leva et s'approcha de l'ex de Bristol pour l'étreindre fermement.

— Je suis contente que tu sois là, ma puce. Toute la famille de Bristol est présente, maintenant. C'est bien.

— Que s'est-il passé ? demanda une nouvelle fois Zia.

Marcus regarda Liam et vit la mâchoire de ce dernier se crisper.

— Nous ne savons pas grand-chose. Colin est entré chez elle et l'a attaquée. Nous ignorons ce qui s'est passé, mais Bristol s'est défendue. Colin a des traces de griffures sur le visage, le nez cassé et quelques ecchymoses.

Sa chérie s'était défendue. Évidemment qu'elle l'avait fait. Seulement, elle n'aurait pas dû avoir à le faire, pour commencer. Marcus aurait dû être présent.

— Ils ont attrapé le salopard ?

— Oui, il était assis dans sa putain de voiture, dans l'allée de Bristol, à marmonner en essayant de nettoyer le sang, quand la police est arrivée.

Liam laissa échapper un juron et Marcus soupira profondément pour tenter d'apaiser son pouls précipité.

— Qui a appelé les flics ?

— Elle, répondit délicatement Arden. Les filles et moi, nous sommes passées juste avant pour prendre de ses nouvelles à cause de...

Elle quitta Marcus des yeux et celui-ci jura.

— Prendre de ses nouvelles à cause de moi, conclut-il d'une petite voix.

Arden semblait réticente à répondre, mais elle hocha enfin la tête.

— Oui, mais elle allait bien. J'imagine qu'il est arrivé après notre départ. Et il n'est pas parti ensuite. J'ignore ce qui va lui arriver, mais les flics le détiennent, maintenant.

— Il lui a fait beaucoup de mal, ajouta faiblement Liam.

— Qu'a-t-il fait ? demanda Marcus à voix basse.

— Il l'a attaquée et l'a frappée avant de la poignarder avec des ciseaux.

— Putain, chuchota Marcus.

— Bristol a tout raconté aux flics quand ils sont arrivés. C'est pour ça que nous en savons autant.

— Et elle était réveillée, à ce moment-là ? demanda Marcus.

— Oui. Puis elle s'est évanouie à cause de la perte de sang, du choc ou d'autre chose, répondit Arden. Je ne sais pas. J'ai passé suffisamment de temps dans les hôpitaux, on pourrait croire que je sais tout, mais ce n'est pas le cas.

— Tes frères arrivent ? demanda Marcus en se souvenant subitement que les frères d'Arden l'accompagnaient constamment à l'hôpital.

Les frères Brady, les protecteurs, étaient toujours présents.

— J'ai dû les en dissuader. Mais ils viendront

peut-être à tour de rôle, si quelqu'un a besoin de se reposer.

Elle observa ses futurs beaux-parents. Marcus comprit le message.

Ses frères s'assureraient que les parents de Bristol puissent se reposer, probablement comme la famille de Marcus le ferait.

Les frères de Bristol resteraient sur place, tout comme Marcus. Parce qu'il avait besoin d'être certain qu'elle allait bien.

— Je peux te parler une seconde ? lui demanda Liam à voix basse.

Tout le monde se tut et les épaules de Marcus se contractèrent.

— Oui. Tu le peux.

Après tout, il méritait un coup de poing en pleine tête, si c'était ainsi que cela se terminait.

— Liam, aboya son père avec autorité.

— C'est bon. C'est seulement pour parler. Je le promets.

Aaron et Ethan se levèrent, mais Liam leva une main.

— Juste avec moi, pour l'instant.

Les parents de Marcus l'observèrent et il secoua la tête.

— Je reviens tout de suite.

Il suivit ensuite Liam jusqu'à la porte, abandonnant les autres.

— Je ne vais pas te frapper, lui assura ce dernier.

— Je le mérite.

— J'ignore ce qui s'est passé entre ma sœur et toi, mais Arden a dit que c'était un problème de communication. Alors, je vais le croire. Je vais croire que tu vas arranger ça. Je me fiche de savoir ce que tu as besoin de faire. Mais tu arrangeras ça.

Il brandit un poing et Marcus tressaillit.

— J'ai dit que je n'allais pas te frapper. Prends-la.

Marcus tendit une paume. Liam y laissa tomber la bague de fiançailles.

— Merde.

— Oui. Arden m'en a parlé un peu. Du pacte. De la façon dont vous essayiez de tout démêler. Je m'en moque. Sincèrement. Mais tu peux et tu vas arranger ça, parce que personne ne t'en veut pour ce qui s'est passé. Alors, tu n'as pas le droit de le faire non plus.

— Si j'avais été présent, ça ne serait pas arrivé.

— Conneries. Si n'importe lequel d'entre nous avait été là, ça ne serait pas arrivé. Mais nous ne pouvons pas être dans la vie des autres, continuellement. C'est à Colin qu'il faut en vouloir. Quoi qu'il se passe, c'était la faute de Colin. Mais lorsqu'elle se réveillera et qu'elle ira mieux ? Il faut que tu redeviennes son meilleur ami. Parce que tu es la meilleure chose qui lui soit jamais arrivée, alors ne gâche pas tout.

— Je ne sais pas. J'ai d'abord besoin qu'elle aille bien.

— C'est bien vrai. Mais cette bague, dans ta main ? C'est une promesse qui signifie quelque chose. Tu la lui as donnée. Trouve ce qu'elle veut dire, exactement, et souviens-toi que tu fais partie de cette famille, aussi. Alors, ne gâche pas tout.

Liam le laissa ensuite seul. Marcus resta planté là, se demandant ce qu'il allait faire.

— Entre, lui dit Aaron depuis la porte.

— Elle va bien ? demanda Marcus en tournant les talons.

— Je crois que le médecin va bientôt arriver. Ça bouge, là-bas. Je ne veux pas que tu manques quoi que ce soit.

— Seigneur.

— Oui, je vais continuer à jurer, tout autant que toi. Il faut que ma petite sœur aille bien.

— Je croyais que c'était toi, le bébé, dit Marcus en tentant de rire de cette vieille plaisanterie.

Néanmoins, il n'y avait rien d'amusant là-dedans.

— Elle est toujours notre petite sœur, l'avertit Aaron avant de repartir à l'intérieur suivi de Marcus.

Ils attendirent trente minutes supplémentaires. Le médecin arriva ensuite pour les informer que Bristol guérirait et qu'elle se réveillerait bientôt. Elle avait perdu beaucoup de sang, mais s'en remettrait totalement.

Les genoux de Marcus faiblirent. Il faillit vomir, mais les autres se mirent ensuite à parler et les larmes, à couler.

Dès qu'elle serait emmenée dans une pièce différente, les autres lui rendraient visite. Ils s'assureraient qu'elle soit en sécurité, mais Marcus savait qu'il ne pouvait pas la voir. Pas encore.

Car s'il la voyait sans cette vie débordante dans ses yeux et sur son visage, il ignorait quelle serait sa réaction.

Avant de lui parler et de pouvoir s'excuser, il devait comprendre exactement comment arranger les choses entre eux.

Car il avait failli la perdre, de bien des façons. Il avait presque perdu la lumière et l'amour de sa vie.

Il devait absolument trouver comment remettre tout cela en ordre.

CHAPITRE VINGT

— Honnêtement, je suis très surprise que les frères Montgomery t'aient vraiment laissée tranquille, dit Zia depuis l'autre extrémité du canapé.

Bristol sourit. Bien que ce sourire soit sincère, il ne se refléta pas vraiment dans ses yeux. Du moins, c'était ce qu'elle devinait à la façon dont Zia l'observait.

— Étant donné que j'ai dormi la majorité du temps où ils étaient présents et que c'est toi qui les as fais partir, je ne comprends pas pourquoi tu es aussi surprise, ironisa Bristol en souriant.

Elle avait été attaquée une semaine plus tôt et était désormais chez elle, pour se reposer et guérir. Elle n'était pas complètement remise. Il lui faudrait un moment pour y arriver, mais elle n'était pas obligée de rester à l'hôpital.

Elle avait obtenu le droit de dormir dans son propre lit. C'était là qu'elle avait su qu'elle irait bien.

Ses frères étaient restés chez elle, la nuit, à tour de rôle. Sa mère avait totalement emménagé dans la chambre d'amis. Cependant, ce soir, seule Zia était chez elle, heureusement.

Tous les autres étaient venus tour à tour, mais Zia avait promis qu'elle prendrait soin de Bristol, même si celle-ci s'en sortait très bien toute seule. Oui, ses côtes la faisaient souffrir et chaque fois qu'elle bougeait, elle avait l'impression que ses points ou agrafes allaient se briser ou sauter. Ce n'était pas le cas, mais elle ne pouvait interrompre son imagination hyperactive.

Elle n'avait pas voulu rester loin de chez elle.

Elle s'était vidée de son sang sur le carrelage. Quand la police était partie et avait emporté tous les éléments de la scène de crime, Arden et les filles avaient récuré sa cuisine du sol au plafond. Elle étincelait. Elle était bien plus propre qu'elle ne l'avait été avant toute cette histoire.

Et les verrous des portes avaient été changés, même si ça n'avait pas été le problème.

Les filles avaient tout frotté, ajouté des fleurs, préparé des pâtisseries et des tonnes de repas précuits qu'elles avaient mis au congélateur.

Elles avaient fait en sorte que son foyer lui ressemble, du moins en grande partie. Il lui faudrait un moment pour être capable de respirer à nouveau, sans regarder l'endroit où Colin l'avait attaquée. Elle refusait que sa maison lui rappelle uniquement ce qu'il avait fait.

Sa salle de musique et son studio étaient exactement comme ils l'avaient toujours été. Elle allait à nouveau créer dedans. Cela lui prendrait peut-être un moment, mais elle y arriverait.

Il n'y avait pas eu une goutte de sang sur la moquette, mais elle devrait sans doute la changer, un jour. Ajouter de nouvelles couleurs aux murs, faire en sorte que l'endroit soit un peu différent de ce que Colin en avait fait.

Oui, c'était uniquement sa faute. Elle ne s'en voudrait pas pour ce qui était arrivé. Ou peut-être le devait-elle ?

Elle l'avait laissé entrer, après tout.

— Tu es en train de rejeter la faute sur toi, c'est ça ? Je le vois sur ton visage.

Bristol haussa les sourcils.

— Tu ne peux pas m'en vouloir, répliqua Bristol. Tu ne peux pas me regarder dans les yeux et le deviner.

— Je le peux carrément. Soit tu es en train de penser à Marcus, soit tu t'en veux pour ce que Colin a fait. Ne m'oblige pas à te taper.

— Tu n'as pas le droit de me taper. Je souffre.

— Tu as pris tes antidouleurs. Tu te sens bien. Et je te taperai. Par amour.

— Tu me fais regretter mes grands frères.

— Ça, c'était cruel.

— Je pourrais être encore plus cruelle et te demander pourquoi tu restes là plutôt que de repartir à Londres, dit

Bristol en abordant le sujet qu'elles avaient évité au mieux.

Zia secoua la tête.

— Il n'y a rien à dire. Je ne suis plus avec mon ex. Et maintenant, je reviens vivre aux États-Unis. Ça va aller. Je vais vivre à Boulder. Peut-être qu'un jour, je m'installerai avec une gentille personne et le monde devra accepter que je sois géniale.

— Nous devons toujours accepter que tu sois géniale.

Zia sourit.

— C'est merveilleux, merci. Bon, assez parlé de moi. Quoi de neuf de ton côté ?

— Rien. La tournée a été reportée, surtout parce qu'ils pensent m'offrir un peu d'intimité... et parce qu'ils s'assurent de couper tous leurs liens avec Colin.

— Il ira en prison un long moment.

— À moins qu'il plaide la folie.

— Il ne s'en sortira pas comme ça. Il savait exactement ce qu'il faisait. L'enfoiré.

— Oui, il y a suffisamment de preuves pour le mettre sous les verrous un long moment. Et probablement ici, plutôt qu'en Angleterre.

— Je ne connais pas du tout le système judiciaire et je ne sais pas comment tout ça fonctionne, mais tant qu'il est loin de toi et de ses fans adorateurs qui s'ennuient de lui, de son bel art et de sa musique, c'est tout ce qui compte.

— Je n'arrive pas à croire le nombre de personnes qui m'insultent à cause de ça.

— Moi, j'y crois. Des fans enragés qui veulent revoir leurs idoles. Ils rejetteront la faute sur n'importe qui pour les erreurs de leur chouchou.

— Mais quand même, la réaction de ceux qui sont de mon côté est sympathique. Je suis ravie que nous les ayons empêchés d'envoyer des fleurs et d'autres cadeaux chez moi.

— Oui, les pousser à faire des dons au refuge du coin pour les femmes victimes de violence était la meilleure des idées, même si dans certains cas, ils ne voulaient aider que toi.

— Je sais que l'emballement médiatique n'est pas près de se calmer. Mais je suis soulagée de vivre dans une résidence fermée, et mes voisins sont gentils.

Le lotissement était clos par une grille unique et elle vivait au centre. Ce n'était pas un quartier élégant, mais il maintenait les médias à l'écart, pour l'instant. Elle ignorait combien de temps cela durerait, mais avec un peu de chance, les journaux se calmeraient et plus personne n'aurait envie de parler de l'attaque avec Bristol Montgomery.

Le nom de Colin s'étalait partout dans la presse – des photos d'eux prises il y a dix ans jusqu'à récemment, riant, se tenant l'un contre l'autre, ou même jouant ensemble. Les traces de leur passé étaient disséminées sur toute la toile.

Tout le monde voulait connaître le conte de fées tragique à l'origine de cette foutue relation.

Personne n'arrivait à se mettre dans le crâne que ce n'était pas une question de romance. C'était de l'obsession et un besoin. Ça n'avait rien à voir avec Bristol.

Heureusement, personne n'avait encore fouillé assez profondément sous la surface pour que le nom de Marcus apparaisse dans les journaux.

Mais elle savait que cela viendrait et qu'ils devraient s'en occuper en temps voulu.

Elle baissa les yeux vers son portable, l'intimant de sonner. Mais il n'en faisait rien.

Marcus lui avait envoyé un SMS chaque jour, pour s'assurer qu'elle allait bien et prendre de ses nouvelles, mais il la laissait encore respirer.

Elle détestait ça.

Elle le voulait près d'elle. Elle avait envie de lui dire ce qu'elle ressentait et souhaitait savoir ce qu'il ressentait. Elle comprenait le besoin de s'offrir mutuellement un peu d'intimité. Cet instant précis représentait la première fois depuis l'agression qu'elle se trouvait dans une pièce avec une seule personne. Quand elle s'était réveillée à l'hôpital, encore confuse, elle avait réclamé Marcus.

Ses frères avaient été présents et lui avaient expliqué que Marcus restait dans la salle d'attente avec ses parents. Il avait attendu d'avoir de ses nouvelles et de savoir qu'elle était réveillée avant de partir, offrant à la famille de Bristol le peu de temps qu'ils avaient dans la chambre avec elle.

Il n'était toujours pas passé chez elle. Et elle ne pouvait lui en vouloir pour cela. La situation était complexe et elle ignorait d'ailleurs si ses frères le laisseraient rentrer. Ils avaient été particulièrement protecteurs, au point où personne n'avait le droit de rentrer, pas même son agent ni son manager.

Tout le monde avait le droit de l'appeler ou de lui envoyer un message, mais Liam était intervenu et avait déjà décroché le téléphone pour elle.

Bien qu'elle apprécie, elle avait besoin de s'en sortir seule, également. Cependant, les Montgomery avaient la réputation d'être excessivement protecteurs.

Et elle était heureuse d'avoir le temps de réfléchir.

Cependant, son meilleur ami lui manquait. Et elle souhaitait sincèrement le retrouver.

Dans son cœur, dans son âme, avec elle.

— Tu penses encore à lui ? demanda Zia d'une voix douce.

Bristol leva les yeux vers son amie et sourit légèrement.

— Oui, j'imagine que oui. Pourquoi n'est-il pas là ? demanda-t-elle.

Les mots franchirent ses lèvres avant même qu'elle y réfléchisse.

Zia haussa les épaules.

— Je crois qu'il t'offre de l'intimité et du temps pour guérir.

— Je pourrais guérir avec lui, ici.

— Tu le crois vraiment ? Que tu aurais pu comprendre exactement ce dont tu avais besoin, et soigner ton cœur et ton corps, tout en stressant et en te demandant ce qui se passait entre vous ?

— C'est stupide. Je suis en train de stresser en souhaitant sa présence, actuellement. Avant que ça arrive, il aurait été la première personne à mes côtés, à me tenir la main.

— Peut-être. Mais c'est arrivé. Et vous en êtes à une étape différente, maintenant. Même si tu as dit que tu n'en avais pas envie, c'est le cas. Et tu dois affronter cette situation.

— Mais pourquoi n'est-il pas là ?

— Il n'a pas complètement coupé les ponts. Il ne t'a pas laissé tomber. Il t'offre le temps et l'espace dont tu as besoin pour guérir, comme je l'ai dit. Il ne veut pas que cette histoire se rapporte à lui. Et j'admire ça.

— Sérieusement ?

— Oui. Parce que tu dois t'assurer de savoir exactement ce que tu désires avant de céder à ta prochaine tentation avec lui.

— J'ignore ce que je veux.

— Exactement. Alors, trouve la réponse. Découvre exactement comment tu comptes lui dire que tu l'aimes du plus profond de ton cœur. Comme ça, vous pouvez tous les deux tomber amoureux l'un de l'autre et tout ira bien.

— J'aimerais pouvoir le croire.

— Je dois croire aux fins heureuses. Je dois croire en ta fin heureuse. Parce que si je ne le fais pas... Je n'aime pas du tout mes chances. C'est égocentrique de ma part de rapporter cette histoire à moi.

— Il n'y a rien d'égocentrique chez toi, Zia.

— Ce n'est pas ce que j'entends dire, marmonna-t-elle.

Elle lança ensuite un coup d'œil à Bristol, mais celle-ci ne fit aucun commentaire. Zia avait besoin de temps et, franchement, elle avait raison sur le fait que Bristol en avait également besoin.

Cette dernière s'endormit rapidement après ça, comme il lui fallait du temps pour guérir. Elle se réveilla après quelques heures, alors que Zia la bordait et écartait délicatement ses cheveux de son visage.

— Salut, la dormeuse. Ta couverture est tombée, je la remontais juste. Et...

Zia se tut alors.

— Et quoi ?

— Ton portable a sonné quand tu dormais.

Bristol s'assit et grimaça.

— Aïe. J'oublie tout le temps.

— Oui, ne fais pas sauter un de tes points, sinon ta mère me tuera vraiment.

— Désolé.

— Ne t'excuse pas auprès de moi parce que tu souffres. Mais, comme je l'ai dit, ton portable a sonné et j'ai décroché.

— C'était Marcus, n'est-ce pas ?

— Oui, il sera là d'une minute à l'autre.

Bristol se figea.

— Et je ressemble à ça ?

— Tu voulais l'avoir à tes côtés avant et ton état était encore pire. Je peux m'occuper rapidement de ton maquillage, mais il t'a vu dans tous les états possibles. Tu sais que j'adore porter du maquillage. C'est de l'art et une part de moi, mais parfois, c'est une armure. C'est un bouclier. Si c'est ce dont tu as besoin, je t'aiderai. Mais je crois que tu dois le voir exactement comme tu es. Parce que c'est le problème depuis le début. Tu as caché une part de toi-même et tu ne devrais plus le faire.

— Parfois, tu es bien trop sage et avisée pour ton jeune âge.

— Et, parfois, je te crois.

Zia se pencha en avant et déposa un léger baiser sur les lèvres de Bristol. Celle-ci cligna des yeux en regardant son amie.

— C'était pour quoi, ça ?

— Tu m'as fait bien trop peur. Je sais que ta famille t'a déjà dit tout ça, mais tu n'as plus le droit de recommencer. Tu n'as plus le droit d'être à deux doigts de nous quitter. Parce que je t'aime. Non, pas comme tu aimes celui à qui tu vas enfin avouer qu'il est l'homme de ta vie, mais je t'aime, moi aussi. Et j'ai besoin de toi dans ma vie. Je suis une personne terriblement égoïste qui veut que tu sois en bonne santé et entière, simplement parce que j'en ai besoin, et ça ne me dérange pas. Parce que ça signifie que tu seras toujours là. D'accord ? Alors, trouve exactement ce que tu veux dire à Marcus pour qu'il comprenne ce que tu ressens. Ne te cache plus. Vous valez bien plus que ça, tous les deux.

Elle embrassa une nouvelle fois Bristol sur les lèvres. Celle-ci resta assise là, sous le choc et silencieuse.

— J'ignore quoi répondre à tout ça, dit honnêtement Bristol.

— Tu n'es pas obligée de répondre quoi que ce soit. Sache seulement que tu es aimée.

La sonnette retentit et Zia sourit.

— Ce conte de fées va enfin se terminer.

— La vie n'est pas comme dans les contes de fées. Toi et moi, nous le savons plus que quiconque.

— C'est vrai. Bon, pousse-le à te mériter et assure-toi qu'il sait exactement ce que tu désires et qui tu es. Point final. Autrement, je devrais le tabasser.

— Zia.

— D'accord, je me moquerai de lui. Mais avec amour, bien sûr. Sois sage. Et sois toi-même.

Zia rejoignit ensuite la porte pour l'ouvrir. Le cœur de Bristol s'arrêta.

Marcus était là. Il portait une veste en cuir, un jean et de vieilles chaussures. Ses traits étaient tirés, comme s'il n'avait pas dormi. Elle avait envie de tendre la main, de le serrer contre lui et de lui dire qu'il allait bien.

Il devait aller bien, mais était-ce le cas de Bristol ? Elle avait peur. Il était là, après une semaine sans le voir, il était enfin là. Et elle avait l'impression qu'une vie entière s'était écoulée depuis sa dernière visite.

Pourquoi avait-elle l'impression de ne pas l'avoir vu depuis une année plutôt que quelques jours ?

Pourquoi n'arrivait-elle pas à parler ?

Zia discutait avec Marcus. Celui-ci baissa la tête, acquiesçant fermement avant que Zia parte en faisant un signe de la main par-dessus son épaule. Elle laissa ainsi Marcus et Bristol seuls, chez cette dernière.

Bristol déglutit péniblement et leva les yeux vers lui, tentant de trouver les mots. Rien ne lui vint.

Il se tenait là, stoïque et beau. L'homme qu'elle voulait pour elle. Elle ne savait quoi dire. Et comme cela ne lui ressemblait pas, elle resta assise là et espéra trouver les mots.

— Marcus, chuchota-t-elle.

— Salut. J'ai essayé de te laisser un peu d'espace. Mais je me suis rendu compte que ce n'était peut-être pas la chose à faire. Je n'aime pas ne pas savoir quoi faire avec toi. C'est une chose à laquelle je ne suis pas habitué et je veux arranger ça. Donc, me voilà, maintenant. J'espère que tu me laisseras rester, ne serait-ce que pour te parler une minute.

— Entre. Je me lèverais bien, mais je suis encore un peu fatiguée.

La mâchoire de Marcus se crispa. Elle savait qu'elle n'avait sans doute pas dit ce qu'il fallait, mais elle ne pouvait revenir sur ses paroles. Elle était *effectivement* fatiguée. Et elle avait failli mourir dans sa propre maison.

Sa guérison exigerait beaucoup de temps et probablement de nombreuses séances de thérapie. Mais tout d'abord, il y avait Marcus et elle, le seul élément stable qu'elle ait jamais eu dans sa vie, et elle devait se battre pour le garder.

— Rapproche-toi, vraiment, lui chuchota-t-elle.

Marcus s'assit sur la table basse devant Bristol et l'observa. Il ne tendit pas la main et ne la toucha pas. La distance la laissa démunie.

— Tu m'as manqué, chuchota-t-elle en étant enfin honnête avec elle-même.

Avec lui.

— Tu m'as tellement manqué, putain. Je n'aurais pas dû m'en aller, ce jour-là. Je n'aurais jamais dû m'en aller.

— Non, tu n'as pas le droit de t'en vouloir pour ce qui s'est passé.

Il haussa les sourcils.

— Je pourrais, rien qu'un peu. Surtout parce que je ne peux pas faire de mal à Colin.

— Il est parti. Nous n'aurons plus jamais à nous inquiéter à cause de lui. Je te le promets.

— C'est moi qui dois te faire des promesses, chuchota Marcus en se penchant en avant.

— Peut-être. Peut-être aussi devons-nous les faire ensemble.

Marcus soupira et passa une main sur son visage.

— J'imagine que nous devrions commencer par le début ? demanda-t-il.

Bristol acquiesça.

— Je vais te dire exactement ce que je ressens, lui expliqua Marcus. Chose que j'aurais dû faire depuis bien longtemps. Comme je ne l'ai pas fait, je nous ai blessés, tous les deux.

— Je vais dire la même chose. *Tellement*. Parce qu'il n'y a pas que toi.

— Ah oui ? Tu es sûre de pouvoir encaisser ça ? Je ne veux pas trop te mettre la pression.

— Je te le promets. Je ne suis pas faible. Je ne vais pas me briser.

Une larme glissa sur la joue de Bristol. Marcus tendit la main et la caressa avec son pouce.

— Je ne vais pas me briser, chuchota-t-elle à nouveau.

— Quand tu es venue me voir avec ce marché, il y a dix ans, je l'ai trouvé dément, mais j'ai immédiatement accepté. Tu sais pourquoi ? demanda Marcus.

Bristol déglutit tant bien que mal.

— Pourquoi ?

— Parce que je ne pouvais envisager un monde dans lequel tu n'étais pas avec moi. Tu as toujours été présente et nous avons tous les deux si bien réussi à ne pas franchir de limites. Je n'ai jamais dépassé ces frontières, parce que je ne voulais pas t'effrayer et te faire fuir. Je ne voulais pas te perdre. Alors, je me suis dit que si je t'avais dans ma vie de toutes les façons possibles, ce serait suffisant. Et j'ai refusé de me préoccuper de mes sentiments. Je les ai enfouis si profondément qu'ils ne pouvaient *pas* avoir d'importance. Mais ils étaient toujours là. À se cacher. À attendre.

L'espoir naquit dans la poitrine de Bristol et elle battit vivement des paupières.

— Vraiment ?

— Bristol, je t'aime, bordel. Et pas seulement comme un ami, même si, oui, ça en fait partie. Je vais t'aimer comme une amie, comme une personne, comme l'être humain merveilleux que tu as toujours été. Mais je suis également amoureux de toi. J'ignore quand ça a commencé, probablement bien avant que je m'autorise à y penser. Mais je t'aime. Et je n'ai pas envie de te perdre. Jamais. Ô grand jamais. Tu comprends ? Tu es mon tout. Et j'aurais dû te le dire bien avant que je m'en aille. Mais j'avais tellement peur que je refusais de réfléchir. Je suis parti, parce que je n'avais pas envie de te faire du mal, et j'ai fini par te blesser encore plus que je ne l'aurais jamais cru possible. Pardonne-moi. Pardonne-moi de ne pas t'avoir dit ce que je ressentais parce que j'avais peur. Pardonne-moi de ne pas t'avoir dit que je t'aimais.

Les larmes coulaient désormais librement sur les

joues de Bristol. Elle se pencha suffisamment pour ne pas avoir mal. Marcus parcourut les quelques centimètres qui les séparaient encore afin de pouvoir poser les mains sur son visage.

— J'ai envie de te dire « idem », mais ce serait trop facile pour moi.

Marcus gloussa faiblement et elle laissa échapper un rire rauque.

— Je t'ai fait cette promesse, parce que j'avais si peur de te perdre. Je m'interdisais de penser à ce que cette perte signifierait. Mais je t'aime aussi, Marcus. Je t'aime depuis aussi longtemps que je m'en souviens. Même si je me suis rendu compte que c'était l'amour avec un grand A quand il était déjà trop tard. Mais je te veux dans ma vie. Je veux être dans la tienne. Je veux sortir avec toi et t'épouser. Je veux tout. Et si nous devons recommencer de zéro et comprendre exactement ce que nous sommes l'un pour l'autre, tout en s'aimant, ça me convient aussi. Ou bien si tu veux qu'on se rende tout de suite à Vegas, ou sans doute quand je serais capable de tenir debout plus de dix minutes, on le fera. Parce que je t'aime. Et je suis désolée de ne jamais l'avoir dit par le passé. J'aurais vraiment, *vraiment* dû le dire avant.

Marcus la regarda alors et lui lança un sourire si large que Bristol en fut touchée en plein cœur.

— Pour deux personnes qui se connaissent par cœur, on est vraiment nuls.

Elle rit et se pencha en avant, autant que possible.

Toutefois, il s'agenouilla devant le canapé et la serra contre lui. Les lèvres de Marcus n'étaient qu'à quelques centimètres des siennes.

— Je ne veux pas encore commettre d'erreurs, Bristol. Alors, oui, je veux t'épouser. Je veux que nous formions les Montgomery-Stearn, que nous ayons des enfants et que nous voyions nos familles s'agrandir avec nous. Je veux tout ça. Mais tout d'abord, je souhaite que tu sois ma petite amie. Je veux cette étiquette. Et je veux que tu sois ma fiancée. Moi aussi, je veux porter cette étiquette. Et je souhaite ensuite que tu deviennes ma femme. Parce que, pendant tout ce temps, tu as été ma meilleure amie, Bristol Montgomery. Et je t'aimerai jusqu'à la fin des temps. Jusqu'à la fin de tout.

Les lèvres de Marcus se posèrent alors sur les siennes. Bristol pleurait, s'appuyant contre l'homme qu'elle aimait, l'homme qu'elle avait toujours aimé.

Elle avait failli le perdre, parce qu'elle avait eu trop peur de le perdre. L'ironie était effrayante.

Néanmoins, alors qu'il la serrait contre lui et qu'elle lui dévoilait un peu plus ses sentiments et ses pensées, elle sut qu'ils y arriveraient. Ils en sortiraient plus forts que jamais.

Car Bristol Montgomery était tombée amoureuse de son meilleur ami.

Et, de la meilleure façon possible, il était également tombé amoureux d'elle.

C'était exactement la promesse qu'ils s'étaient faite et celle qu'ils tiendraient pour toujours.

ÉPILOGUE

Le carrelage sous les genoux de Marcus ne lui faisait probablement aucun bien, mais il s'en moquait. Il avait les jambes de Bristol au-dessus des épaules et la bouche sur son sexe. La douche semblait un peu trop petite, mais ça ne le dérangerait pas. Il ferait en sorte que ça fonctionne. Voir l'amour de sa vie jouir sur son visage valait toutes ces courbatures et douleurs.

Il lécha son sexe et suçota son clitoris. Les jambes de Bristol tremblèrent autour de lui. Quand il sut qu'elle jouissait, il se redressa et se plongea en elle, l'emplissant d'un grand coup de reins qui les essouffla tous les deux.

— Mon. Dieu. Peux. Pas. Respirer.

Marcus restait prudent autour de la cicatrice, sachant que même si elle était guérie, il ne ferait jamais rien pour la blesser. Plus jamais. Plus jamais, *bordel*.

L'une des jambes de Bristol était fermement ancrée

sur le sol de la douche et l'autre autour des hanches de Marcus.

— Tu es prêt pour que je bouge, chérie ?

— Si tu ne bouges pas, je vais être obligée de bouger contre toi et nous savons que je n'ai pas le meilleur des rythmes.

Il rit, se demandant comment il pouvait s'amuser pendant les meilleurs ébats de sa vie, mais il devina ensuite que c'était uniquement grâce à Bristol. Sa Bristol.

Il décrivit des va-et-vient en elle, posa un pouce sur son clitoris et le second sur sa hanche alors qu'ils se balançaient l'un contre l'autre. L'eau de la douche refroidissait.

Ils gâchaient de l'eau. Il jura et coupa les robinets avant de se plonger en elle à nouveau. Ils continuèrent à bouger, respirant comme un seul homme et haletant. Elle jouit alors et il l'imita. Ils tremblèrent tous les deux, leurs bouches collées l'une contre l'autre, leurs mains glissant sur de la peau mouillée alors qu'ils parcouraient chaque centimètre du corps de l'autre.

Lorsqu'il put respirer à nouveau, Marcus ouvrit les yeux et les baissa vers elle.

— C'est une façon comme une autre de se réveiller.

— Oui. On va carrément être en retard, étant donné que je me suis réveillée au lit avec tes gâteries.

Marcus sourit et continua de décrire des va-et-vient en elle alors que son sexe ramollissait.

— Je ne peux pas m'en empêcher. J'avais besoin de mon petit déjeuner.

— Si tu me dis que la seule chose dont j'ai besoin pour le petit déjeuner, c'est une boisson protéinée, je vais te faire du mal.

— Ça, c'était hier. Me réveiller avec une fellation de ta part, c'est plus ou moins le meilleur des levers.

Il lui fit un clin d'œil.

— Je croyais que la semaine dernière, quand tu t'es réveillé et que je te chevauchais, c'était encore mieux.

Marcus sourit, continuant de bouger en elle tout en tendant la main pour faire couler l'eau afin qu'ils finissent de prendre leur douche.

— C'est malin. Bon, on arrête de gâcher de l'eau. Il faut qu'on s'améliore de ce côté-là.

— Oui, ce qui veut dire qu'on ne se douchera plus ensemble.

— Tu n'es pas marrante, dit Marcus en l'embrassant délicatement.

Elle rit et le repoussa. Ils se lavèrent ensuite rapidement, surtout parce qu'ils étaient déjà en retard pour le déjeuner des Montgomery.

Aaron venait tout juste de vendre une immense œuvre et ils fêtaient ça. Un autre prétexte pour que les Montgomery se rassemblent.

Il savait que la famille avait traversé de nombreuses épreuves, ces derniers temps, tout comme la sienne. Ils organisaient donc un immense repas de famille. Ils y avaient invité tous les frères d'Arden, la cousine de Lincoln et la famille de Marcus.

Il ignorait comment la mère de Bristol s'en sortait, mais il savait qu'elle ferait appel à un traiteur. Il y aurait une tonne de nourriture et beaucoup de joie.

Exactement ce dont il avait besoin.

Ils s'habillèrent rapidement, riant tous les deux alors qu'ils étudiaient leur emploi du temps pour la semaine à venir. Il savait qu'elle partirait bientôt en tournée, maintenant qu'elle était guérie. Quant à Marcus, son grand projet étant terminé, il travaillait à la mise en place de la prochaine grande demande de subvention.

Ils arrivaient à faire fonctionner leur relation.

La carrière de Marcus l'obligeait surtout à rester à la maison, tandis que celle de Bristol l'emmènerait parfois loin de lui. Mais il existait des solutions, et tous deux avaient des rêves et des vies qu'ils voulaient vivre pleinement, alors ils s'adaptaient.

Et elle portait sa bague, chose qu'il n'oublierait jamais.

Ils prenaient leur temps, au point où leur mariage n'aurait pas lieu avant celui des autres.

Cependant, elle voulait porter cette bague et il souhaitait la voir autour de son doigt.

Et cela signifiait qu'ils portaient toutes les étiquettes en même temps, mais ils en étaient conscients, cette fois-ci.

Il lui demandait ce qu'elle ressentait et lui avouait ce qu'il ressentait.

Il n'était pas très doué pour ça, d'ordinaire, mais il s'améliorait.

Ils furent les derniers à arriver chez la famille de Bristol, bien qu'il ait deviné que ce serait le cas. Il n'avait pu se retenir après s'être réveillé aux côtés de Bristol, nue et prête.

— Ne me regarde pas comme ça, ma mère et mon père sauront exactement ce que tu m'as fait.

— Alors tu ne peux pas me regarder comme ça non plus. Mes parents et mes sœurs sont là. À attendre. À regarder.

— Qu'est-ce que vous cachez, tous les deux ? demanda Aaron en s'appuyant contre le cadre de la porte.

— Rien, répondit rapidement Bristol.

Elle se mit sur la pointe des pieds et embrassa Aaron sur la joue.

— Je suis tellement heureuse pour toi. Regardez mon petit frère. Il s'en sort merveilleusement bien dans le monde artistique et vend même des œuvres à des familles royales.

— J'organise une exposition, aussi. Regarde-moi. Je suis un véritable artiste.

— Tu es un crétin. Mais je t'aime.

— Je suis un crétin, mais je ne peux m'en empêcher. C'est ce que je suis.

— C'est vrai, dit-elle avant de l'embrasser sur l'autre joue.

Marcus tendit une main. Aaron la serra et sourit.

— Ravi de voir que tu prends soin de ma petite sœur.

— C'est toi, le bébé, le corrigea Bristol.

— Bref, conclut Aaron.

Ils entrèrent dans la maison et saluèrent tout le monde. Le bruit s'accentuait chaque seconde. Il y avait du monde, tant de personnes que les Montgomery considéraient comme leur famille. Marcus avait eu l'impression de faire partie de la famille depuis qu'il était enfant et à présent, il serait réellement lié à eux, ce qui enthousiasmait grandement ses parents.

— J'ai hâte que vous ayez de petits bébés, dit sa mère à côté de lui.

Marcus avala sa boisson de travers.

— Tu pourrais dire ça encore plus fort, maman ?

— Je le pourrais. Mais ça embarrasserait la pauvre Bristol et je n'en ai pas envie.

— Rien que moi, alors ?

— Bien sûr, tu es mon bébé.

— Je jure que les mères adorent nous qualifier de bébés, commenta Aaron en s'approchant d'eux.

— Tu sais, tu es le dernier Montgomery célibataire, déclara solennellement la mère de Marcus.

Aaron haussa les épaules, bien que Marcus perçoive un éclat indéchiffrable dans ses yeux.

— Quelqu'un doit bien résister.

Madame Montgomery se pencha en avant.

— J'en suis sûr. Mais si tu n'y prends pas garde, nous allons tous nous improviser entremetteurs. Nous voulons ton bonheur, ce qui veut dire que tu devras peut-être faire avec.

Aaron blêmit.

— Je n'ai pas besoin d'entremetteurs. Je peux me trouver quelqu'un tout seul.

— Ah bon ? demanda innocemment la mère de Marcus.

Ce dernier éclata de rire.

— C'est décidé, maintenant. Ma mère va te trouver quelqu'un si tu ne fais pas plus attention.

— Je l'aiderai, intervint madame Montgomery alors que ses yeux pétillaient.

— Mon Dieu. N'en faites rien. Pas d'entremetteurs.

— Je peux aider aussi, demanda Bristol en arrivant à côté de lui.

Marcus se pencha et l'embrassa sur le sommet du crâne. Elle soupira contre lui. Il remarqua le regard que se lancèrent leurs mères, avec un sourire ravi, mais ça ne le dérangeait pas.

Elles avaient toujours été proches et elles l'étaient encore davantage grâce à Bristol et lui.

Le destin avait été assez généreux avec lui pour lui offrir une fin heureuse éternelle bien plus tôt qu'il ne l'aurait imaginé. Il avait été bien trop têtu pour s'en rendre compte avant d'être à deux doigts de tout perdre.

Désormais, il avait l'amour de sa vie dans ses bras, une famille si bruyante et affectueuse qu'il avait parfois du mal à la supporter et un avenir qui s'annonçait vraiment bien.

Il avait seulement fallu qu'il prononce les mots qu'il aurait dû dire depuis longtemps.

— Je t'aime, Bristol.

Elle leva des yeux écarquillés vers lui.

— Je t'aime aussi, Marcus.

Elle était sa meilleure amie, son avenir et la seule personne à qui il pouvait enfin tout dire.

Il était fou de joie d'avoir rencontré les Montgomery.

À suivre pour la saga Les Boulder de Montgomery Ink ?
C'est au tour d'Aaron dans Jeu d'ombres.

Restez connectés pour un épilogue bonus !
Pour plus d'informations, rendez-vous sur www.CarrieAnnRyan.com

NOTE DE CARRIE ANN RYAN

Merci infiniment d'avoir lu *L'Encre des promesses*. J'espère vraiment que, si cette histoire vous a plu, vous prendrez le temps de laisser un avis ! Les chroniques sont précieuses, autant pour les auteurs que pour les lecteurs.

Bristol et Marcus étaient si romantiques. J'adore le fait qu'ils savaient ce qu'ils voulaient, même lorsqu'ils se persuadaient du contraire.

La suite mettra en scène Aaron et Madison dans *À l'encre indélébile* ! Ces deux-là sont déjà un peu têtus et anticonformistes. J'ai hâte de vous montrer ce qu'ils mijotent.

Zia aura elle aussi droit à son histoire dans *Jeu d'ombres* !

La saga des Boulder de Montgomery Ink
Tome 1: Sang d'encre

NOTE DE CARRIE ANN RYAN

Tome 2 : De flammes et d'encre
Tome 3 : L'Encre des promesses
Tome 4 : Jeu d'ombres

À suivre pour la saga Les Boulder de Montgomery Ink ? C'est au tour d'Aaron dans Jeu d'ombres.

Restez connectés pour un épilogue bonus !

Pour plus d'informations, rendez-vous sur www.CarrieAnnRyan.com

DE LA MÊME AUTRICE

Montgomery Ink: Boulder
Tome 1: Sang d'encre
Tome 2: De flammes et d'encre
Tome 3 : L'Encre des promesses
Tome 4 : Jeu d'ombres

Promesses éternelles:
Tome 1: Ne jamais dire jamais
Tome 2: L'Instant décisif
Tome 3: Destins contrariés
Tome 4: Pas du premier coup

Montgomery Ink: Fort Collins
Tome 1: Les Lignes du destin

Montgomery Ink: Colorado Springs

DE LA MÊME AUTRICE

Tome 1: Point à la ligne
Tome 2: À grands traits
Tome 3: En pleins et déliés

Montgomery Ink:
Tome 0.5: À l'encre de ton cœur
Tome 0.6: À l'encre du destin
Tome 1 : À l'encre déliée
Tome 1.5: À l'encre de ton âme
Tome 2 : À dessein prémédité
Tome 3 : D'encre et de chair
Tome 4 : Attrait pour trait
Tome 4.5: À l'encre des secrets
Tome 5: Entre les lignes
Tome 6: En pointillé
Tome 6.5: À l'encre de nos rêves
Tome 6.7: À l'encre de tes yeux
Tome 7: Nos desseins ravivés
Tome 7.3 À l'encre de nos vies
Tome 7.5: À l'encre de nos choix
Tome 8: Motifs troubles
Tome 8.5: À l'encre de ton corps
Tome 8.7: À l'encre de l'espoir

L'un pour l'autre:
Tome 1: Elle et aucune autre
Tome 2: Nul autre que toi
Tome 3: Rien d'autre que nous

DE LA MÊME AUTRICE

Whiskey Town:
Tome 1: Comme un avant-goût
Tome 2: Un goût d'inachevé
Tome 3: Le goût des secrets

Les Frères Gallagher:
Tome 1: Un amour nouveau
Tome 2: Une passion nouvelle
Tome 3: Un nouvel espoir

Sorcellerie à Ravenwood
Tome 1 : Mystères de l'aube
Tome 2 : Révélations au crépuscule
Tome 3 : Clarté nocturne

Redwood:
1. Jasper
2. Reed
3. Adam
4. Maddox
5. North
6. Logan
7. Quinn

Griffes
1. Gideon
2. Finn
3. Ryder

DE LA MÊME AUTRICE

    4. Bram
    5. Parker
    6. Mitchell
    7. Walker

Pour plus d'informations, abonnez-vous à la <u>LISTE DE DIFFUSION</u> de Carrie Ann Ryan.

À PROPOS DE L'AUTEUR

Carrie Ann Ryan n'avait jamais pensé devenir écrivaine. C'est seulement quand elle est tombée sur un roman sentimental alors qu'elle était adolescente qu'elle s'est intéressée à cette activité. Lorsqu'un autre romancier lui a suggéré d'utiliser la petite voix dans sa tête à bon escient, la saga *Redwood* ainsi que ses autres histoires ont vu le jour. Carrie Ann a publié plus d'une vingtaine de romans et son esprit foisonne d'idées, alors elle n'a guère l'intention de renoncer à son rêve de sitôt.